SHERRYL WOODS

CUANDO FLORECEN LAS AZALEAS

Editado por Harlequin Ibérica.
Una división de HarperCollins Ibérica, S.A.
Núñez de Balboa, 56
28001 Madrid

© 2012 Sherryl Woods
© 2014 Harlequin Ibérica, S.A.
Cuando florecen las azaleas, n.º 69 - 1.11.14
Título original: Where Azaleas Bloom
Publicada originalmente por Mira Books, Ontario, Canadá

I.S.B.N.: 978-84-687-4731-6
Depósito legal: M-23579-2014

Queridas amigas,

En los últimos años mucha gente se ha visto golpeada por una dura situación económica, pero me han afectado especialmente los casos de mujeres cuya situación financiera se ha visto vinculada a un divorcio.

Quería escribir sobre una mujer decidida a recuperar la estabilidad de su familia y sobre el héroe que está igual de decidido a mantenerse a su lado. Me pareció que ese tema era una historia digna de las Dulces Magnolias, un ejemplo de los períodos complicados en la vida de una persona en los que los buenos amigos pueden marcar una gran diferencia.

Cuando florecen las azaleas *se centra en Lynn Morrow, vecina de Carter y Raylene. Muchas de vosotras habéis pedido leer más sobre ellos y sobre cómo les va desde su boda y ha sido genial volver a tenerlos en una posición destacada de la trama. Como suele suceder en mis libros, este dio un sorprendente giro al final, uno que no hace más que sumarse a las complicaciones a las que se tiene que enfrentar esta madre soltera.*

Espero que Lynn y sus hijos os gusten y que os enamoréis un poco de Mitch Franklin, un hombre lo suficientemente sensato como para dejar que Lynn encuentre su propio camino, pero lo suficientemente fuerte como para estar a su lado si se derrumba. Las lectoras más observadoras recordarán que Mitch apareció en la primera entrega de las Dulces Magnolias, Desde el corazón. *Es el constructor encargado de levantar el The Corner Spa.*

Os deseo lo mejor,
Sherryl

Capítulo 1

Lynn Morrow estaba desesperada. Su diminuto escritorio encajonado en una esquina de la cocina estaba abarrotado de facturas y el increíble saldo de su cuenta era de veinticuatro dólares con treinta y cinco centavos. No veía un saldo tan aterrador desde que estaba en la universidad.

La nevera contenía medio cartón de leche, cinco huevos y una lechuga que se estaba pasando a gran velocidad. En el armario tenía una lata de tomates en dados junto con una caja de espagueti, un tarro casi vacío de mantequilla de cacahuete y unos cuantos Cheerios que no creía que le dieran más que para una taza. Eso también le recordaba a la universidad. Pero una cosa era ir tirando como podía a los diecinueve años y otra muy distinta intentar hacerlo pasados los cuarenta y con unos hijos que criar.

–Mamá, estoy hambriento –le dijo Jeremy al entrar por la puerta después del colegio. Eran las típicas palabras de su hijo de diez años–. ¿Qué puedo tomar?

Lexie, que lo seguía, miró a su madre y, al parecer interpretando por su gesto que estaba al borde de un ataque de pánico, se giró hacia su hermano y le dijo:

–No necesitas comida. Necesitas prácticas de sensibilidad.

A Lynn se le saltaron las lágrimas cuando Jeremy salió

corriendo de la habitación. Últimamente, Alexis, que solo tenía catorce años, había pasado demasiado tiempo intentando proteger a su madre. Desde que se habían iniciado los trámites de divorcio, Lynn se las había visto y deseado para poder llegar a fin de mes. Ed y ella seguían pleiteando en los tribunales por temas como la custodia de los niños y la pensión. La orden temporal no les facilitaba mucho la cosas y a final de mes estaba tocando fondo económicamente, incluso con el trabajo a tiempo parcial que había logrado encontrar en la boutique de su vecina Raylene.

Suponía que algún día le daría las gracias a Ed por haberle proporcionado ese inesperado desafío en la vida, pero aún no había llegado a ese punto. Estaba que echaba humo, pero no porque él se hubiera marchado, sino por todo el trastorno que había dejado a su paso.

Se había esforzado mucho por evitar que sus preocupaciones salpicaran la vida de sus hijos, pero Lexie era una chica lista y enseguida se había dado cuenta de lo que estaba pasando. A veces su repentina transformación de adolescente despreocupada a adulta hastiada le partía el corazón porque su hija debería estar prestándoles atención a sus notas, o incluso a sus primeros enamoramientos, en lugar de intentar ser la salvadora de su madre.

Ahora que su hermano se había marchado tan indignado y enfadado, Lexie se acercó a Lynn y le dio un abrazo. Parecía saber de manera instintiva cuándo necesitaba uno desesperadamente.

—Papá vuelve a retrasarse con el cheque, ¿verdad? ¿Tan mal está la cosa?

Lynn intentó reconfortarla.

—Todo saldrá bien, cielo. No quiero que te preocupes por esto.

—Nada saldrá bien —le contestó Lexie furiosa—. ¿Cómo ha podido papá convertirse en un cretino tan grande?

Lynn se preguntaba lo mismo, pero por la razón que

fuera, Ed se había convertido en un hombre al que no reconocía. Había llevado su crisis de los cuarenta a nuevas cotas. Se había vuelto egoísta, desconsiderado y ya solo pensaba en sí mismo.

Y mientras que su familia no llegaba a tener dinero suficiente para comer, por lo que había oído en una conversación dos días antes, él se había marchado a tomarse unas caras vacaciones en un complejo de golf por tercera vez en los últimos seis meses. Al parecer, la mujer de uno de sus socios no se había dado cuenta de que Lynn estaba cerca cuando había comentado la última juerga de Ed. O a lo mejor sí que se había dado cuenta, pensó Lynn cínicamente.

—No hables así de tu padre —reprendió a Lexie aunque no con muchas ganas. No quería que sus hijos empezaran a odiarlo, aunque tampoco es que estuviera dispuesta a alabarlo. Por su culpa cada día resultaba ser un intento de equilibrio entre sus inestables emociones y las necesidades de sus hijos y, por muy optimista que intentara mostrarse, últimamente parecía que no lograba engañar a nadie.

A Lexie se le llenaron los ojos de lágrimas, aunque fue imposible saber si se trataba de una reacción ante la reprimenda o ante sus propios miedos.

—La cosa está muy mal, ¿verdad?

—Bastante —admitió Lynn con cautela y apretándole la mano—. Pero es un problema pasajero, cielo. Se solucionará. Te lo prometo.

—¿Tendremos que mudarnos? —preguntó Lexie poniéndole voz al que, obviamente, era su mayor temor.

A Lynn no le gustaba endulzar las malas noticias, pero sí que había esperado poder tener un plan antes de revelar la triste verdad.

—Es más que probable —respondió en voz baja.

Aunque había estado apoyándose en Helen Decatur-Whitney, que era brutal a la hora de conseguirles el mejor acuerdo posible a sus clientes, también sabía que ni siquiera ella podía obrar milagros. Aun así, intentó reconfortar a su hija.

—Con suerte, Helen podrá solucionar todo esto en los tribunales antes de que tengamos que llegar a eso, pero no quiero mentirte; tener que dejar esta casa es una posibilidad más que real.

—Pero me encanta estar aquí —protestó Lexie disgustada—. Es una casa genial y mi mejor amiga vive al lado —y viendo aparentemente algo en la expresión de su madre, se puso recta y añadió—: Pero todo saldrá bien —y lanzándole una mirada lastimera que terminó por hacerle pedazos el corazón, concluyó con un—: ¿Verdad?

—Con tal de que Jeremy, tú y yo estemos juntos, todo estará bien.

Haría todo lo que estuviera en sus manos para asegurarse de que así fuera, pero ahora mismo con tantas facturas sin pagar y tan poco dinero, se sentía impotente. Y esa era una nueva sensación para una mujer que siempre se había sentido segura de sí misma y que había tenido el control de su vida. Ya tenía algo más de lo que culpar a Ed.

El contratista Mitch Franklin llevaba semanas trabajando en una nueva ampliación para Raylene y Carter Rollins. Había empezado a finales de otoño, se había tomado un breve descanso por Navidad, y esperaba tener todos los detalles interiores listos y a tiempo para la fiesta del Día de los Caídos que la pareja celebraría para sus amigos. Por norma general, los inviernos en Serenity solían ser suaves con solo unos pocos días en los que el tiempo era demasiado malo para la construcción, pero ese año estaba siendo una excepción con un fuerte frío y más tormentas de nieve de las que podía recordar en toda su vida en Carolina del Sur. Y aunque la nieve y el hielo no solían durar mucho, ya iba con más retraso del que le gustaba.

Con otras obras finalizando, sobre todo trabajo de interior, Mitch estaba orgulloso de haber tenido a su plantilla trabajando lo suficiente para darles un sueldo todos los meses. Ahora, sin embargo, el problema era terminar ese añadido a tiempo. Para controlar costes, tenía a sus hombres empleados el número de horas habituales, pero él se había acostumbrado a hacer muchas horas extras. Era conocido por entregar todas sus obras a tiempo y no quería que esta fuera una excepción.

Por supuesto, había otras cosas que lo motivaban también. Por un lado, Raylene era una cocinera increíble y solía invitarlo a cenar con la familia si a la hora de la cena seguía allí trabajando. Por otro, su casa estaba muy vacía sin su mujer, a la que había matado un conductor borracho un año antes. Si ya lo había pasado mal teniendo a sus hijos estudiando fuera, ahora que Amy se había ido, no soportaba estar en su casa ni siquiera para dormir. La cama que había compartido con su esposa durante veintidós años resultaba demasiado fría y solitaria.

Sus hijos estaban donde tenían que estar, en la universidad y viviendo sus vidas, pero él estaba más solo de lo que le gustaría. Raylene, Carter y las hermanas pequeñas de este estaban llenando un enorme vacío en su vida y sospechaba que Raylene lo entendía.

Alzó la mirada cuando ella entró en lo que sería un nuevo salón con enormes ventanales y una espectacular chimenea de piedra.

—Creía que te había dicho que no entraras aquí sin casco —la reprendió inútilmente porque para consternación suya, esa mujer siempre hacía lo que quería. Había sido así desde que podía recordar, aunque parecía que ahora ese rasgo se había intensificado después de recuperarse de su agorafobia y de volver a salir de casa y por el pueblo. Le parecía que hasta se había vuelto un poco temeraria.

–No logro evitar pasar cada vez que puedo –dijo mirando a su alrededor y con gesto de deleite–. Estás haciendo unos progresos increíbles, Mitch, y va a quedar impresionante. Normalmente no me gusta adelantarme a las fechas, pero estoy deseando que llegue el Día de los Caídos para que venga todo el mundo.

Mitch no estaba acostumbrado a la gente que celebraba fiestas así, a la primera de cambio, pero se había fijado en que Raylene y su marido, el jefe de policía Carter Rollins, y sus amigos buscaban la más mínima excusa para reunirse.

–¿Te refieres a ese grupo de las Dulces Magnolias con el que te juntas? ¿No estuvieron todos por aquí justo antes de Navidad para celebrar una fiesta cuando se resolvió aquel problema de acoso escolar?

–¿Qué puedo decir? Me parece que han pasado siglos desde aquello y somos un grupo bastante curioso, así que puede que ya sea hora de que los vuelva a invitar para que echen un vistacillo. La otra vez era difícil ver qué estábamos haciendo, y todo estaba hecho un desastre con los materiales de construcción por todas partes. ¡Pero fíjate ahora! Ya se puede ver lo fantástico que va a quedar.

Mitch la miró con gesto serio.

–Prométeme que no les dejarás venir a fisgonear hasta que yo te haya dado el visto bueno y sepa con certeza que es seguro –insistió sabiendo que, probablemente, estaba malgastando saliva–. Aunque en ese momento mis chicos no estén trabajando, habrá cosas con las que la gente se pueda tropezar o que se le puedan caer a alguien en la cabeza. Y, además, al electricista aún le queda trabajo por hacer.

Ella se rio.

–Solo estaba bromeando. Sé cuánto odias que la gente merodee por tu obra, y me incluyo.

–Pues entonces, ¿por qué lo haces? ¿Solo por molestarme?

–No, pero es que considero que en realidad es «mi» obra y cuento con tener ciertos privilegios.

Él sacudió la cabeza.

–¿Sabes como quién hablas? Como Maddie Maddox. Te juro que esa mujer estuvo a punto de provocarme un infarto cuando estábamos haciendo las obras del The Corner Spa –miró a Raylene–. Sabes que lo hicimos nosotros, ¿no?

–Por supuesto. Maddie me recomendó que os contratara.

–Pues bueno, insistía en quedarse allí sentada, prácticamente en mitad del caos, todo el tiempo mientras estábamos trabajando. Decía que tenía que hacer cosas. No entiendo cómo podía concentrarse, y mucho menos trabajar, con tanto martilleo y jaleo. A mí me vuelve un poco loco y eso que estoy acostumbrado.

–Cuando Maddie se siente motivada con algo, sospecho que no hay mucho que se pueda hacer para disuadirla –dijo Raylene.

–Sí, es de armas tomar –contestó Mitch con un tono de respeto en la voz, muy a su pesar–. La verdad es que creía que trabajar para las tres, para Helen, Dana Sue y ella, iba a ser una pesadilla. Pensaba que sería imposible que tres mujeres se pusieran de acuerdo en algo, pero ¡cuánto me equivoqué! Maddie sabía lo que quería y las demás la dejaron hacerlo. Jamás pensé que Helen iba a permitir que alguien más se ocupara de algo.

–Forman un equipo genial. Son como una inspiración para mí y las mejores amigas del mundo.

–Sí, es cierto que los amigos son importantes. Yo debería haberme esforzado más por mantener el contacto con los míos, y ahora que Amy se ha ido y que los chicos están lejos, lo lamento de verdad. No es que me guste mucho salir con ellos y, sin embargo, han estado apoyándome desde que Amy murió. En este pueblo hay muy buena gente.

–Sí que la hay. Y nunca es demasiado tarde para recuperar a los viejos amigos o hacer unos nuevos. Yo saqué de mi vida durante demasiado tiempo a Annie Townsend y a Sarah McDonald y míranos ahora. Volvemos a ser uña y carne. Y es una de las mejores cosas de haber vuelto a Serenity –sonrió–. Eso, y casarme con Carter, claro.

–Claro –respondió secamente, sabiendo perfectamente bien que esos dos no podían quitarse las manos de encima.

Ella le lanzó una picarona mirada.

–¿Sabes? Serías un buen partido para alguna.

–Ni se te ocurra empezar a hacer de casamentera, ¿me oyes? Que bastante lo hacéis ya en este pueblo. Grace Wharton ha convertido mi vida social en su misión personal y no puedo entrar en Wharton's sin que me lleve a rastras a conocer a una u otra mujer.

–¿Y no te ha interesado ninguna?

–Hasta ahora no, y tampoco creo que eso cambie –incapaz de contener un tono nostálgico, añadió–: Cuando un hombre ha tenido en su vida a una mujer como Amy, no es muy probable que vuelva a tener esa suerte.

Sin rendirse, Raylene dijo:

–Bueno, yo solo digo que eres un hombre muy guapo y también tienes algunos otros rasgos muy atractivos en los que me he fijado –sonriendo descaradamente lo miró de arriba abajo dejándolo desconcertado.

Mitch sintió cómo se le encendieron las mejillas ante el cumplido y ese insolente examen. Había estado casado con Amy veintidós años y había sido feliz cada uno de ellos. Antes de conocerse sí que había sido algo mujeriego, pero podía decir con sinceridad que desde el momento en que pronunció el «sí quiero», no había tenido ojos para otra. Ella había sido todo su mundo.

Ahora, a sus cuarenta y tres, sabía que existían posibilidades de que alguna mujer se cruzara en su camino, pero por el momento no le interesaba lo más mínimo. Tal como lo veía él, cada uno llevaba su luto a su manera, y la suya había sido sumirse en el trabajo más todavía.

Raylene lo miró con gesto de diversión.

–Vale, si dejo de picarte con lo de las citas, ¿te quedarás a cenar? Hoy las chicas me han pedido que hiciera lasaña, así que hay mucha.

Por muy tentado que estaba, preguntó preocupado:

–¿Qué va a pensar Carter por tenerme cenando aquí prácticamente cada noche?

–Cree que significa que terminarás la reforma mucho más rápido. Por favor, quédate. Ahora formas parte de la familia y sabes perfectamente bien que me encanta cocinar para las multitudes.

–Y tú sabes que no puedo negarme a tu lasaña –le respondió cediendo con demasiada facilidad–. Gracias, Raylene.

Cuando al final se sentaron a la gran mesa del comedor, se fijó en que no era el único invitado. Lexie Morrow de la casa de al lado parecía ser un accesorio de la mesa tanto como él. Esa noche la chica, su hermano y su madre estaban allí.

No pudo evitar observar a Lynn. Estaba más pálida de lo habitual y no había duda de que su expresión reflejaba preocupación. La conocía prácticamente desde el colegio e incluso había estado coladísimo por ella en séptimo, pero, incluso por aquel entonces, ella solo había tenido ojos para Ed. A lo largo de los años habían seguido cada uno con sus vidas y se habían visto apenas de pasada.

–¿Va todo bien, Lynn? –le preguntó en voz baja y acercándose para que los demás no lo oyeran.

Ella sonrió, aunque fue una sonrisa forzada. Recordaba cómo antes su risa le había recordado a un alegre campaneo. Sin embargo, hacía mucho tiempo que no oía ese sonido. Le parecía que últimamente no tendría mucho por lo que reír con el divorcio que, según había oído, seguía ahí pendiente.

–Todo va bien –respondió aunque, a pesar de sus esfuerzos, la mentira no resultó convincente.

Mitch miró alrededor de la mesa y se fijó en que tanto Lexie como Jeremy estaban comiendo como si no hubieran probado bocado en días. Volviendo a pensar en lo que suponía un divorcio, no pudo evitar preguntarse cómo de mala sería la situación por la que estaba pasando Lynn. Había oído muchos rumores sobre los viajes que estaba haciendo su marido cada pocas semanas y se preguntaba si eso estaría suponiendo un problema en su situación económica. Solo pensar en ese hombre pendoneando por ahí mientras su familia sufría fue suficiente para que se le revolviera el estómago, y se habría sentido del mismo modo aunque no hubiera guardado buenos recuerdos de esa mujer.

Pero claro, precisamente tal vez por esos recuerdos estaba viendo un problema donde no lo había. No sería la primera vez que su imaginación se había desbocado; parecía ser la clase de hombre que siempre estaba buscando alguien a quien ayudar.

Después de la cena se quedó un rato allí hasta que los Morrow estuvieron listos para volver a casa y se marchó con ellos. Fuera estaba muy oscuro y en su casa no había luz.

–¿Por qué no os acompaño hasta la puerta? –sugirió–. Aquí está muy oscuro.

–Ah, es que he olvidado dejar dada la luz de fuera –dijo Lynn a pesar de que el nerviosismo y la vergüenza que expresó su voz sugirieron lo contrario–. Aunque creo que, de todos modos, se ha fundido.

–Deja que eche un vistazo –se ofreció Mitch.

–No pasa nada. Además, me he quedado sin bombillas. Las tengo en la lista de la compra, pero se me olvidan siempre.

Sin embargo, a Mitch esa respuesta le pareció una mentira más para guardar las apariencias.

–No hay problema. Yo siempre llevo alguna de más en la camioneta –antes de que ella pudiera objetar, fue a la camioneta, sacó una del maletero y fue a la casa–. Si vais a salir por la noche, tenéis que tener luz fuera –dijo mientras cambiaba la bombilla vieja y enroscaba la nueva–. Hasta en Serenity es importante tomar precauciones.

–Lo sé –respondió Lynn. Y entonces, como si le estuviera suponiendo un gran esfuerzo, farfulló un–: Gracias.

–De nada. Si alguna vez necesitas que arregle algo por aquí, dímelo. Durante el próximo par de meses estaré en casa de Raylene todos los días, así que con mucho gusto te ayudaré, y sin cobrarte, por supuesto. Sería un simple gesto de vecinos entre viejos amigos.

Lynn le dirigió una lánguida sonrisa.

–Te lo agradezco, pero nos apañamos bien.

Mitch sabía demasiado bien lo que era el orgullo y se limitó a asentir.

–Bueno, la oferta está sobre la mesa, por si surge algo. No lo dudes, ¿de acuerdo?

–Gracias. Buenas noches, Mitch –vaciló y añadió–: Sé que debería habértelo dicho cuando sucedió el accidente, pero lamenté mucho lo de Amy. Perderla debe de haber sido terrible para tus hijos y para ti.

Él asintió.

–Era una buena mujer. No pasa un día sin que la eche de menos. Ya ha pasado un año y todavía hay noches que entro en casa y la llamo –se encogió de hombros–. Dicen que se me pasará.

Ella le tocó el brazo brevemente.

–Esos que lo dicen dirán muchas cosas, pero creo que lo dicen básicamente porque no quieren reconocer que las pérdidas de cualquier tipo son terribles.

–Sí, sí que lo son. Buenas noches, Lynn.

Los niños habían entrado y ella corrió tras ellos. Mitch se quedó donde estaba mirándola.

Ahí pasaba algo y cualquiera podía verlo, pero entendía el derecho de cada uno a reclamar su independencia e intimidad después de un duro golpe, y también sabía que era natural en una mujer proteger a sus hijos a toda costa. Si Lynn necesitaba ayuda desesperadamente para ellos, se la pediría a cualquiera que se ofreciera. Y si alguna vez le preguntaba, él estaría ahí mismo. Alguien tenía que acabar con ese inconfundible dolor y ese temor que nunca parecía abandonar su mirada.

Y él necesitaba un proyecto más de lo que había imaginado. A lo mejor era posible que se necesitaran el uno al otro.

—La lasaña de Raylene es la mejor —murmuró Jeremy adormilado cuando Lynn fue a verlo antes de que se fuera a dormir—. ¿Por qué tú ya no cocinas así?

—Porque no tengo tiempo.

—Pero Raylene también trabaja y la hace —insistió.

Sabía que su hijo de diez años no podía entender lo incómoda que la estaba haciendo sentir esa conversación, pero era complicado contener el deseo de contestarle:

—Dime qué es lo que más echas de menos y te lo prepararé pronto —le prometió.

—Entrecot y patatas asadas —respondió de inmediato—. También era el plato favorito de papá.

Y un plato que se salía mucho de su actual presupuesto, pensó Lynn con hastío. Sin embargo, como fuera, lograría dárselo.

—Veré qué puedo hacer.

—¿Mañana? —insistió el niño emocionado.

—Mañana no, pero pronto —le respondió con firmeza, suspirando ante la expresión de decepción de su hijo—. Y ahora a dormir. Mañana hay cole. ¿Has estudiado para el examen de Historia?

Él se encogió de hombros.

–Lo suficiente.

Lo cual, se temía, significaba que no. ¿Por qué no se había sentado con él nada más terminar de cenar para repasar la lección como siempre solía hacer?

Porque había estado ocupada intentando averiguar cómo hacer que esos veinticuatro dólares con treinta y cinco centavos le duraran, al menos, una semana más, pensó furiosa mientras su futuro exmarido seguro que estaría por ahí cenándose su entrecot.

–Te voy a despertar media hora antes para que podamos repasarlo juntos.

–¡Mamá! –murmuró con un dramático gruñido.

–Y ni se te ocurra fingir dolor de estómago o de garganta o de oídos, ¿entendido? –se inclinó para darle un sonoro beso que lo hizo reír a pesar de su típica protesta sobre lo mayor que era ya para esas muestras de afecto.

Tras dejar al pequeño en su habitación, llamó a la puerta de Lexie.

–¿Sigues estudiando?

Para su pesar, Lexie levantó la mirada del libro que había estado fingiendo que leía con las mejillas surcadas de lágrimas.

–Echo de menos a papá –susurró–. Lo siento, pero es así.

Lynn se sentó junto a ella en la cama y la abrazó.

–Nunca te arrepientas por echar de menos a tu padre –le aseguró.

–Pero tú debes de ponerte triste cuando lo digo –le respondió–. Sé lo mucho que te estás esforzando por hacer que todo parezca normal.

–Creo que es obvio que las cosas no son normales y por mucho que finja, nada de eso va a cambiar –posó un dedo bajo su barbilla–. Y ahora mírame. Quieres a tu padre y, a pesar de lo que ha pasado entre los dos, sé que te quiere. Jamás permitiré que eso se interponga entre vosotros dos.

–¿Pero entonces por qué hace tanto tiempo que no viene por aquí?

Lynn suspiró.

–Ojalá pudiera explicar los actos de tu padre, pero no puedo. A lo mejor tiene mucho trabajo.

–He probado a llamarlo al móvil, pero salta el buzón de voz y Noelle, de la oficina, me ha dicho que estaba fuera –dijo la chica demostrando que se había acercado a las fuentes de información pertinentes todo lo que había podido en busca de respuestas–. Parecía algo inquieta cuando he llamado, así que no creo que esté fuera por negocios. ¿Sabes adónde ha ido?

Lynn no quería contarle lo del viajecito a un complejo de golf porque bastante insignificante se estaba sintiendo ya la niña y, además, tampoco lo sabía con seguridad, ya que los rumores siempre se descontrolaban por Serenity y solo unos pocos demostraban ser verdad.

–Lo cierto es que no –le dijo a su hija, cuyas lágrimas ya se estaban secando, aunque la expresión de aflicción seguía ahí–. ¿Qué te parece si mañana intento enterarme para que sepas cuando volverá? ¿Te servirá eso?

Lexie asintió.

–¿Sabes qué no entiendo? ¿Que pueda seguir echándolo tanto de menos cuando estoy tan enfadada con él?

Lynn esbozó una pequeña y, en esta ocasión, sincera sonrisa ante la complejidad de la pregunta. ¿No se había preguntado ella lo mismo más de una vez? Por muy furiosa que estaba con Ed la mayor parte del tiempo, había momentos en los que pensar que no volvería a verse rodeada por sus brazos le daba ganas de llorar.

–Las relaciones son complicadas, cielo. El amor no desaparece solo porque alguien te haya decepcionado. Sabes cuánto me enfada que Jeremy beba leche directamente del cartón o que tú te dejes las toallas mojadas por todo el suelo del baño, ¿verdad? –preguntó haciéndole cosquillas–. Pero aun así os quiero.

–O como cuando me dices diez veces que recoja mi cuarto –comentó Lexie siguiéndole la broma–. Me cabreo, pero te sigo queriendo.

–O cuando me desobedeces por muchas veces que te diga que no puedes picar antes de cenar.

Por desgracia, eso hizo que la sonrisa de Lexie se desvaneciera.

–Ya, como si últimamente tuviéramos comida para picar.

De nuevo, Lynn sintió el peso de todas las secuelas del divorcio. Por un lado estaban las cosas graves, como que Ed no estuviera allí cuando los niños lo necesitaban o que no dejaran de retrasar una y otra vez los pagos de la hipoteca, y después las cosas aparentemente triviales como eso, que no hubiera comida para picar después de clase. Si lo juntaba todo se sentía como si les hubiera fallado a sus hijos y, por mucho que quisiera echarle toda la culpa a Ed, no podía hacerlo. Ella era su madre y debería estar encontrando el modo de mantener a sus hijos. Ponerse a trabajar para Raylene había sido un comienzo, pero no era suficiente obviamente, no cuando Ed no estaba cumpliendo con su parte.

Se juró en ese mismo instante que buscaría un segundo empleo, aunque fuera haciendo hamburguesas en el nuevo restaurante de comida rápida que habían abierto a las afueras del pueblo; lo que fuera con tal de ponerle fin al dolor de ver a sus hijos sufriendo por las decisiones que Ed y ella habían tomado.

–Lo siento –susurró Lexie–. No debería haber dicho eso. Ha sido muy cruel.

–Ha sido la verdad –respondió Lynn antes de añadir con determinación–: Pero no por mucho tiempo.

Lexie la miró esperanzada.

–¿Qué vas a hacer?

–Encontraré un empleo mejor, uno de más horas. O me buscaré otro a media jornada.

–Yo podría hacer trabajos de canguro –se ofreció la joven con entusiasmo.

–Agradezco que lo quieras hacer, pero me gustaría que fueras un poco mayor antes de tener esas responsabilidades. Ahora mismo tu trabajo es sacar unas notas geniales para poder ir a la universidad que quieras. Quiero que Jeremy y tú tengáis un futuro lo más brillante posible y para eso necesitaréis un título universitario.

–Siempre dices eso –protestó Lexie nada preocupada por la importancia de conseguir una beca si quería entrar en una de las mejores universidades. Ella solo estaba centrada en el presente–. Muchas chicas y chicos de mi edad trabajan de canguro. Tú me dejas quedarme con Jeremy.

–Tiene diez años y es tu hermano –le recordó Lynn–. No es lo mismo que cuidar de un bebé o de un niño pequeño.

–¿Y si voy a clases al centro cultural para conseguir el certificado de niñera? ¿Si hago el curso podría trabajar? –la miró suplicante–. Por favor, quiero ayudar.

–Si lo haces y apruebas el curso, entonces ya veremos. Pero el dinero será para tus ahorros y tus caprichos, ¿de acuerdo? No tienes que ser tú la que aporte dinero para los gastos de la casa.

Lexie la abrazó.

–¡Gracias, gracias, gracias! Mañana mismo me apunto. Ya sé de un montón de gente que necesita niñera, así que en cuanto apruebe el curso iré a repartir anuncios.

Lynn sonrió ante su entusiasmo, deseando poder reunir el mismo para buscarse otro trabajo.

–Muy bien, mi pequeña empresaria. Pero ahora vete a dormir. Te quiero.

–Te quiero, mamá.

Apagó la luz, pero en cuanto salió por la puerta, Lexie la volvió a encender. Lynn sonrió porque sabía exactamente qué haría. Estaba enviándole un mensaje a Mandy para comunicarle la gran noticia con la esperanza de que su mejor amiga se apuntara también al curso.

Cosa que Mandy probablemente haría. La una nunca hacía nada sin la otra, razón de más por la que haría todo lo posible por seguir en esa casa, para que su hija no se viera apartada de su mejor amiga, la amiga que le había ofrecido el mejor apoyo que se le podía dar a una chica de su edad.

Capítulo 2

Mitch se había acostumbrado a pasarse por Wharton's para desayunar, algo que jamás se le habría pasado por la cabeza mientras Amy vivía, ya que ella siempre se había asegurado de que se marchara de casa con un copioso desayuno que lo mantuviera con energías toda la mañana. Ahora Grace Wharton lo cuidaba con la misma actitud protectora, aunque sus esfuerzos siempre iban acompañados de una buena dosis de fisgoneo.

—Estás trabajando demasiado —le dijo al dejarle delante una taza de humeante café.

—¿Y tú cómo lo sabes?

—Porque estás aquí prácticamente antes de que me dé tiempo a preparar el café y porque sé que estás trabajando en casa de Raylene y Carter hasta la noche. A ver, ya que sé que jamás te fijarías en una mujer casada, ¿qué es lo que te atrae para estar allí? ¿No estarás pensando en reavivar algo con Lynn Morrow ahora que Ed y ella se van a divorciar, no?

Mitch se quedó pasmado de ver cómo había ido directa al grano antes de que él siquiera hubiera tenido la oportunidad de planteárselo.

—¿Qué hay que reavivar? —preguntó esperando disuadirla. Aunque ni siquiera un tren yendo hacia ella a máxima velocidad la haría vacilar una vez tenía una misión—. Lynn y yo nunca tuvimos nada.

Ya que acababa de amanecer y apenas había gente en la cafetería, Grace se sentó frente a él en el banco y le lanzó una de esas miradas de «a mí no me engañas».

–Te debes de pensar que tengo mala memoria, Mitch, pero puedo recordar perfectamente bien cómo la seguías a todas partes por el instituto con esa expresión de enamorado plantada en toda la cara. Si venía aquí a tomarse un refresco o un batido con sus amigas, nunca estabas demasiado lejos mirándola con adoración.

Se estremeció ante una descripción probablemente más que precisa.

–¿Tan patético era?

–No patético, solo un chico sufriendo por un amor no correspondido, al menos que yo sepa.

–Pues si sabías que no era un amor correspondido, entonces también sabrás que no hay nada que reavivar. Además, cuando estoy trabajando donde Raylene apenas veo a Lynn.

–A veces no hace falta ver nada cuando existe una posibilidad intrigante. A mí me parece que a ella le vendría muy bien tener a un hombre formal en su vida. Ed Morrow no es que fuera un chollo precisamente, y si nunca me había caído demasiado bien, ahora menos todavía –sus palabras tenían una rotundidad que parecía indicar que había oído cosas que tal vez otros desconocían. A pesar de lo que pensaba todo el pueblo, había cosas que Grace no compartiría con nadie, no si creía que podía hacerle daño a alguien contándolo.

Miró a Mitch directamente a los ojos.

–Y sabes que sigo pensando que ya es hora de que sigas adelante con tu vida.

Él se rio.

–Grace, es probable que sepas del amor mucho más de lo que yo sabré nunca, pero me parece que ser formal no es lo que hace exactamente que a una mujer le tiemble el pulso con un hombre.

–Sí que lo hace cuando esa mujer ha estado con un hombre como Ed. Y sabes exactamente a lo que me refiero, a un hombre con una brújula moral estropeada. Hazme caso. He oído cosas –dijo con rotundidad.

Mitch asintió.

–Y sospecho que más de las que necesitabas. Recordaré tu consejo por si algo cambia. Y ahora, ¿crees que me podría tomar mis huevos con jamón y sémola?

–Hoy, con el frío que hace, tomarás gachas de avena y después ya veremos –le respondió guiñándole un ojo.

–¿Cómo puede ser que sigas teniendo clientela cuando eres tan mandona con todos?

–¿Qué quieres que te diga? Tengo una personalidad con encanto y, además, siempre tengo los mejores cotilleos del pueblo.

Eso, para su pesar, era una gran verdad.

–Con tal de no ser tu tema del día hoy, me conformaré con las gachas.

–¿Y por qué iba a hablar de ti? Hasta ahora no has montado ni un solo escándalo –le gritó al alejarse–, lo cual es una pena.

Intentando imaginar qué pasaría si quebrantara alguna de las reglas con las que había vivido desde la muerte de Amy, rezó por tener fuerza para mantenerlas. Por mucho que le encantaran el descaro y la vivacidad de Grace, no estaba del todo preparado para aparecer en el menú del día junto con el sándwich de atún.

Satisfecha de haberle preguntado la lección lo suficiente para sacar un aprobado en el examen de Historia, Lynn mandó a su hijo al colegio y fue al pueblo. En la puerta de Wharton's agarró el semanario local y fue a tomarse una taza de café que pretendía alargar todo lo posible. Grace solía rellenársela bastante, así que con eso tenía cafeína suficiente para pasar el día.

–Vaya, vaya, mira quién está aquí –dijo Grace bien alto cuando entró.

Únicamente entonces, Lynn se fijó en que Mitch estaba sentado solo en un banco. Él le lanzó una sonrisa nerviosa y señaló la mesa.

–¿Te sientas conmigo? –le preguntó con claro nerviosismo.

–¿Seguro? Parece que hayas terminado. ¿No tienes que estar pronto en casa de Raylene?

–Los chicos ya saben qué hacer si llegan antes que yo –le aseguró–. ¿Café?

–Sí –respondió entusiasmada justo cuando Grace llegó con una taza que llenó hasta el borde para a continuación rellenar la de Mitch con una sonrisita de satisfacción.

Lynn la vio alejarse.

–¿Estaba sonriendo?

Mitch suspiró.

–Sí. Hazme caso, no querrás saber por qué. ¿Te apetece comer algo? Yo invito.

–No, gracias –respondió aunque no pudo evitar mirar con anhelo un plato de tostadas francesas que Grace estaba llevando a otra mesa.

–¿Cuándo ha sido la última vez que te has tomado una tostada francesa de Grace? –le preguntó Mitch con una sonrisa.

–Hace bastante –admitió–, pero, de verdad, no tengo hambre.

–Nadie mira la comida como lo acabas de hacer tú a menos que sea una auténtica tentación –y llamó a Grace para decirle–: Una tostada francesa, y ponlo a mi cuenta.

–Hecho –respondió ella.

Lynn lo miró consternada.

–No tenías por qué hacerlo, de verdad.

–Pero quería. Tener a alguien que no sea Grace con quien charlar mientras me termino la segunda taza de café es todo un regalo.

–Lo he oído –señaló Grace al pasar por delante, aunque le guiñó un ojo a Lynn–. Este hombre está loquito por mí y no te pienses que no lo sé. Neville también lo sabe, pero mi marido dice que le da igual lo que haga con tal de que lo deje tranquilo.

Lynn se rio al ver el gesto afligido de Mitch.

–Ya sabes que no bromearía así contigo si no te adorara.

–Lo sé –se inclinó sobre la mesa y le confió–: Esta mujer me aterra. Si se sale con la suya, me casaré antes de que haya terminado el verano, así que más te vale salir corriendo mientras puedas.

De nuevo, Lynn no pudo controlar la risa.

–Creo que eres mucho más duro que eso.

Él le lanzó una mirada que no llegó a interpretar del todo.

–Eso creía yo también –respondió de pronto con tono muy serio.

Antes de poder darse cuenta de qué había querido decir con eso, Grace colocó delante de ella un plato con dos gruesas tostadas doradas junto con una jarra de sirope de arce caliente, mantequilla y azúcar con canela.

–No estaba segura de cómo te gustaba. A mí me gusta el sirope, pero muchos prefieren la canela.

–A mí me gusta empaparlas en mantequilla y sirope –admitió Lynn que extendió la mantequilla, las cubrió con sirope y probó el primer bocado–. ¡Ay, Dios mío! –murmuró sacándole una sonrisa a Mitch–. ¿Qué?

–Recuerdo esa mirada. Se te puso la misma cara en Rosalina's cuando probaste la pizza por primera vez.

–¿Cara de haberme muerto y haber subido al cielo? Eso seguro. Cuando se trata de ciertas comidas, es como si hablaran con alguna parte de mi alma.

–¿Eso hacen la pizza y las tostadas francesas? –le preguntó él divirtiéndose claramente–. ¿Y qué más?

–La tarta de chocolate. Es casi mejor que el sexo –en

cuanto esas palabras salieron de su boca, sintió cómo se sonrojó brutalmente–. Lo siento. No debería haber dicho eso.

Él se rio.

–Pues no veo por qué no, si es la verdad. Tendré que recordar la gran opinión que tienes de esas cosas. Y ahora dime qué haces aquí tan temprano.

Ella le dio una palmadita al periódico que tenía delante.

–Buscando otro empleo.

Mitch frunció el ceño.

–Creía que estabas trabajando para Raylene.

–Pero solo a tiempo parcial. Necesito más horas.

–Pero ¿y los niños? –preguntó antes de añadir–: Lo siento, no es asunto mío. Supongo que daba por hecho que Ed os tenía que pasar la manutención.

–Y así es –respondió rápidamente.

Mitch la miró fijamente.

–¿Pero? Porque estoy seguro de que hay un pero.

–No es nada. No importa.

–¿Es que se retrasa con los pagos o algo?

Lynn se ruborizó.

–Mitch, no me siento muy cómoda hablando de esto –no quería que todo el pueblo se pusiera a especular sobre Ed y el modo en que se estaba comportando. Y no porque no lo estuvieran haciendo ya, pero no quería ni confirmar nada ni sumarse a las habladurías.

Sin embargo, estaba claro que Mitch no iba a echarse atrás. Con gesto lleno de preocupación, insistió:

–Creía que éramos viejos amigos. Si hay algún problema, a lo mejor puedo ayudar.

–Eres muy amable al ofrecerte, de verdad que sí, pero todo saldrá bien. Además, no me va a matar trabajar unas cuantas horas más a la semana y tampoco perjudicará a los niños –añadió a la defensiva.

–Sé que eres una gran madre, Lynn –le respondió con

tono paciente–. No quería expresar lo contrario. Veo bastante a Jeremy y a Lexie por casa de Raylene como para saber que están muy bien educados y eso es gracias a ti.

Ella recibió la alabanza de buen grado. No era algo que hubiera escuchado demasiado de boca del que pronto sería su exmarido.

–Gracias por decirme eso. Son unos niños geniales y me preocupa muchísimo cómo los afectará el divorcio. Lexie está creciendo demasiado deprisa, eso seguro. Es una niña muy sensata y por mucho que me esfuerce en que mis problemas no la salpiquen, lo capta todo.

–A mí me parece que está bien –la consoló Mitch–. Deberías oírlas a Mandy y a ella en casa de Raylene. Puedo oír sus risas por encima de los martilleos y, lo que es más impresionante, por encima de la música que escuchan. A mí me parece que es una adolescente feliz y sana.

–Ojalá yo la hubiera oído reírse así –dijo con cierta nostalgia–. Últimamente Mandy y ella no quedan mucho en mi casa.

–A lo mejor es porque se siente culpable de divertirse cuando sabe que tú estás triste –apuntó Mitch sorprendiéndola con su perspicacia–. Los jóvenes son así. Los primeros meses posteriores a la muerte de Amy mis hijos fueron muy considerados cada vez que venían a casa y eso me sorprendió tremendamente. Nunca pensé que tuvieran una gota de sensibilidad en su cuerpo, pero los educó Amy, así que por supuesto que la tenían.

Lynn vio su mirada de anhelo y respondió con delicadeza:

–No hay duda de cuánto la querías, Mitch –por muy duros que fueran los trámites de divorcio, sabía que no eran nada comparado con la muerte de alguien a quien amabas tanto.

–E imagino que siempre la querré, aunque cada día que pasa se va haciendo un poco más sencillo.

De pronto pareció reaccionar y volver al presente.

–Bueno, será mejor que vaya a casa de Raylene porque se estará preguntando qué me ha pasado. Siempre me da una lista de cosas por hacer antes de irse al trabajo –se acercó y le confió–: No se lo digas, pero me las guardo en el bolsillo y no vuelvo a mirarlas.

–¿Y lo haces porque te importa un comino lo que quiera o porque tienes memoria fotográfica? –preguntó Lynn.

Él se encogió de hombros.

–A lo mejor un poco de ambas. Sé que al final lo haré todo. Si llevo tanto tiempo en este negocio es porque sé lo que hay que hacer y cuándo. Ya nos veremos, Lynn. Gracias por la compañía.

–Gracias a ti por el desayuno –le respondió y lo vio marcharse y subirse a su resplandeciente y nuevo cuatro por cuatro que tenía aparcado en la puerta. No pudo evitar preguntarse si un hombre que cuidaba tanto de su coche sería igual de atento y considerado con una mujer.

Justo en ese momento, Grace se acercó.

–Qué bien le sientan a ese hombre los vaqueros –dijo con un dramático suspiro y, dirigiéndose a Lynn, añadió–: Por si no te habías dado cuenta.

–Cuesta no darse cuenta –respondió y, mirando a Grace con gesto de reprimenda, añadió–: Pero no vayas a meterte ninguna idea rara en la cabeza, ¿eh? No estoy buscando un hombre y él dice que tampoco está buscando a nadie.

–Y a veces la gente se miente porque así se sienten más seguros.

Se marchó dejando a Lynn sola con la penosa y desalentadora lista de ofertas de empleo. Contemplar el sexy trasero de Mitch en unos vaqueros era mucho más fascinante que los escasos trabajos disponibles en Serenity.

Pero, tal como se dijo firmemente al forzarse a volver

a mirar el periódico, comerse a un hombre con los ojos no le llevaría la comida a su mesa. Y eso era lo que necesitaba ese mismo día en lugar de la peligrosa y fugaz satisfacción de sentir cómo se le aceleraba el pulso por primera vez en mucho tiempo.

Lynn recurriría a su última posibilidad, un empleo de cajera en un pequeño supermercado en una zona algo peligrosa del pueblo. Incluso en una comunidad tranquila como Serenity había lugares que era mejor evitar. Por desgracia, estaba demasiado desesperada como para tenerlo en cuenta.

Para su disgusto, la estaba entrevistando una chica la mitad de joven que ella. Probablemente no pasaría de los veintiuno.

—¿Estás dispuesta a trabajar por las noches? —le preguntó Karena masticando chicle y con gesto de aburrimiento.

—¿De qué hora a qué hora exactamente? —preguntó Lynn estremeciéndose por dentro ante la idea de tener que dejar solos a los niños en casa por la noche.

—De once de la noche a siete de la mañana —respondió Karena.

Consternada, Lynn sacudió la cabeza de inmediato. De eso ni hablar.

—Lo siento. Tengo niños en casa. No puedo hacerlo.

—Pues es lo único que podemos ofrecer —dijo Karena levantándose y dando por terminada la conversación.

—Gracias de todos modos —logró decir Lynn—. Siento haber malgastado tu tiempo, pero en el anuncio no ponía que fuera un trabajo de noche.

Cuando volvió a su coche, apoyó la cabeza contra el volante y contuvo esas lágrimas de las que últimamente nunca se despegaba. Intentó no ceder ante ellas, pero había momentos en los que no podía contener el dolor y la frustración. Unos minutos después alguien llamó a su ventanilla haciendo que se incorporara con el corazón acelerado.

–¡Mitch! –exclamó–. Me has dado un susto de muerte.

Él le indicó que bajara la ventanilla y después la miró con lo que parecía verdadera preocupación.

–Por favor, dime que no estabas pensando en solicitar un empleo aquí –le dijo con tono acalorado.

Ella frunció el ceño al oírlo.

–Sí que lo he solicitado, pero lo único que tenían disponible era por la noche y obviamente eso no puedo hacerlo.

–No deberías trabajar aquí a ninguna hora. Es peligroso.

–Si la clientela de esta zona es tan bruta, ¿qué haces tú aquí?

–Iba a la tienda de fontanería y he visto el cartel de «Se necesita personal» en el escaparate y tu coche aparcado. Después de la conversación que hemos tenido, he querido parar para asegurarme de que no ibas a cometer ninguna locura.

–No tiene nada de locura buscar un trabajo.

–Por supuesto que no, pero no aquí, Lynn.

Molesta por su actitud, le contestó:

–Ya te he dicho que no he podido aceptarlo por el horario, pero de todos modos, ¿a ti qué te importa?

–Me importa porque se trata de un amigo protegiendo a su amiga. ¿Sabes por qué necesitan una cajera de noche? Porque a la última le dispararon hace una semana en un atraco.

Lynn empezó a temblar incontrolablemente.

–Dios mío –murmuró–. No tenía ni idea.

–Lo he visto en el periódico, el mismo que estabas leyendo esta mañana.

–Solo he mirado los anuncios.

–Bueno, imagino que si no hubiera venido a decírtelo, Carter te lo habría impedido. Tiene más problemas por esta zona que en cualquier otra parte del pueblo –vaciló, claramente debatiendo consigo mismo antes de añadir–: Si tan desesperada estás por encontrar trabajo, trabaja para mí –le dijo con clara reticencia.

Ella casi se echó a reír, aunque la expresión de Mitch decía que hablaba en serio. Muy en serio.

–¿Para ti? ¿Haciendo qué? El último trabajo de bricolaje que probé en casa resultó un desastre y tuve que llamar a un profesional para que lo rehiciera.

Él sonrió ante el comentario.

–No me refería a incorporarte a una de mis cuadrillas de trabajo, pero sí que me vendría muy bien un poco de ayuda con el trabajo administrativo.

Lynn lo miró con escepticismo.

–¿No tienes ya a alguien para hacerlo?

–No. En invierno normalmente me apaño solo para hacer las facturas y las nóminas, pero cuando llega la primavera y tenemos más trabajo, me cuesta ocuparme de todo.

–Dudo que pueda ser mucho mejor en eso que empapelando la cocina –le dijo con sinceridad.

–Es un sistema muy sencillo –le aseguró–. Puedo enseñarte en una hora.

–¿Tienes despacho?

–No, y ahí está lo mejor, que puedes trabajar desde casa. Simplemente llevaré allí mi portátil y una impresora. ¿Qué te parece si probamos a ver qué tal sale? Si te sientes cómoda, seguiremos adelante.

Lynn sintió un suave escalofrío de esperanza.

–¿Y me juras que no te estás inventando trabajo solo para darme un empleo?

–Te lo juro –respondió con una sonrisa–. Puedes empezar mañana. Te llevaré el portátil por la mañana y te enseñaré la información básica. Hay un montón de facturas por emitir y puede que a finales de semana ya seas capaz de preparar las nóminas.

–Si todo esto es tan sencillo como haces que parezca, ¿cuántas horas serían?

–Unas veinte, un empleo a tiempo parcial. Así también podrías seguir con tu trabajo en la tienda de Raylene. ¿Te parecería suficiente ayuda?

–Sería un regalo caído del cielo –le respondió refiriéndose sobre todo a lo de trabajar en casa–. Pero solo si estás seguro. No parecías muy convencido cuando lo has mencionado al principio. ¿Es que ya te estabas arrepintiendo antes de que las palabras salieran de tu boca?

–Claro que no –respondió ahora más convincentemente–. Estoy muy seguro de esto, Lynn.

–¿Y me despedirás si lo hago fatal?

–No creo que lo vayas a hacer fatal, pero, si lo haces, algo me dice que no tendré que hacer nada. Tú misma te marcharás, o por frustración o por aburrimiento.

Ella lo miró a los ojos, unos ojos amables y de un tono azul grisáceo en los que nunca se había fijado.

–Últimamente me parece que no dejo de darte las gracias por cosas, pero tengo que decirlo otra vez.

–No lo digas. Me vas a resolver un problema.

Ella sonrió.

–Supongo que eso ya lo veremos, ¿no?

–Me pasaré a primera hora de la mañana, en cuanto los niños se hayan marchado a clase. ¿Te parece bien?

Lynn asintió.

–Perfecto. No tengo que estar en la tienda de Raylene hasta las diez. Vuelvo a casa sobre las dos y después podré ponerme con lo que necesites que haga.

–Muy bien, pues en eso quedamos. Y por la tarde de camino a casa me pasaré otra vez por si tienes alguna duda. O también puedes ir a la puerta de al lado si surge algo que no entiendas.

–Esto es una bendición, Mitch. Muchas gracias.

–No más gracias, ¿de acuerdo? Se trata de un acuerdo de negocios, ¿entendido? Necesito ayuda y tú buscas trabajo. Nos beneficia a los dos.

Ella sacudió la cabeza.

–Lo siento. No puedo prometerte que no siga dándote las gracias. Tengo la sensación de que eres mi ángel de la guarda.

El comentario pareció ruborizarlo.

–Cielo, puedo asegurarte que no soy un ángel. Puedes preguntarle a cualquiera del pueblo.

Lynn sacudió la cabeza, no se lo creía.

–Creo que en eso te equivocas, Mitch. Jamás he oído a nadie decir una sola palabra mala sobre ti.

–Pues eso será porque nunca has hablado con Nettie Rogers, que jura que aplasté sus azaleas cuando estaba reformando su porche. Y después está Sissy Adams, que me acusó de cambiar el amarillo de su pintura por un mostaza solamente para molestarla, y eso que la mujer es daltónica; podría haberle pintado las paredes de naranja y seguro que no habría podido distinguirlo de un rosa fosforito.

Lynn se rio.

–Estás exagerando, pero esos no son la clase de pecados a los que me refería.

Él le sonrió con un sorprendente brillo en la mirada.

–Los pecados son harina de otro costal, y creo que sería mejor que nos los guardáramos para otro día porque, si no, abandonarás este empleo antes de haber empezado. Y ahora vamos, márchate de aquí. Quiero ver que te incorporas al tráfico sin problema antes de irme.

–Hasta mañana entonces –le dijo arrancando el motor. Estaba a punto de abrir la boca para darle las gracias de nuevo cuando el gesto de Mitch la detuvo. Parecía como si estuviera retándola a pronunciar otra vez las palabras prohibidas.

Lynn esperó hasta alejarse antes de murmurar:

–Gracias, Mitch. Eres mi ángel de la guarda, digas lo que digas.

¿Quién le iba a decir que un ángel de la guarda podría presentarse con la forma de un tipo pelirrojo ataviado con vaqueros, con unos chispeantes ojos azules grisáceos y un trasero muy atractivo?

Capítulo 3

A pesar del alivio que sintió por tener otro trabajo, de camino al centro del pueblo seguía con el estómago encogido. No había olvidado la promesa que le había hecho a Lexie sobre localizar a Ed y decirle cuándo volvería y, además, ella también tenía razones para querer saber esas cosas. Sabía que intentar sonsacarle información a la leal y discreta Noelle por teléfono sería una pérdida de tiempo, pero cara a cara, la secretaria de Ed tendría muchos más problemas para resistirse.

El éxito del negocio de seguros de Ed se concentraba de manera ostentosa en el gran edificio que había construido en Main Street. Personalmente, a Lynn siempre le había parecido pretencioso, pero él había insistido en que era bueno para el negocio, sobre todo para el negocio de los seguros, tener una imagen impresionante y robusta.

Lynn aparcó en el gran aparcamiento de la parte trasera y entró por la puerta más cercana despertando miradas de asombro entre algunos de los colegas de Ed que no la habían visto desde que ambos se habían separado. Suponiendo que se habían puesto de su lado y sin querer poner a ninguno en un compromiso, asintió educadamente y siguió caminando hasta su gran despacho situado en la zona frontal del edificio.

–Hola, Noelle.

La secretaria de Ed emitió un pequeño grito ahogado, pero se recuperó rápidamente para decir:

–Señora Morrow, ¿cómo está?

–Bien, Noelle. ¿Y tú?

–Bien. ¿En qué puedo ayudarla? Ed no está aquí.

–Eso he oído. ¿Tienes idea de dónde puedo localizarlo o de cuándo volverá?

–Como le dije a Lexie cuando me llamó, no estoy segura.

–¿Sobre ninguna de las dos dudas? –preguntó Lynn con escepticismo–. No puedo recordar ni una sola vez en la que Ed no se haya puesto en contacto contigo.

–Bueno, por supuesto hablo con él si hay alguna emergencia –dijo Noelle cada vez más incómoda. A pesar de la lealtad que le guardaba a su jefe, era una mujer compasiva y madre soltera también, así que supuso que entendía la situación demasiado bien.

–¿Entonces por qué no me cuentas cómo contactas con él? Por favor, Noelle. Hablaste con Lexie, sabes cuánto echa de menos a su padre, y hay cosas que tengo que hablar con él y que no pueden esperar.

–Volverá pronto –respondió la secretaria manteniéndose firme.

–¿Cuándo?

–La semana que viene como muy tarde o incluso antes.

Lynn sacudió la cabeza.

–No me vale. Tengo que hablar con él hoy mismo.

Noelle la miró con auténtica compasión.

–Ojalá pudiera ayudarla, pero necesito este trabajo. No puedo violar su confianza. Me despediría –y, mirándola fijamente, añadió–: Sabe que lo haría.

Lynn suspiró. Sí, por desgracia lo sabía demasiado bien. Incluso antes de entrar en el edificio había sabido que pondría a Noelle en una situación complicada y lo último que quería era ver a otra madre soltera despedida de su trabajo.

De pronto se le ocurrió algo. Ed siempre dejaba dinero en metálico en un compartimento secreto al fondo de uno de sus cajones. Ya que no le había enviado la pensión, supuso que tenía derecho a hacerse con ese dinero como pudiera.

–¿Te importaría que le dejara una nota en su mesa?

–No hay problema –respondió Noelle aliviada por que Lynn no fuera a presionarla.

–Gracias. Tardaré un minuto –entró en el despacho que tanto se había esforzado en decorar eligiendo tonos cálidos y acogedores junto con un mobiliario elegante y, a petición de Ed, mucho más caro de lo necesario.

Se sentó en su silla de piel ergonómica tras el enorme escritorio de caoba y abrió el cajón de abajo. Metió la mano en el compartimento oculto detrás una pila de folios, sacó doscientos dólares y, sintiéndose culpable, se los guardó en el monedero.

Y para cubrir la coartada que había utilizado para entrar en el despacho, redactó rápidamente una nota pidiéndole a Ed que la llamara inmediatamente a su regreso, la dobló y la metió en un sobre antes de dejarla en una esquina del impoluto cartapacio sobre la mesa.

–Hecho –le dijo a Noelle saliendo deprisa–. Le he dejado la nota en la mesa. Por favor, asegúrate de que la lee porque, si no, en cuanto vea mi letra la tirará a la basura.

–Haré todo lo que pueda –prometió Noelle mirándola como con gesto de disculpa–. Siento no haber podido ayudarla más.

–Me has ayudado bastante –le aseguró Lynn.

De vuelta en su coche se vio temblando por segunda vez ese día. Por mucho que pensara que tenía derecho a mucho más que esos doscientos dólares, no podía evitar pensar que se había convertido en una ladrona. Eso era en lo que la estaba convirtiendo el divorcio.

Pero entonces pensó en sus hijos y se puso derecha. Había hecho lo que había tenido que hacer y si alguien debía sentirse avergonzado por su comportamiento, ese era Ed. Y era exactamente lo que le diría si tenía el atrevimiento de enfadarse por ello.

Incluso con la promesa de otro sueldo pronto y con el dinero que había robado en su bolso, Lynn no se vio capaz de gastárselo en el supermercado. ¿Quién sabía que otra crisis podría surgir antes de que Ed por fin pagara lo que debía?

Salió del establecimiento con dos pequeñas bolsas de comida y un gran pesar en el corazón. Con eso apenas pasarían la semana y ¿después qué? Doscientos dólares parecían una fortuna, pero no durarían mucho. Apenas cubrirían la factura de la luz, así que mucho menos taparían los pagos atrasados de la hipoteca.

Después de guardar la escasa compra en la nevera y la despensa, sabía que tenía que hacer algo más para afrontar la situación. Ni siquiera otro sueldo resolvería las cosas, no con los intereses que se le estaban acumulando. A regañadientes, levantó el teléfono y llamó a Helen.

—El cheque de la pensión ha fallado otra vez —le dijo a la abogada—. Me he gastado prácticamente el último dinero que me quedaba en algo de comida para un par de días —respiró hondo y confesó—: Hasta he recurrido a sacar dinero del despacho de Ed. Sé que es robar, pero ¿qué iba a hacer, Helen? ¿Dejar que mis hijos se mueran de hambre?

Helen dejó escapar un calificativo que, de haberlo pronunciado en el juicio, habría levantado ampollas en los oídos de Ed.

—Mira, no puedo justificar un robo, pero vamos a hacer como si eso no me lo hubieras contado nunca. Créeme, entiendo lo desesperada que debes de haber estado para recurrir a eso.

—No va a saldar todas las facturas —dijo Lynn frustrada–, pero sí que podremos comer unos días y cubrir alguna otra cosa si estrujo cada centavo.

–Me pasaré por tu casa con un cheque antes de que termine el día –le prometió Helen–. Y antes de que me digas que no, créeme, Ed me lo devolverá, aunque tenga que sacárselo a palos.

Lynn sonrió.

–Quiero estar allí si lo haces. Esperar a que llegue ese momento le aportaría una gran luz a mi vida.

–¿Qué pasa con esas facturas que has mencionado? ¿Te apañas? ¿Está cubriendo Ed lo que se supone que debe cubrir, la hipoteca y los gastos de manutención?

Lynn respiró hondo y respondió:

–Solo he recibido un aviso del banco. No han recibido los dos últimos pagos de la casa y están amenazando con ejecutar la hipoteca. La compañía eléctrica me ha dado dos semanas para pagar o nos cortarán el servicio.

–¡Menudo cerdo! –exclamó Helen con furia–. ¿De verdad quiere que acabéis viviendo en la calle?

–No creo que le preocupe nadie más que él mismo últimamente. He encontrado un empleo a tiempo parcial en la tienda de Raylene, aunque tal como están las cosas el sueldo no es mucho. Y hoy Mitch Franklin me ha contratado por horas para llevarle las facturas y las nóminas, aunque ni siquiera con dos empleos podré salir adelante porque además los niños necesitan ropa y material para el colegio. No puedo soportar ver su mirada cuando les digo que no hay dinero para algo que necesitan ni, mucho menos, para extras como ir al cine con sus amigos. Y también me he despedido de echarle gasolina al coche. Hasta hoy, que he ido a buscar otro trabajo, me he pasado semanas sin conducir.

Una vez hubo empezado, no pudo parar ni contener todas las frustraciones y los miedos que había estado acumulando. Helen la escuchó sin decir nada y después dijo con rotundidad:

–Vamos a solucionar esto, Lynn. Te lo prometo.

–¿Antes de que me quede sin casa? –preguntó Lynn con ironía.

–Totalmente. Hablaré con el banco y, si hace falta, le solicitaré al tribunal que intervenga mientras todo esto se soluciona.

Lynn respiró aliviada. Podría soportarlo todo excepto verse en la calle y sin ningún sitio adonde ir. Sus padres habían muerto hacía varios años, sus hermanas vivían en otros estados, y si se enteraran de lo que estaba pasando, intentarían ayudar, pero no podría soportar la humillación de pedirles nada. Eso se lo había estado ahorrando como última medida desesperada.

–En una hora o dos me paso por allí con el cheque –le prometió Helen–. Así te dará tiempo a ir al banco a cobrarlo. Mientras tanto, llamaré a Jimmy Bob West para meterle miedo por el comportamiento de su cliente. Una vez vaya a tu casa, miraremos esas facturas y veremos qué podemos hacer, ¿de acuerdo?

–Gracias, Helen. Sinceramente no sé qué haría sin ti de mi lado. Si estuviera sola, podría marcharme y empezar de nuevo incluso desde abajo, pero a los niños les debo algo mejor.

–Eres una mujer fuerte, Lynn. Intenta recordarlo. Harás todo lo posible por mantener a tu familia sana y salva. Solo me gustaría que me lo hubieras contado antes. A lo mejor podría haber hecho algo antes de que las cosas se pusieran tan mal.

–Me enseñaron que pedir ayuda era un signo de debilidad y seguí pensando que podía solucionar las cosas o que Ed espabilaría.

–Recurrir a tus amigas, y sobre todo a tu abogada, no es ninguna debilidad –le respondió Helen con énfasis–. Recuérdalo. Nos vemos en un rato.

–Gracias –respondió Lynn con el ánimo algo menos por los suelos.

Pero entonces, como si no tuviera bastante, cuando fue a lavarse las manos en el baño de abajo, el grifo del agua fría se le quedó en la mano.

–Lo que me faltaba –murmuró sentándose en el inodoro y dejando brotar las lágrimas. No estaba segura de qué brotaba con más fuerza, si sus lágrimas o el agua–. Llorar no va a resolver nada –se dijo en un intento de encontrar la llave de paso, solo para descubrir que estaba atascada. Pensó en Mitch y en cómo el pobre hombre no se había imaginado lo que sería ofrecerse a ayudarla porque últimamente su vida estaba inundada de desastres. Aun así, se había ofrecido y lo tenía en la casa de al lado.

Se echó agua en sus ojos hinchados, se cepilló el pelo y corrió a casa de Raylene, que abrió inmediatamente extrañándose al verla.

–¿Estás bien? Has estado llorando. ¿Qué puedo hacer para ayudarte?

–Ha sido un día frustrante, nada más. ¿Está aquí Mitch? ¿Crees que me lo podrías prestar un minuto? Tengo una catástrofe de fontanería y no sé qué hacer. Se ofreció a ayudarme si necesitaba algo alguna vez.

–Claro que sí. Iré a buscarlo y le diré que vaya.

–Gracias.

Raylene echó a andar, pero se giró al instante diciendo:

–Lynn, si necesitas algo, ya sabes que Carter y yo te echaremos una mano encantados. Mandy adora a Lexie y nos encanta tenerla en casa siempre que viene. Jeremy y tú también sois bienvenidos siempre. Supongo que todo estará siendo muy duro desde que Ed se marchó. Lo supuse cuando viniste buscando trabajo.

–Nos apañamos –respondió Lynn con tirantez y preguntándose si Helen la habría informado de lo mal que estaban las cosas y si Raylene solo le había dado el empleo por pena. Sin embargo, inmediatamente dejó de pensar en esa posibilidad. Helen tenía un concepto de la ética demasiado elevado como para ir por ahí hablando de las desdichas de sus clientes.

Y después de todo por lo que había pasado, los malos tratos de su marido, su lucha contra la agorafobia y un encuentro con su ex después de que lo hubieran soltado de la cárcel, Raylene era la primera en prestarle ayuda a cualquiera porque decía que la hacía sentir bien por fin poder devolver toda la amabilidad que había recibido cuando se había visto psicológicamente atrapada en su propia casa durante tanto tiempo.

Forzó una sonrisa.

—Gracias por ofrecerte, pero ya habéis hecho bastante por nosotros.

—Nos alegramos de ayudar. Y lo digo en serio.

Asintió.

—Lo sé —por segunda vez ese día le habían recordado que tenía amigos, gente que estaría a su lado solo con que lo pidiera.

—De acuerdo —dijo Raylene antes de ir a buscar a Mitch mientras Lynn volvía a su casa.

Cuando Mitch se presentó en su casa e inmediatamente se puso a trabajar con el grifo, no pudo evitar fijarse en que no solo era competente, sino además un hombre de pocas palabras. Le agradó que no le hiciera un montón de preguntas sobre cómo se las había apañado para romper esa estúpida cosa porque Ed habría convertido el incidente en una excusa para acusarla de inútil.

Una vez el trabajo estuvo hecho, Mitch se lavó las manos y le sonrió.

—Como nuevo, o tan bien como puede estar un grifo de veinte años. No estaría mal que lo cambiaras alguno de estos días.

—Lo añadiré a la lista.

Él le lanzó una mirada de reprimenda.

—¿Te refieres a una de esas largas listas que nunca se completan?

–Prácticamente.

–Te podría conseguir uno a precio de coste y cambiártelo en un momento.

Lynn sacudió la cabeza.

–No pasa nada, este podrá aguantar un poco más.

–De acuerdo –respondió él sin insistir. Cuando llegaron a la cocina, vaciló–: Aparte de haberte quedado con un grifo en la mano, ¿te ha pasado alguna otra cosa desde que nos hemos visto antes? Pareces mucho más inquieta todavía.

–Qué halagador.

Él se estremeció.

–Lo siento. No es que sea demasiado prudente; si quiero saber algo, supongo que el mejor modo de averiguarlo es preguntando. ¿Están bien los chicos?

Ella sonrió ante su determinado intento de sacarle información.

–Volverán de clase en cualquier momento. Seguro que verás a Lexie en casa de Raylene y podrás juzgar por ti mismo lo bien que se encuentra.

Mitch se mostró algo disgustado.

–De acuerdo. Mensaje recibido. No pretendía fisgonear. Lo siento si te he molestado.

–Soy yo la que lo siente, Mitch. Ha sido un día duro. Tenías razón. Estoy inquieta.

–Pues date un respiro y relájate. Me pasaré mañana por la mañana.

–Hasta mañana.

Empezó a marcharse, pero se giró.

–Oye, ¿no podrías convencer a Lexie para que sintonizara la emisora de country local a todo volumen en lugar de esa música de locos que les gusta a Mandy y a ella?

–Por aquí no he tenido ninguna suerte, aunque yo también lo preferiría. La música country que Sarah y Travis emiten en la emisora es mucho más de mi gusto.

–Del mío también. Creo que he vivido muchas cosas de las que cuentan en sus letras.

–¿No lo hemos hecho todos? –últimamente tenía la sensación de que sus vivencias podían servir de letra para un CD entero de canciones de desdicha amorosa. A lo mejor debería dedicarse profesionalmente a ello.

Mitch se quedó ahí un instante más y se encogió de hombros.

–Será mejor que vuelva. Si estoy fuera demasiado rato, mi cuadrilla puede levantar un muro donde no debería ir una pared.

Ella se rio.

–Algo me dice que los tienes enseñados mucho mejor que eso. Desde aquí tiene una pinta estupenda. Estoy deseando ver cómo queda.

–Uno de estos días tendrás que dejar que te dé una vuelta por la obra. Raylene tiene un casco que puede prestarte, suponiendo que lo encuentre. Creo que disfruta dándome sustos de muerte entrando sin él puesto.

–Me gustaría. Siempre hablamos de hacerle un añadido a esta casa, pero nunca llegamos a hacerlo. Y ahora sí que nunca sucederá.

Le quitó importancia al comentario en cuanto salió de sus labios.

–Pero bueno, ya qué más da –murmuró–. Gracias de nuevo por ayudarme con esta crisis de fontanería, Mitch. Eres mi salvavidas.

–Cuando quieras. Ya te lo dije.

Lo vio alejarse fascinada de nuevo por cómo esos vaqueros descoloridos y desgastados se curvaban sobre un trasero increíblemente sexy. En cuanto ese inapropiado pensamiento le pasó por la cabeza, se llevó una mano a la boca como si lo hubiera dicho en voz alta.

¿Pero qué le pasaba? Prácticamente estaba perdiendo la cabeza por sus problemas económicos, había robado dinero del despacho de su marido y, aun así, ¿seguía pensando en lo atractivo que estaba Mitch con unos vaqueros? ¡Qué locura! Lo último que necesitaba ahora era una complicación más. Y Mitch Franklin, por muy dulce y sexy que fuera, sin duda sería una complicación.

Empezando desde mañana mismo tendría que estar en alerta total para asegurarse de que contenía esos pensamientos porque, de lo contrario, trabajar para ese hombre resultaría increíblemente incómodo. Mientras se recordaba eso, se preguntó si sería esa la razón por la que había dudado antes de aceptar el empleo. ¿Estaría él también pensando demasiado en ella? ¿O se habría dado cuenta de esa querencia que ella había desarrollado por su trasero?

Fuera como fuese, se recordó con rectitud, al día siguiente tenía que ponerle fin a todo ese asunto. Mantendría los ojos puestos en la pantalla del ordenador y lejos, muy lejos de Mitch o de cualquier parte especialmente intrigante de su anatomía.

Cuando Mitch volvió a casa de Raylene, su cuadrilla ya había terminado la jornada y ella inmediatamente le lanzó una especulativa mirada.

—Has tardado mucho rato. ¿Algún problema con la reparación?

Él frunció el ceño molesto por lo que le pareció un tono de censura en su voz.

—¿No te habrá importado que haya ido, verdad?

Inmediatamente, ella pareció algo molesta.

—Claro que no. Solo quería meterme un poco contigo. He pensado que arreglar la pila o lo que se haya roto sería lo mínimo que habría pasado.

Mitch la miró con los ojos entrecerrados.

—¡Ni se te ocurra empezar! Bastante se entromete Grace ya.

—¿Entonces Grace también te ha visto con Lynn?

—No pienso tener esta conversación contigo —dijo rotundamente.

–¿Ni siquiera si te digo que vamos a cenar pollo asado con puré de patatas y salsa de carne? Lo he hecho por ti.

–Tráeme un plato mientras trabajo –dijo con firmeza–. Tengo que adelantar unas cosas antes de irme.

Raylene sacudió la cabeza con un brillo de diversión en la mirada.

–O comes en la mesa como la gente civilizada o no comes. Eso es lo que les digo a las niñas y a ti también.

–Podría marcharme ya mismo. No cobro por horas.

–Podrías, pero sé que el pollo asado es tu plato favorito. ¿Te lo negarías solo para evitar unas cuantas preguntas inocentes?

–Ninguna de tus preguntas tiene nada de inocente, Raylene. Perfectamente podrías competir contra esos reporteros del programa *60 Minutos*.

Para ser un hombre que había estado llorando la muerte de la mujer más importante de su vida y la soledad que ello conllevaba, de pronto se vio rodeado de un excedente de mujeres mandonas y sabelotodos a su alrededor. Y en cuanto volviera a casa tendría que pensar cómo se sentía exactamente por ello.

–Puede que tenga una idea de qué está pasando con el dinero que supuestamente está pagando Ed –le dijo Helen a Lynn cuando pasó por su casa con un cheque.

En cuanto pronunció esas palabras miró a su alrededor con gesto de culpabilidad.

–¿Están los niños aquí?

Lynn sacudió la cabeza.

–Lexie está en casa de Raylene y Jeremy en la calle jugando con sus amigos.

–Bien. No me gustaría que oyeran esto.

–¿Qué está pasando?

–Jimmy Bob está ocupándose de esos pagos supuestamente, ¿verdad?

Lynn asintió.

—Eso es lo que me dijo Ed.

—Bueno, pues Jimmy Bob está ilocalizable en este momento.

Lynn la miró sorprendida.

—¿Quieres decir que ha desparecido?

—Desaparecido, de vacaciones, ¿quién sabe? Lo único que sé es que el despacho estaba cerrado a cal y canto cuando he pasado por allí y que había un cartel en la puerta que decía que el bufete seguiría cerrado indefinidamente. He llamado a mi investigador y le he pedido que averigüe algo.

—Sé que no te hace mucha gracia la práctica de Jimmy Bob, pero ¿no es extraño incluso tratándose de él?

Helen asintió.

—Ha hecho alguna que otra pifia a lo largo de los años, pero jamás pensé que pudiera desaparecer en mitad de un caso. Tenemos otra citación la semana que viene. A menos que le concedan un aplazamiento, del cual no he tenido notificación hasta ahora, el juez esperará que se presente. Y Ed también.

—A lo mejor los dos se han ido a ese complejo de golf.

Helen se encogió de hombros.

—Podría ser, pero eso tampoco encaja. Al menos su secretaria debería estar en el despacho atendiendo llamadas y ni siquiera tiene un contestador automático conectado.

—A lo mejor ha pensado que si él se iba de vacaciones, también podría tomarse unas ella —especuló Lynn—. Eso pasa, ¿no? Las oficinas pequeñas cierran y todo el mundo se va de vacaciones al mismo tiempo.

—No en mi profesión, con citaciones judiciales cambiando siempre y con emergencias con los clientes —insistió—. Aunque claro, Bob no siempre actúa como debería hacerlo un profesional de verdad —y dejando de lado esa discusión añadió—: Bueno, no tiene sentido estar intentando averiguar qué trama Jimmy Bob porque pronto lo sabremos. Mientras tanto, este cheque debería ayudarte a salir del paso y he concertado una cita con el director del banco mañana. Ya te comunicaré qué clase de condiciones temporales he logrado negociar. No creo que vayan a mostrarse poco razonables mientras este problema se soluciona.

–Gracias, Helen. Sinceramente no sé qué haría sin ti. Creo que en el instituto ya sabía que ibas a ser una abogada de superéxito a favor de los desvalidos. ¿Te acuerdas de cuando defendiste a Jane Thompson ante el consejo escolar por copiar? Nadie se pensaba que pudieras llegar a ayudarla.

–Era inocente –dijo Helen sonriendo.

–¿En serio? –preguntó Lynn con escepticismo–. ¿No la pillaron con las manos en la masa pasando una nota en mitad de un examen?

–La pillaron con una nota –admitió Helen–, pero fue Jimmy Bob West el que se la había puesto en la mano cuando vio a la profesora acercándose. Incluso entonces ya era un cerdo.

–¿No intentó convencerte para que te asociaras con él hace unos años? Me habría gustado estar delante cuando le diste tu respuesta.

Helen se rio.

–Solo le dije que, lamentablemente, preferiría comer barro a trabajar con él, o algo así.

–Imagino que las palabras fueron algo más descriptivas.

–Mucho más, pero Jimmy Bob no se ofendió lo más mínimo. Aún me lo pregunta de vez en cuando.

Abrazó a Lynn.

–Aguanta, ¿de acuerdo? Y llámame la próxima vez que tengas algún problema. Mientras tanto, te informaré de la fecha de la citación y de lo que descubra sobre el paradero de Jimmy Bob.

–Que pases buena noche –le dijo Lynn y agitando el cheque añadió–: Voy a relajarme por primera vez en días.

Al menos esa noche sí que podría dormir.

Capítulo 4

Flo Decatur estaba sentada en el sofá leyendo un libro a su nieta, Sarah Beth, cuando Helen llegó del trabajo con pinta de estar hecha polvo.

–¡Mami! –gritó Sarah Beth encantada y corriendo a rodearla con sus brazos–. La abuelita me está leyendo mi cuento favorito.

–Claro que sí –respondió Helen–. Tienes a la abuelita comiendo de la palma de tu mano.

Sarah Beth arrugó el gesto extrañada.

–¿Qué significa eso?

–Significa que te quiero –interpretó Flo–. Incluso más que al helado de chocolate con sirope caliente por encima.

A su nieta se le abrieron los ojos como platos.

–¿Más que la tarta de chocolate súper dulce que hace papi?

–Más todavía –confirmó Flo.

Sarah Beth se giró hacia su madre.

–¿Podemos cenar tarta y helado?

Helen se rio y miró a Flo.

–Muchas gracias. Ahora nunca habrá manera de que se coma los guisantes con zanahorias.

–A ti tampoco te hacían gracia los guisantes con zanahorias –respondió Flo siguiéndola hasta la cocina–. ¿Por qué no vas a darte una ducha y te pones ropa cómoda mientras llevo a la mesa lo que sea que ha traído Erik de Sullivan's? Me aseguraré de que Sarah Beth coma. Parece que necesitas unos minutos para relajarte y desconectar.

Se quedó sorprendida cuando Helen le dio un impulsivo abrazo.

–Ni te imaginas lo maravilloso que suena eso –y lanzándole una pícara mirada a su diminuta niña añadió–: E intenta mantener a la señorita Sarah Beth alejada de la tarta hasta después de haberse terminado la cena.

–Lo tengo todo controlado –le aseguró Flo guiñándole un ojo a su nieta.

A Flo le encantaban esas cenas habituales con su hija y su nieta ya que, aunque se sentía muy cómoda en su apartamento y tenía una activa vida social, echaba de menos el tiempo que había pasado en esa casa mientras se había estado recuperando de su operación de cadera. Estaba capturando tantos nuevos recuerdos familiares, de esos tan escasos mientras había estado intentando llegar a fin de mes como madre soltera cuando Helen tenía la edad de Sarah Beth. Le gustaba pensar que su hija y ella eran amigas y no solo una madre y una hija con una conflictiva relación.

Además disfrutaba mucho de las comidas que su yerno le llevaba a casa desde Sullivan's. Ese restaurante de Dana Sue donde él ejercía como chef tenía una comida mejor que nada que Flo hubiera visto en su mesa nunca, y eso que hubo un tiempo en el que era considerada la mejor cocinera de su parroquia.

Esa noche, Erik le había enviado dos barbos fritos, uno para Helen y otro para ella, delicias de pollo y puré de patatas para Sarah Beth junto con un poco de esa dulcísima tarta de chocolate derretido que era la favorita de la niña... y también de Flo.

Sirvió un vaso de leche para su nieta y preparó un par de cócteles para Helen y para ella. Se sentó con Sarah

Beth mientras la pequeña comía y después la dejó marcharse a su cuarto a jugar antes de irse a la cama.

–Pero deja que mami esté tranquila un rato, ¿de acuerdo?

–Ajá –respondió Sarah Beth antes de marcharse arrastrando un tigre de peluche hecho trizas.

Para entonces, Helen ya estaba de vuelta con aspecto más fresco aunque aún preocupado.

–¿Un mal día? –le preguntó Flo, siempre interesada en los casos legales que llevaba su hija. Hacía un tiempo habían llegado a la conclusión de que el interés de Helen por la abogacía probablemente se relacionaba con todos los programas de televisión de juicios que Flo había visto mientras planchaba los montones de ropa que le habían aportado unos dólares extra cada semana.

–Ni te lo imaginas –respondió Helen dando un sorbo a su bebida y cerrando los ojos con un suspiro de satisfacción–. Lo necesitaba.

–Uno de estos días te prepararé una buena tanda de margaritas –dijo Flo sonriendo–. Sé que son tus favoritos, eso debes de haberlo heredado de mí. No hace mucho hice unos cuantos por primera vez en años.

Helen la miró con diversión.

–¿De verdad quieres recordarme lo de las Senior Magnolias en casa de Liz?

Flo se rio.

–Sí, fue una gran noche y me niego a disculparme por ello. Frances necesitaba algo para distraerse del diagnóstico que le había dado el médico.

–Aun así, espero que aprendierais la lección cuando los vecinos llamaron a la policía –dijo Helen con fingida severidad.

Su madre sonrió.

–Me temo que no. Hacía años que no lo pasábamos así de bien, al menos no que podamos recordar.

Helen se puso seria.

–¿Qué tal está Frances últimamente? Hace unas semanas, en la concentración contra el acoso escolar, parecía bastante centrada.

–Está luchando contra ese deterioro cognitivo o cómo se llame con la misma determinación con la que se ha enfrentado a todo lo demás en su vida. Creo que lo de armar jaleo aquel día le vino muy bien –guiñó un ojo–. Y también le vinieron muy bien los margaritas. Deberías saber de primera mano el efecto curativo que puede ejercer uno de esos junto con un puñado de amigas.

–Tú lo has dicho: «uno» –la reprendió Helen aunque estaba sonriendo.

–Sí, bueno, puede que se nos fuera un poco de las manos –admitió Flo–. Somos viejas. Se nos debería permitir alguna que otra concesión.

Su hija se rio.

–Creo que la gente lleva años haciéndoos concesiones a las tres. Seguro que en vuestros tiempos armasteis buenos jaleos por el pueblo –dijo mirando a su madre con algo que a Flo le pareció una pizca de aprobación.

–Bueno, no puedo hablar por Frances y por Liz, ya que son diez años mayores que yo, pero yo sin duda sí que las armé. E imagino que aún nos quedan unos cuantos más alborotos por liar.

Sin embargo, mientras hablaba frunció el ceño.

–A pesar de lo que acabo de decir sobre cómo está luchando Frances, no estoy segura del todo de que vaya a poder vivir sola mucho más tiempo. Tal vez aún no ha desarrollado Alzheimer y puede que no lo haga nunca, pero se ha producido un cambio preocupante en ella. Liz y yo hemos estado animándola a afrontarlo, pero aún no está lista para aceptar vivir con asistencia en casa. Es muy duro tener que aceptar que vas a depender de otras personas, pero sobre todo es duro para alguien como Frances, que siempre ha sido la que ha ayudado a los demás.

–Lo siento.

Flo suspiró.

–Yo también. Una de las cosas que odio de hacerme mayor es ver cómo tantos amigos míos van perdiendo su vitalidad. Es como si una vez que empezáramos a descender por esa colina ya no hubiera vuelta atrás. Por eso estoy decidida a vivir cada segundo que pueda al máximo.

–Quitando lo de tu cadera rota, por lo demás has tenido mucha suerte –le recordó Helen–. El médico dice que tienes el corazón de una mujer sana y de veinte años menos.

–Sí que he tenido suerte, de eso no hay duda. Y me siento muy agradecida de estar de vuelta en Serenity y poder pasar tiempo contigo y con Sarah Beth. Florida estaba muy bien y siempre te agradeceré que me buscaras aquel piso tan bonito, pero estar en casa es mucho mejor.

–A mí también me alegra que estés aquí.

Flo le lanzó una mirada de complicidad.

–Pues no lo parecía cuando te dije que quería volver de Boca Ratón.

–No. Me parecía un error, pero me equivoqué.

Flo se rio ante la expresión de aflicción de su hija.

–Duele admitir algo así, ¿verdad?

–Ni te lo imaginas –dijo Helen sonriendo–. Afortunadamente, gracias a cómo Erik me recalca cada error que cometo, estoy aprendiendo a aceptar que soy tan humana como cualquier otro.

–Sabes que tu marido es uno entre un millón, ¿verdad?

–Sí, y le doy gracias a Dios cada día por tenerlo.

Flo asintió con satisfacción.

–Bueno, ¿por qué no me cuentas ahora qué es eso que ha ido tan mal hoy?

–Solo uno de esos desagradables casos de divorcio que me hace preguntarme por qué es ilegal ir detrás de uno de esos hombres aprovechados con una escopeta cargada.

Flo vaciló.

–Sé que no puedes darme detalles sobre tus casos,

pero esto no tendría nada que ver con Ed y Lynn Morrow, ¿verdad?

Helen la miró sorprendida.

—¿Por qué me preguntas eso? —dijo con un tono que para Flo fue respuesta suficiente.

—Sé que has aceptado el caso. Y también sé que Sarah y Travis están preocupadísimos por Lynn. Antes vivían al lado, en la casa de los padres de Sarah. Ahora está allí Raylene y le contó algunas cosas a Sarah. Le ha dado a Lynn un trabajo y un par de veces por semana intenta que sus hijos y ella cenen en casa, pero creen que la cosa está muy mal.

—¿Cómo te ha llegado toda esta información? —preguntó Helen con curiosidad.

—Mediante Liz, por supuesto. Como vive en la casita de invitados detrás de la casa de Sarah y Travis, los ve todo el tiempo. Se han convertido en una familia y Sarah confía en ella.

—Y, por supuesto, Liz te lo contó a ti —concluyó Helen—. El mecanismo de chismorreos de Serenity funciona a la perfección.

—Eso no siempre es algo malo —le recordó Flo—. Sé que puede doler ser el cotilleo del pueblo, pero a veces gracias a eso la gente sabe cuándo uno necesita ayuda. No puedo soportar los chismorreos frívolos, pero esto es distinto. Al menos, eso me parece.

—Supongo que tienes razón.

Miró a su hija fijamente.

—Bueno, ¿y cómo de mal están las cosas? ¿Hay algo que pueda hacer? He pasado por lo mismo, he sido una madre soltera sin nadie a quien recurrir. Si puedo ayudar, me gustaría. Liz opina lo mismo, pero no sabemos qué hacer sin llegar a ofenderla.

Helen miró a Flo asombrada.

—¿Esa mirada incrédula se debe a que no puedes creer que tenga un ápice de compasión en mí o a que te sorprenda mi perspicacia? —le preguntó Flo con ironía.

–Supongo que simplemente me sorprende que quieras implicarte cuando ninguna de las dos conocéis mucho a Lynn. Es muy considerado por vuestra parte, pero tienes razón, no creo que Lynn esté abierta a recibir mucha ayuda externa ahora mismo. Le resulta duro admitir que tiene problemas, incluso a mí.

–¿Podrás solucionarle las cosas?

–Eso espero. Solo temo que vaya a tardar más de lo esperado.

–Bueno, si necesitáis apoyo puedes contar con Liz y conmigo. Y también con Frances, si es que se encuentra bien para ello –miró a su hija con una sonrisa–. A nuestras edades, no nos importa provocar algunos problemas si hace falta. Puede que sea divertido acabar metida en la cárcel por una causa que merezca la pena.

Helen se mostró ligeramente alarmada.

–¿En qué clase de problemas estás pensando?

–Pues se me ocurre hacer piquetes en la puerta de las oficinas de Ed –dijo con entusiasmo–. La gente espera que las personas que se ocupan de sus seguros sean responsables y un poco de humillación pública podría lograr que reaccionara e hiciera lo correcto por su familia.

La expresión de Helen se iluminó por un momento, pero entonces sacudió la cabeza.

–Por mucho que me encante la idea, creo que nos ceñiremos a los procedimientos legales por el momento, mamá. Aunque créeme, si no puedo hacerle cambiar de actitud, las tres podréis ocuparos de él.

Flo asintió.

–No tienes más que decírnoslo. Se me da muy bien hacer pancartas de protesta, por muy mal que esté que lo diga yo. Resultaron ser muy buenas para esa protesta contra el acoso escolar, y las que Liz ideó en apoyo a Laura Reed fueron absolutamente geniales. Todas esas manifestaciones en pro de los derechos civiles que Liz lideró hace años le enseñaron unas cuantas cosas sobre las protestas efectivas.

–No puedo negar que las tres desempeñasteis un gran papel a la hora de levantar el sentimiento popular. Vamos a ver cómo marcha todo en el juzgado la semana que viene antes de que demos el siguiente paso, ¿de acuerdo?

–Lo que tú quieras –respondió Flo y se levantó–. Odio dejarte con los platos, pero tengo que irme corriendo.

Helen la miró con expresión de asombro.

–Aún es temprano. ¿No te quieres quedar y ayudarme a meter a Sarah Beth en la cama?

Flo respiró hondo y soltó:

–La verdad es que tengo una cita –contuvo el aliento a la espera de la reacción de Helen y fue básicamente lo que se había esperado: su hija se quedó como si le hubiera hablado en otro idioma.

–¿Una cita? ¿Desde cuándo? ¿Quién?

–Ya te lo contaré todo la próxima vez que me pase por aquí –respondió alegremente–. No quiero hacerle esperar. Vamos a ir a bailar a Columbia.

–¿A esta hora?

–Tú misma acabas de decir que es temprano. Y soy un ave nocturna.

Helen frunció el ceño.

–¿Desde cuándo? Antes no lo eras.

–Porque tenía que estar levantada y lista para ir a trabajar en cuanto amanecía –le explicó pacientemente–. Ahora puedo quedarme despierta hasta la hora que quiera –le dio un beso en la mejilla–. Te quiero. Dale las buenas noches a Sarah Beth de mi parte.

Agarró el bolso y salió corriendo antes de que Helen pudiera reunir las agallas suficientes para interrogarla, tal como sabía que haría antes o después. Pero mejor después que antes.

Para lo abierta de miras que era con la mayoría de las cosas, cuando se trataba de la vida social de su madre, Helen era una estirada total y lo había sido desde el viaje de vuelta de Boca Ratón cuando Flo había mencionado sin darse cuenta que se había dejado olvidada una caja de preservativos en la mesilla de noche. ¡A la pobre chica por poco no le había dado un ataque ahí mismo en la I-95! Y esperaba poder evitar provocarle esa reacción una segunda vez.

Esa mañana, Lynn se vistió con especial cuidado. Se dijo que era simplemente porque siempre intentaba estar bien cuando trabajaba para Raylene en su elegante boutique, aunque en el fondo sabía que el rosa de sus mejillas y la máscara de pestañas que se estaba aplicando tenían más que ver con el hecho de que Mitch fuera a pasarse por casa que por causarles buena impresión a las clientas de la tienda.

Estaba en la cocina con una cafetera recién hecha cuando Mitch llamó a la puerta trasera.

—Pasa. Está abierta —gritó.

Él entró frunciendo el ceño.

—¿Siempre dejas la puerta abierta?

—Solo cuando estoy esperando a alguien que viene de la casa de al lado.

—Pues es una mala idea —farfulló nada aplacado con la respuesta.

—Tomo nota —respondió divertida por lo protector que era.

Él estrechó la mirada con cierta desconfianza.

—¿No me estás haciendo ni caso, verdad?

—¿Sinceramente? No mucho.

—Estoy empezando a pensar que Raylene y tú me vais a acabar matando. Ella se niega a ponerse el casco en una zona de construcción y tú dejas la puerta abierta para que pueda entrar cualquiera. A mí me enseñaron a cuidar de las mujeres.

—Y a mí me enseñaron a cuidarme solita.

–Pues entonces hazlo –le respondió con frustración.

Lynn lo miró con gesto tolerante.

–¿Un café?

–¿Intentas cambiar de tema?

–Sí –respondió sirviéndole una taza–. De lo contrario, me temo que nuestra relación laboral va a empezar muy mal. Además, parece que necesites cafeína. Eso explicaría ese humor tan rarito.

Mitch sacudió la cabeza y suspiró.

–Puede que tengas razón –dejó el portátil sobre la mesa–. ¿Te parece bien por ahora?

–Claro. Luego le haré sitio en mi escritorio.

–Tengo la impresora en la camioneta.

–Puede que el portátil funcione con la mía. Si quieres esperamos a ver si sirve.

–Vale, pero mañana te traeré papel, cartuchos de tinta y lo que necesites.

–Muy bien.

Él dio un trago de café, abrió el portátil y lo encendió.

–Trae una silla y siéntate a mi lado.

Lynn acercó una silla y miró la pantalla intentando no fijarse en el calor que irradiaba de su cuerpo ni en esa fortaleza masculina que sugerían todos sus músculos. Se obligó a reaccionar. Hacía mucho tiempo que no se paraba detenidamente a fijarse en el cuerpo de un hombre.

–¿Me estás prestando atención? –preguntó Mitch de pronto con tono de diversión.

Ella lo miró sorprendida.

–Pues claro, ¿por qué?

–Porque parecías un poco distraída, eso es todo.

Agitó una pequeña libreta y un boli.

–¿Lo ves? Estoy lista para tomar notas.

–¿Y has tomado alguna ya?

–Por ahora ni siquiera has abierto el programa.

Él sonrió.

–Tienes toda la razón. Tiene contraseña, ¿vale? –se la

dijo, ella la apuntó y después fue guiándola paso a paso por el sistema de facturación y el programa de nóminas–. ¿Lo vas entendiendo por ahora?

Sacó unas cuantas hojas de su bolsillo trasero.

–Son algunas notas para la facturación. En el sistema encontrarás los clientes, sus direcciones y sus números de cuenta. La gente suele pagar el cincuenta por ciento por adelantado y el resto cuando el trabajo está terminado. Si hay alguna factura por materiales, se envían cuando se incurre en el gasto. Mi tarifa se suele abonar una vez todo el mundo firma en la ficha que indica que todo está hecho a la satisfacción del cliente.

–¿Entonces esas notas tuyas indican exactamente qué clase de factura tengo que emitir, no?

–Bueno, en teoría debería ser así. Ya que normalmente sé para qué son, puede que no lo haya anotado en estas hojas. ¿Qué te parece si lo hago esta tarde antes de que llegues a casa para asegurarme de que tienes todo lo que necesitas?

–Entonces indagaré en el sistema hasta que me vaya a la tienda de Raylene y así veré si entiendo cómo funciona.

–Me parece bien. ¿Alguna pregunta?

–Hasta ahora ninguna, pero imagino que esta tarde tendré un montón que hacerte.

De pronto parecía ansioso por marcharse, y a ella le parecía bien, ya que no entendía por qué estar cerca de él la hacía ponerse así.

–Hasta luego –dijo centrándose en la pantalla y no en Mitch.

Él vaciló antes de marcharse, aunque al final se fue no sin antes cerrar la puerta trasera. Aunque el gesto la exasperó un poco, no pudo evitar sonreír.

Esa mujer iba a ser un problema, pensó Mitch al volver a casa de Raylene, aunque no en lo que respectaba al trabajo. Estaba seguro de que se adaptaría con facilidad. El problema era esa atracción que estaba bullendo entre los dos. Siempre había estado ahí, al menos por su parte, pero gracias a la intromisión de Grace se veía obligado a admitir que en cierto modo lo que había sentido por ella nunca había llegado a desaparecer.

En cuanto a Lynn, bueno, no podía decir con certeza si estaba sintiendo algo más allá de la gratitud, pero por un momento había tenido la sensación de que habían estado en perfecta sintonía.

Su móvil sonó justo antes de que entrara por la puerta trasera de Raylene. El identificador le indicó que se trataba de su hijo mayor.

–Hola, Nate, ¿qué pasa?

–Nada, solo llamaba para ver qué tal, papá. ¿Cómo estás?

–Trabajando, como siempre.

–¿Sigues construyendo ese añadido para el policía y su mujer? ¿Qué tal va?

–Va tirando. ¿De verdad has llamado para ver qué tal llevo el trabajo o porque necesitas dinero?

–Papá, ya nos das a Luke y a mí suficiente dinero. ¿Es que no puedo llamarte solo para ver cómo estás?

–Siempre me alegra que me llames –le confirmó Mitch–, pero tendrás que perdonarme si la experiencia me ha enseñado que suele ser algún problema económico lo que hace que me llaméis a esta hora de la mañana.

–Bueno, pues tengo una economía solvente –le aseguró y vaciló antes de decir–: La verdad es que estaba pensando en ir a pasar el fin de semana a casa. ¿Te parece bien?

–Sabes que sí –le respondió entusiasmado–. Ni siquiera tienes que preguntarlo.

–Em… –empezó a decir Nate y de pronto sonó nervioso–, ¿te importaría si llevo a alguien?

Mitch se detuvo en seco.

–Ya que has traído a media docena de amigos a casa sin avisar, supongo que se trata de un alguien femenino.

–Sí. Se llama Jo, diminutivo de Josephine, aunque no te lo creas. ¿Es que la gente sigue poniéndoles esos nombres a sus hijas?

–Está claro que algunos padres sí. Estoy deseando conocerla.

–Vale, a ver, tengo que saber si te vas a escandalizar si duerme en mi habitación.

Mitch respiró hondo y levantó los ojos al cielo.

–¿Qué tal si me mandas un poquito de ayuda, Amy? –murmuró intentando pensar cómo lo solucionaría ella. Sabía muy bien que alguien de veintiún años probablemente estaría acostándose con la persona con la que saliera, y tenía que asumir que debía de ser serio si Nate quería llevar a la chica a casa. Pero, aun así, no estaba seguro de estar del todo preparado para autorizar un comportamiento así bajo su techo.

–Lo siento, colega, pero eso no es aceptable.

–Pero, papá…

–Tu madre siempre tenía unas normas muy estrictas al respecto –le recordó Mitch–. Las sabías cuando te marchaste a la universidad. Lo que hagas en la facultad es asunto tuyo, pero en nuestra casa los invitados se quedan en las habitaciones de invitados.

–No es que sea una invitada exactamente. Quería decírtelo cuando llegáramos allí, pero supongo que será mejor que te lo diga ahora. Estamos comprometidos.

Mitch sintió el repentino e inesperado cosquilleo de unas lágrimas en los ojos y más que nunca deseó que Amy estuviera viva para vivir ese momento. Ella habría sabido qué decir, cómo reaccionar. Él, sin embargo, tuvo que forzar su entusiasmo. Nate era jovencísimo, ni siquiera había empezado a vivir.

–¿Así que comprometidos, eh? –dijo intentando inyectar algo de alegría en su voz–. Felicidades, hijo. Lo digo

en serio. Ojalá tu madre estuviera aquí. Estaría emociona-
dísima por ti.

–Lo sé –respondió Nate en voz baja–. Es muy duro saber que nunca conocerá a Jo, ni le dará su sello de aprobación, no sé si me entiendes…

Mitch sonrió.

–Sé exactamente a lo que te refieres.

Amy siempre había sido muy prudente a la hora de
compartir su opinión sobre las chicas con las que habían
salido sus hijos, pero era una opinión que ellos la habían
sabido de todos modos. Se le había dado fatal ocultar sus
sentimientos, y esos sentimientos habían influenciado claramente a Nate y a Luke porque cuando habían hecho
malas elecciones las relaciones nunca habían durado mucho, a pesar de que su madre había mantenido la boca
bien cerrada.

–Bueno, entonces ahora que sabes lo del compromiso,
¿puede quedarse en mi habitación?

Mitch aún estaba intentando asimilar la idea de que su
hijo estuviera a punto de asumir un enorme compromiso
y, de pronto, comparado con eso, la forma de dormir ya
no le pareció tanto problema.

–¿Qué tal si eso lo hablamos cuando vengáis? –quería
ver por sí mismo hasta qué punto estaban comprometidos
el uno con el otro. O tal vez solo intentaba posponer lo
inevitable: admitir que su hijo había crecido.

–De acuerdo, papá –dijo Nate cediendo–. Hasta mañana por la noche.

–Conduce con cuidado.

–Eso siempre –le respondió Nate.

Había habido una época en la que Nate, al igual que
Luke, habría volteado los ojos exasperado ante esa pequeña advertencia, pero desde la muerte de Amy ninguno se
tomaba a la ligera lo de conducir. Mitch sabía una cosa al
cien por cien: que ninguno de sus hijos conduciría jamás
borracho y que, aun estando sobrios, conducirían respon-

sablemente y con total precaución. Odiaba cómo habían tenido que aprender esa lección, pero debía admitir que se alegraba de que se la hubieran tomado tan en serio.

Ahora solo rezaba por que Nate se hubiera tomado tan en serio también todo lo que Amy y él le habían enseñado sobre la responsabilidad que suponían el amor y el matrimonio.

Capítulo 5

–He oído que a lo mejor va a tener que recurrir a cupones para comida –dijo una clienta al entrar en la tienda de Raylene. Por desgracia su voz fue lo suficientemente fuerte como para llegar hasta la trastienda y hacerla pararse en seco. Lynn sabía que debía hacerse notar para que supieran que estaba allí, pero por el contrario se ruborizó de vergüenza y esperó a ver qué más decía la mujer.

–¡Estás de broma! –le respondió su acompañante–. ¿No está Ed jugando al golf en Pinehurst o en algún sitio así esta semana?

Lynn sintió un escalofrío. No había la más mínima duda de que estaban especulando sobre ella y sobre el desastre económico en que se encontraba. ¿Cómo iba a salir ahora a atenderlas? Por desgracia, Raylene acababa de marcharse al banco y Adelia tenía el día libre. No tenía elección.

Se recompuso, se plantó una sonrisa en la cara y salió como si no hubiera oído a las dos mujeres hablando de ella. Y lo peor de todo fue que, en cuanto las vio, las reconoció.

–Buenos días, Alicia. ¿Cómo estás? ¿Y tú, Kelly Ann?

Ambas mujeres, que habían ido al colegio con ella y que ahora tenían hijos de la misma edad que Lexie y Jeremy, se sonrojaron intensamente.

Alicia fue la primera en recuperarse.

–Lynn, no tenía ni idea de que trabajabas aquí.

–Eso parece –respondió Lynn con ironía. Incapaz de contenerse, se sintió obligada a añadir–: A menos, claro, que hayáis venido con intención de avergonzarme.

En cuanto hubo soltado el atrevido comentario, Lynn formuló una disculpa, pero para su asombro, Kelly Ann se acercó a ella y le dio un impulsivo y aparentemente sincero abrazo.

–Ni se te ocurra pensar eso –la reprendió Kelly Ann–. Si alguien de este pueblo debería sentirse avergonzado, ese es el fresco de tu marido –le dijo con un inconfundible y obviamente sentido desprecio.

Lynn la miró con gratitud.

–Te lo agradezco, pero, por favor, si oís a gente hablando sobre lo que está pasando entre nosotros, intentad hacerlos callar. No quiero que los niños oigan esa clase de cotilleos. La situación ya es bastante dura tal como está.

–Los detendremos –prometió Alicia, claramente ansiosa por enmendar sus inoportunos comentarios–. No estaba pensando. Ya me conoces. Si sé algo, tiendo a contarlo. Pero de ahora en adelante tendré cuidado. Sé cómo me sentiría si la gente estuviera hablando de mí y mis hijos lo oyeran.

–Por cierto, cielo, ¿cuándo has empezado a trabajar aquí? –le preguntó Kelly Ann cambiando de tema afortunadamente.

–Solo hace un par de meses, es un trabajo a tiempo parcial. Raylene tiene a Adelia Hernández haciendo jornada completa y yo ayudo los fines de semana o cuando alguna de las dos tiene libre durante la semana.

–¿Raylene te paga por comisión? –en cuanto lo preguntó, Kelly Ann palideció–. ¿Es una pregunta demasiado personal? Solo te preguntaba porque tal vez podríamos recompensarte por lo desconsideradas que hemos sido antes.

Lynn asintió.

—Sueldo más comisión —confirmó.

—Bueno, pues entonces, Alicia, tenemos que fundir las tarjetas de crédito y ponernos manos a la obra —dijo Kelly Ann alegremente.

Lynn, que desde la separación no se había comprado más que una camiseta barata, miró asombrada cómo las dos mujeres rápidamente gastaron más dinero del que ella ganaba en un mes.

Kelly Ann dio un paso atrás y contempló sus adquisiciones con satisfacción mientras Lynn lo guardaba todo en bolsas. Le sonrió ampliamente.

—Eso debería compensar un poco que nos hayamos presentado aquí siendo tan insensibles.

—Os agradezco las ventas —por primera vez no pareció importarle si las ventas procedían de la culpabilidad o la lástima. Simplemente se centró en el buen impulso que le darían a su sueldo.

—¿Tienes un horario fijo? —preguntó Kelly Ann—. Si es así, me aseguraré de venir cuando te toque trabajar.

—No, suelo venir tres días por semana, pero nunca estoy segura de qué días serán. Depende de si Raylene o Adelia necesitan tomarse el día libre —y aunque trabajaría algunas horas para Mitch, añadió—: Si os enteráis de alguien que esté buscando un empleado por horas o en jornada completa, avisadme.

—Claro que sí —prometió Alicia.

Kelly Ann le dio otro abrazo antes de marcharse y Lynn se quedó mirándolas. Mientras que resultaba desagradable pensar cómo había empezado el encuentro, se sentía mucho mejor por cómo había terminado. Había sido toda una revelación.

Tal vez la gente del pueblo sí que se pondría de su parte. A menudo se lo había preguntado. Él era el hijo de un apreciadísimo ejecutivo de seguros cuya compañía manejaba las pólizas de casi todos los habitantes. Ahora Ed era el pez gordo al mando y ese era un puesto que inspiraba mucho respeto. Ella se había centrado tanto en cuidar de su casa y en algunos asuntos del colegio de los niños que su propio círculo de amigos había ido en disminución.

Solo pensar en la posibilidad de poder tener apoyo moral mientras la amenazaba ese espantoso desastre la animó bastante. Era posible que los intentos de aislarse para evitar juicios que creía que estaría emitiendo todo el mundo hubieran sido innecesarios. Era hora de levantar bien la barbilla y empezar a enfrentarse a la gente.

Cuando Raylene volvió del banco, miró el libro de ventas y silbó.

—¡Vaya ventas!

Lynn se rio.

—Ventas por culpabilidad —dijo antes de explicarle lo sucedido.

Raylene sacudió la cabeza.

—Me alegra que todo haya terminado bien y que te hayas sacado una buena comisión, pero espero que esas dos hayan aprendido una lección.

—Lo dudo —respondió Lynn encogiéndose de hombros—. Tú creciste en este pueblo, igual que yo, y la gente habla. Nada va a cambiar.

Raylene suspiró.

—Supongo, pero no tiene por qué gustarme, y menos cuando veo que con su desconsideración le hacen daño a mi amiga.

—No me han hecho daño, de verdad. Es más, me han abierto los ojos. Suponía que todo el mundo se pondría de parte de Ed, y por eso he estado evitando a la gente. Él es como el rey del pueblo, se enorgullece de conocer a todo el mundo y de cuidar muy bien de ellos.

—Pues de ti no está cuidando tan bien, ¿no? —dijo Raylene—. Eso le importará a la gente, Lynn. En este pueblo la familia es importante, y el modo en que un hombre trata a su familia dice mucho sobre su carácter moral. No me sorprendería ni un poco verlo perder el negocio por cómo está llevando su divorcio. Carter estaba diciendo justo anoche que en cuanto caduque su póliza de seguros del departamento de policía dentro de unos meses, quiere negociar con otra compañía.

—Estás de broma... ¿Por mí y por los niños? —preguntó atónita.

—Porque a un hombre que destruye su vida personal no se le pueden confiar los negocios de las personas. Y es una cita directa. Por supuesto, Carter es uno de esos tipos con un estricto código moral, lo cual lo convierte en un policía fantástico, aunque un poco duro para todos los que tenemos algún que otro defecto. ¿Recuerdas cómo nos conocimos, el día que se escapó el pequeño de Sarah mientras yo estaba cuidándolo? Por entonces, Carter no tenía un buen concepto de mí.

Lynn recordaba aquel terrible incidente demasiado bien.

—Dale un respiro. No entendía la agorafobia hasta ese punto y se disculpó por su actitud juiciosa después de que Travis lo pusiera al tanto.

—Sí que lo hizo —respondió Raylene sonriendo—. Y demostró que tenía muchas cualidades que lo salvaban.

—Ese hombre te adora, con defectos y todo, suponiendo que tengas alguno. Sin duda se quedó a tu lado mientras luchaste contra la agorafobia y no podías salir de casa. Creo que todos nos quedamos maravillados con eso.

—Fue un santo, de eso no hay duda. Y ha sido un gran apoyo para sus hermanas desde que sus padres murieron, pero tiene sus momentos juiciosos. Claro que, cuando se trata de Ed, sí que estoy de acuerdo con su decisión. Yo también pasaré mis pólizas a otra compañía a la primera oportunidad que tenga.

Lynn la miró con ironía.

—Por mucho que me encante la idea de la venganza,

entendéis que si el negocio de Ed se hunde, mi situación empeorará aún más.

Raylene la miró consternada.

—¡Vaya! Eso no lo había pensado.

—Créeme, yo sí. Tengo pesadillas con eso. De pronto quiero que acabe como un indigente y al momento me doy cuenta de que nos arrastraría a los niños y a mí con él.

La expresión de Raylene se tornó pensativa.

—De acuerdo, pues entonces tenemos que encontrarte otro trabajo, algo mejor que lo que yo puedo ofrecerte por ahora. Eres inteligente y llevas años llevando una casa sin mucha ayuda de Ed, imagino. Tienes habilidades que puedes usar en un empleo. Solo tenemos que centrarnos y crear un currículo perfecto.

—Justo ayer encontré otro trabajo a tiempo parcial —admitió Lynn.

A Raylene se le iluminaron los ojos.

—¿En serio? Cuéntame.

—Mitch me ha contratado para llevarle las facturas y las nóminas. Justo esta mañana he empezado a aprender a usar el sistema y esta tarde vamos a repasar algunas cosas más cuando llegue a casa.

Una sonrisa se extendió por el rostro de Raylene y Lynn sospechó que el brillo de sus ojos no tenía nada que ver con que hubiera encontrado un empleo.

—¿Así que Mitch, eh? —comentó claramente fascinada—. ¿Y cómo ha sucedido?

Ya que no quería mencionar su estúpida decisión de haber estado a punto de aceptar un puesto de cajera en la zona peligrosa del pueblo, simplemente dijo:

—Sabía que estaba buscando algo a tiempo parcial y me mencionó que le podría venir bien mi ayuda. Y lo mejor es que puedo trabajar desde casa.

La sonrisa de Raylene se extendió aún más.

—¿Así que lo mejor, eh? Habría pensado que lo mejor

sería pasar más tiempo con Mitch. Ese hombre está como un tren.

–Eso ha dicho Grace y parece ser un consenso en ciertos círculos.

–¿Es que tú no te has fijado?

–Conozco a Mitch desde el colegio. Es un viejo amigo, eso es todo.

–A lo mejor lo era en el colegio, cuando tú babeabas por Ed, pero las circunstancias han cambiado –le recordó Raylene–. Y no olvides que he visto cómo te mira cuando los dos estáis cenando en casa.

–Es una mirada de preocupación, eso es todo. Está preocupado por el daño que nos pueda causar el divorcio a los niños y a mí. Él es así.

–¿Y tiene algo de malo ser considerado y compasivo?

–Por supuesto que no, pero no es que esa sea exactamente la base de un gran romance, tal como tú insinúas.

Raylene se rio.

–Cielo, ni siquiera estoy insinuándolo, te lo estoy diciendo directamente. Tienes que echarle otro vistazo a ese hombre antes de que venga alguna otra y te lo quite. Ha sido inmune a la mayoría de las mujeres que se le han echado encima, pero no puedes dar por hecho que esa resistencia le dure para siempre.

–Venga, Raylene –protestó Lynn–. ¿Cómo sería capaz de pensar en él de ese modo? Aún está de luto por Amy y mi proceso de divorcio ni siquiera ha terminado. Por lo que sé, podríamos terminar perdiendo la casa y teniendo que mudarnos más cerca de alguna de mis hermanas. ¿Por qué empezar algo que no tiene ninguna posibilidad?

Raylene le lanzó una mirada de represión.

–Estoy demasiado familiarizada con esa actitud derrotista. Yo no dejaba de intentar liberar a Carter de la carga que yo suponía. Me esforcé mucho en no enamorarme de él porque creía que mi situación nunca cambiaría y me negaba a tenerlo atado a una mujer que ni siquiera podía salir de su casa. Pero él no quiso rendirse y luchó por lo que teníamos. Creo que Mitch y tú también podríais tener una relación duradera y estable.

—¿Lo dices basándote en cómo me miró en la cena? —preguntó Lynn con escepticismo—. Aún estás cegada por el romanticismo. No todas las situaciones tienen un final de cuento.

—Lo único que digo es que no deberías rendirte sin luchar. Suponiendo que estés mínimamente atraída por él, claro —añadió mirándola con astucia—. ¿Lo estás?

Lynn vaciló y dijo:

—De acuerdo, me siento un poquito atraída —alzó dos dedos dejando un centímetro de separación entre ellos—. Esto.

Raylene se rio.

—Hay parejas que han empezado con mucho menos que eso. Ven a cenar esta noche. Mitch suele quedarse, como ya sabes. Déjame tantear el terreno.

—De eso nada —respondió Lynn temblando ante la idea—. No quiero sentarme ahí mientras tú nos analizas como si fuéramos especímenes bajo un microscopio. Sería demasiado embarazoso.

—¿Estás diciendo que no vas a volver a cenar con nosotros? —le preguntó Raylene frunciendo el ceño—. Lo último que pretendía era ahuyentarte.

—No lo has hecho. Al menos, no del todo. Pero es que no creo que pueda fingir que se trata de una cena más después de toda esta charla sobre la atracción y las miradas. Tal vez en un par de semanas, pero no ahora.

Raylene cedió un poco y retrocedió.

—Pero si cambias de opinión o Mitch te convence, la oferta sigue en pie. Siempre eres bienvenida.

—¿Qué te hace pensar que Mitch intentaría convencerme? ¿Cuándo ha hecho algo así?

—Tú misma has dicho que pasará por tu casa cuando vuelvas del trabajo, ¿no? Imagino que antes de eso puedo meterle la idea en la cabeza –dijo Raylene con confianza–. Te prometo que seré más sutil de lo que lo he sido contigo.

–¿Es que has pillado alguna fiebre casamentera? He oído que se está extendiendo por Serenity.

–¿Qué quieres que te diga? Es una maldición de la comunidad –contestó sin el más mínimo arrepentimiento–. Y ahora vete a casa y retócate un poco para estar despampanante cuando se pase Mitch. Aquí ya has vendido más que suficiente esta mañana y esta semana te llevarás una buena comisión en tu cheque.

–No pienso arreglarme para impresionar a Mitch –dijo Lynn esperando sonar indignada.

–Claro que no –respondió Raylene inocentemente–. Pero se me ocurre que estaría bien un poquito de *eyeliner* a juego con la máscara de pestañas que te has puesto esta mañana, un toque de brillo en los labios y tal vez otra pasada de colorete.

Lynn gruñó.

–¿Tan obvia soy?

Raylene se rio.

–Para Mitch no, eso está claro. Aunque seguro que se ha fijado en que estabas más guapa que nunca. Solo las mujeres prestan atención a los pequeños detalles como un poco de maquillaje extra.

–¡Me siento tan humillada! Me siento como una adolescente a la que han pillado dibujando corazones e iniciales en el cuaderno del cole. Y sé exactamente lo que es eso porque me pasó a menudo cuando empecé a sentir algo por Ed. No quiero volver a ser aquella niñita enferma de amor.

–¿Y qué te parece ser una mujer fuerte que va detrás de lo que quiere? Creo que eso demostraría un nuevo nivel de madurez e inteligencia.

–O me haría parecer más tonta que nunca –dijo Lynn con pesimismo.

Raylene le lanzó una mirada compasiva.

–Por lo que he visto cuando estás cerca de Mitch, no creo que tengas que preocuparte por eso lo más mínimo.

Pero ni siquiera las palabras de ánimo de su amiga calmaron el nerviosismo que de pronto estaba sintiendo de camino a casa donde se produciría un encuentro inevitable con el hombre que había sido el centro de su conversación.

Mitch llevaba todo el día tan distraído por el inesperado anuncio de su hijo que hasta los chicos le llamaron la atención. Cuando estaba en su camioneta y dirigiéndose a casa recordó que había quedado en pasar por casa de Lynn, así que dio la vuelta y fue hacia allí; esta vez aparcó en su puerta, no en la de Raylene.

Cuando Lynn abrió la puerta delantera y vio su camioneta, lo miró confundida.

–¿No estabas trabajando al lado?

Él asintió.

–Lo siento. Me he marchado y entonces me he acordado de que había quedado en venir para ver qué tal te estabas apañando con el sistema. He dado la vuelta y he venido.

–¿Es que tenías que ir a algún otro sitio? Esto puede esperar.

–Para serte del todo sincero, me vendría muy bien algo de compañía. Aunque no puedo prometerte que vaya a tener la cabeza centrada en el trabajo.

Lynn lo miró algo alarmada.

–¿Por qué?

–¿Estás segura de que quieres que te suelte mis problemas? Parece que tú ya tienes bastantes últimamente.

–Y precisamente por eso escucharte a ti sería un auténtico descanso de los míos –le aseguró–. Venga, pasa y cuéntame.

–Esta mañana me ha llamado mi hijo Nate –le explicó al entrar–. Me ha dicho que está comprometido y que quiere traer a la chica a casa este fin de semana. Ni siquiera sabía que estuviera saliendo en serio con alguien.

–¡Vaya! Debe de haber sido un impacto.

–Ni te imaginas.

Ella señaló al sofá.

–¿Por qué no te sientas aquí un minuto? ¿Te traigo algo de beber? Tengo té helado y agua, pero me temo que es todo. Puede que haya una lata de limonada helada en el congelador.

–Un té helado estará genial.

–¿Con o sin azúcar?

–Sin está bien –respondió ella siguiéndola hasta la cocina y sorprendiéndola cuando ella se giró de pronto y lo encontró justo detrás.

–Creía que ibas a esperar en el salón.

Él se encogió de hombros.

–Me gusta esta cocina. Así que si te parece bien, vamos a sentarnos aquí –además, estando separados por la mesa sería menos probable que se dejara llevar por sus impulsos y cediera ante la ridícula necesidad de besarla.

–Claro, aquí está bien –respondió sirviendo dos vasos de té de una jarra algo anticuada, como esas que tenía la madre de Mitch con dibujos de frutas. Siempre había servido ahí los zumos de naranja–. Entonces, ¿no te esperabas la gran noticia de Nate? –le preguntó una vez se hubo sentado frente a él.

Él sacudió la cabeza.

–Sinceramente no sé en qué está pensando. Todavía es un crío.

–¿Cuántos años tiene?

–Veintiuno.

Ella contuvo una sonrisa.

–¿Y cuántos años tenías tú cuando te casaste con Amy? Mitch frunció el ceño ante la pregunta.

–Veinte, pero esa no es la cuestión.

–¿Ah, no?

–Yo ya era más adulto con veinte y llevaba años trabajando en la construcción. Sabía lo que quería de la vida. Nate ha cambiado de carrera tres veces. Ni siquiera estoy seguro de en qué se licenciará. Y no lo critico por ello. No es que sea el primer chico que saldrá de la universidad sin saber bien si quiere trabajar en lo que ha estudiado, pero ¿no debería tenerlo pensado o estar ganando algo de dinero antes de dar un paso tan enorme como el matrimonio?

–A lo mejor no tienen pensado casarse ahora mismo –sugirió Lynn–. ¿Te ha dicho alguna fecha?

–No –confesó Mitch sintiendo algo de esperanza por primera vez desde esa mañana.

–¿Y te ha dicho cuántos años tiene su novia? A lo mejor es más joven y quiere terminar la universidad. Podrían estar planeando un compromiso largo.

–O a lo mejor me lo ha dicho solo para que deje que la chica duerma en su habitación –añadió secamente, llegando a una conclusión que debería haber imaginado antes–. Acababa de negarme a la propuesta justo antes de que me hiciera el gran anuncio.

Lynn se quedó perpleja.

–¿No creerás que te mentiría solo para que le dejaras dormir con ella, no?

Mitch se planteó la pregunta y al momento sacudió la cabeza.

–No. Nate no es así. Siempre ha sido muy franco con nosotros, o al menos con su madre. Aprendió muy pronto que preferíamos la sinceridad a las evasivas.

–Una lección más que deberían aprender los niños. Yo no dejo de decirles a Jeremy y a Lexie que la verdad los meterá en muchos menos problemas que la mentira. Pero como los castigo de cualquier modo, aún están intentando creerlo.

Mitch se rio.

–Sí, a los niños les cuesta entenderlo. A lo mejor tienes que decirles por adelantado lo que va a pasar si te cuentan la verdad y el castigo mucho más severo que les pondrás si los pillas en una mentira. A veces se necesita esa claridad para llegar hasta ellos.

–Buen plan, aunque no suelen pensar que se les vaya a pillar en una mentira.

–Pero siempre se les acaba pillando, ¿no? Con el tiempo lo entenderán. Eso les pasó a los míos –la miró fijamente–. Y no quiero que te formes una idea equivocada. Nate y Luke son unos jóvenes magníficos. Amy se aseguró de que así fuera.

–E imagino que tú también fuiste una gran influencia. ¿Cómo no ibas a serlo? Eres un hombre admirable.

Mitch no pudo evitar sentirse halagado y un poco asombrado por su abierta declaración.

–Hablas como si lo sintieras de verdad.

–Y así es. Ya te he dicho que nunca he oído una sola palabra mala sobre ti en todo el pueblo, y últimamente lo he comprobado. Me has acogido bajo tu ala, me has dado un empleo –se sonrojó como si sintiera que había dicho demasiado–. Y hablando de eso, deberíamos ponernos a trabajar. Seguro que estás ansioso por llegar a casa y cenar. No tenías pensado cenar en casa de Raylene esta noche, ¿verdad?

Él sacudió la cabeza.

–No, he pensado que se merecían librarse de mí una noche. De todos modos, no iba a ser muy buena compañía.

–Tu compañía está muy bien.

Mitch vaciló.

–Pero me muero de hambre. ¿Qué te parece si encargamos comida en Rosalina's? Podemos cenar mientras revisamos esas facturas.

Como ella parecía estar a punto de negarse, él siguió mirándola.

–¿Tienes algo en contra de la pizza con pepperoni y jalapeños?

Lynn abrió los ojos de par en par.

–¿Jalapeños?

–Hazme caso, merece la pena pasarse despierto media noche por esa combinación. Ya no volverás a querer una pizza corriente de queso en tu vida.

–Si tú lo dices.

–¿Es eso un «sí»? ¿Puedo llamar a Rosalina's?

–Claro, ¿por qué no?

–También pediré una ensalada. Podemos fingir que vamos a hacer una cena saludable. ¿Y qué te parece un refresco? ¿Te apetece? –le preguntó ya activando la marcación rápida en su teléfono.

–¿Tienes su número memorizado en el teléfono?

–Y la carta entera memorizada –respondió sin arrepentirse lo más mínimo–. Bueno, qué, ¿quieres el refresco?

–Claro. Que sea *light* si no te importa.

–Por supuesto –hizo el pedido, se recostó en la silla y miró fijamente a la mujer que tenía sentada enfrente. Había algo en lo que parecía distinta.

–¿Por qué me estás mirando así? –le preguntó sintiéndose incómoda.

–Te veo distinta.

–¿Cómo?

–Más descansada, supongo. ¿Has echado la siesta esta tarde?

Ella sacudió la cabeza, aunque en sus labios pendía una ligera sonrisa.

–Y los ojos se te ven más luminosos, lo cual está muy bien.

Para su sorpresa, Lynn se rio tal como él lo recordaba.

–¿Qué?

–Es maquillaje. Raylene me ha jurado que los hombres jamás se fijan en estas cosas, así que me he puesto un poco por primera vez en siglos.

Mitch podía verlo, esa fina línea en sus párpados, un pequeño toque de sombra azul y las pestañas más oscuras.

–¿Lo has hecho por mí? –le preguntó complacido al pensar que pudiera ser así.

Ella se sonrojó ante la pregunta.

–A lo mejor solo ha sido un experimento para intentar demostrar que se equivocaba y que sí que hay hombres observadores.

Mitch sonrió al ver cómo se había evadido de la conversación. Así que, después de todo, Lynn no era totalmente inmune. Ahora él solo tenía que averiguar qué quería hacer con esa información.

Capítulo 6

Cuando Lynn vio la enorme cantidad de comida que Mitch había pedido, se quedó pasmada.

–¿Es que pensabas dar de comer a un ejército?

–¿Qué puedo decir? Me gustan la pizza y la ensalada, y siempre está bien que queden sobras, ¿no? Los niños se lo zamparán volando.

Ella lo entendió todo; había sido una estratagema, una tapadera para poner comida en su mesa. Pero antes de poder decirle algo al respecto, él la miró seriamente:

–No vayas a enfadarte por esto, Lynnie –dijo recurriendo al diminutivo que solo él se había atrevido a usar–. Es pizza, no es que haya pedido solomillos y champán.

–Deberías llevarte las sobras a casa –insistió con un toque desafiante. No estaba dispuesta a tolerar su compasión.

–Nate viene a casa este fin de semana y lo más probable es que salgamos a comer.

–¿Pero alguna vez has conocido a un universitario que no pueda comerse su peso en pizza? –contestó igual de testaruda.

–¿Y si esperamos a ver cuántas sobras quedan? Tengo mucho apetito y puede que los niños se presenten y quieran su parte.

–Ni siquiera el Gigante Verde tiene suficiente apetito

para comerse tanta comida. Además, los niños van a cenar con sus amigos.

–¿Te das cuenta de que mientras estamos hablando la pizza se está enfriando? –le dijo tomando una porción.

Ella empezó a discutir un poco más, pero finalmente cedió. Era inútil, al menos por ahora.

–De acuerdo, pero la discusión no termina aquí –advirtió.

Él sonrió.

–Eso ya lo veremos.

Mirándolo con frustración, le preguntó:

–¿Es que tienes que ganar todas las discusiones?

–Solo cuando llevo razón y, para que lo sepas, nunca me ha dado miedo admitir que me equivoco.

–Vaya, pues eso estoy deseando verlo –le dijo Lynn dando el primer bocado de pizza y casi atragantándose con el calor que ardió en su boca. Era verdad que la porción se había enfriado, pero no tanto los jalapeños.

–¡Anda, blandengue! Si no pica tanto –bromeó Mitch cuando ella empezó a quitarlos.

–¿Estás de broma? Podría calentar la casa con el calor que desprenden estas cosas.

–Así que ya no vas a tomar más jalapeños –dijo decepcionado.

–No, no, he dejado aquí uno –dijo señalando una minúscula tira–. Lo justo para un poquito de picante.

Mitch la miró un momento.

–¿Es así como quieres vivir tu vida, Lynn? ¿Sintiéndote segura y con el picante justo para que las cosas se mantengan interesantes?

A ella le pareció detectar un ápice de crítica en esas palabras, aunque por otro lado era una pregunta legítima.

–Por ahora sí. Por el bien de los niños tengo que ser cauta. Las cosas ya están bastante moviditas sin que yo las remueva más.

Él asintió.

–Me parece normal.

–Mira quién va a hablar. Creía que tú tampoco estabas buscando nada más ahora mismo –le dijo impactada por su reacción.

–Y no lo estoy –asintió con firmeza–. No.

–¿Pero?

–Es como si ahora estuviera mucho más abierto a las posibilidades que hace unos días –la miró a los ojos–. Y para que lo sepas, no me hace mucha más gracia que a ti.

A Lynn la sacudió su sinceridad y no se le ocurrió nada que decirle.

Siguieron comiendo en silencio y, para su sorpresa, la situación no resultó nada incómoda. Era agradable y se sentía a gusto.

–A lo mejor deberíamos hacer como si nunca hubiéramos tenido esta conversación –sugirió al cabo de un momento–. Podríamos seguir trabajando juntos, ser amigos sin complicaciones.

–Buena teoría –respondió él sin dejar de mirarla–. Solo pienso que tal vez sea demasiado tarde.

–No es demasiado tarde –contestó ella algo apresuradamente–. No puede ser. Es todo lo que puedo ofrecer, Mitch. En serio.

Mitch sonrió ante su reacción.

–No te pongas tan nerviosa. No somos unos críos impulsivos, no tenemos que apresurarnos. Simplemente creía que debías saber dónde tengo la cabeza ahora mismo.

–¿Estás seguro de que tu cabeza tiene algo que ver con esto?

Una sonrisa se extendió por su cara ante la pregunta y después una carcajada llenó la cocina.

–Eso, amiga mía, es algo a lo que le estaré dando vueltas toda la noche.

Lynn no podía soportar seguir viéndolo en ese limbo solo y, finalmente, se permitió relajarse un poco y sonreírle.

–Ya que estamos siendo sinceros, yo también.

La expresión de Mitch se volvió seria de pronto.

–Pues es la mejor noticia que he oído en mucho tiempo.

Qué seguro parecía de ello, pensó Lynn mientras para ella había resultado la noticia más aterradora.

Cuando sonó el timbre a la mañana siguiente poco después de las nueve, Lynn apartó la mirada del ordenador agradecida. Lo que la noche anterior había parecido tan sencillo con la ayuda de Mitch estaba demostrando ser completamente desconcertante por la mañana.

Cuando abrió la puerta, sin embargo, y se encontró ahí a Raylene con una tarta de café y gesto petulante, se lo pensó mejor.

–Se me ha ocurrido que a lo mejor tenías tiempo para un café antes de que me marche a la tienda –le dijo y añadió rápidamente–: La tarta de café se queda aunque quieras que yo me vaya.

Ya que el aroma de la aún caliente tarta de café y canela era demasiado tentador como para ignorarlo, Lynn se echó a un lado.

–Pasa. Acabo de hacer una cafetera y supongo que me va a hacer falta una taza si quiero entender el sistema de facturación de Mitch.

Raylene se mostró contrariada por un momento.

–Estabas trabajando. Lo siento.

–No pasa nada. No llevo un horario estricto. Creo que Mitch por fin se ha dado cuenta de que conmigo va a hacer falta una curva de aprendizaje. Hoy haré las facturas, pero su sistema de nóminas me va a llevar más tiempo. Luego se va a llevar el ordenador para hacer él lo de esta semana.

Raylene se reunió con ella en la cocina.

–¿Un cuchillo? ¿Tenedores? ¿Platos? –le preguntó mirando a su alrededor.

Lynn se dio cuenta en ese momento de que era una de las pocas veces desde que conocía a Raylene que su amiga había estado en su cocina. Señaló los cajones y el armario.

—Yo traeré las servilletas.

—Y yo partiré la tarta mientras tú sirves el café.

En cuanto estuvieron acomodadas en la mesa, Lynn le lanzó a su amiga, y jefa, una divertida mirada por el borde de la taza.

—Imagino que este gesto tan de vecina tendrá un precio.

Raylene se quedó algo aturdida por un momento y después se rio.

—¡Ah, claro! Quiero información. Sé que Mitch estuvo aquí hasta tarde anoche. Lexie llamó a Mandy para informarla en cuanto llegó a casa. ¡Como si a mí me hiciera falta una confirmación! Tenía la camioneta en plena puerta y además vi a Tony de Rosalina's trayendo comida.

—Muy observadora —apuntó Lynn más divertida que enfadada.

—Soy el mejor miembro de la patrulla del crimen del vecindario. Me viene de todo ese tiempo que me pasé encerrada en casa refugiándome. Hay pocas cosas que se me pasen.

—Y yo que pensaba que era mi vida social lo único que encontrabas fascinante —bromeó Lynn.

—Ver que tienes una es un plus —admitió Raylene—. Y bueno, ¿qué tal va? ¿Algún progreso?

—Como te he dicho, ya entiendo el sistema de facturación —respondió Lynn siendo deliberadamente obtusa.

—No te estoy preguntando eso —contestó Raylene claramente exasperada—. Venga, escupe, ¿saltaron chispas?

Lynn pensó en cómo la había mirado Mitch en varias ocasiones la noche anterior y en cómo se le había acelerado el pulso bajo su escrutinio.

—Puede que una o dos —admitió—. Y es lo único que voy a decir.

Raylene sonrió.

—Me vale con eso, al menos por ahora. Por cierto, no he venido solo para sacarte información. Quería invitarte a quedar la semana que viene. Vamos a celebrar una reunión de las Dulces Magnolias el martes. Antes solíamos quedar de manera improvisada, pero como cada vez nos cuesta más coordinar nuestras vidas, ahora tenemos que organizarlas con tiempo.

Lynn la miró sorprendida.

—¿Vais a celebrar una de esas famosas noches de margaritas y quieres que vaya? —aunque las Dulces Magnolias no eran una organización formal, sí que tenía cierta exclusividad que te invitaran a unirte al grupo de viejas amigas.

—Sí —confirmó Raylene—. Sé que tendrás tus propias amigas, pero también sé que cuando la vida te lanza desafíos, nunca tienes demasiadas mujeres a tu lado. ¿Vendrás?

Lynn pensó en lo mucho que había deseado tener la clase de apoyo que Raylene tenía y ahora, gracias a su vecina, se lo estaban ofreciendo.

—Me encantaría ir, si estás segura de que a las demás no les importará tener una intrusa.

—En primer lugar, tienes que dejar de verte como una extraña o una intrusa —la reprendió Raylene—. Y ni siquiera ha sido idea mía. Sarah y Helen me lo sugirieron, y todo el grupo estuvo de acuerdo en que queríamos que vinieras.

—Pues sois todas muy amables. ¿Qué puedo llevar? —preguntó automáticamente porque sabía que todas las mujeres contribuían con algo. Le supondría un gran esfuerzo llevar muchas cosas, pero tampoco podía presentarse con las manos vacías.

—Con tu presencia nos bastará por esta vez —le dijo

Raylene–. Vamos rotando para ver quién lleva qué y en esta ocasión se ocupan otras. Pero ya te llegará tu turno, no temas.

–Ni te imaginas cuánto estoy deseando que llegue –le confesó Lynn.

–Ya veremos si sigues pensando lo mismo después de la típica inquisición de las Dulces Magnolias –bromeó Raylene–. Estas mujeres hacen que mis molestas preguntas parezcan un juego de niños.

Lynn la miró.

–¡Estás de broma!

–No tanto –respondió levantándose claramente satisfecha de que Lynn fuera haciéndose a la idea de que habría más preguntas–. Bueno, y ahora debería irme a trabajar. Con el éxito que estáis teniendo Adelia y tú con esas ventas gigantescas, estoy empezando a sentirme como una vaga. Hoy tengo que ponerme al día y, además gracias a ti, tengo que pedir más prendas de primavera porque, sino, tendremos las perchas vacías.

–Me alegro de que te hayas pasado por aquí –le dijo Lynn sinceramente.

Había olvidado lo que era tener una amiga de verdad y ahora, gracias a Raylene, no solo tenía una sino varias más en el horizonte. Incluso aunque sus preguntas fueran a avergonzarla.

El viernes, Mitch se marchó de casa de Raylene a las cuatro, decidido a pasar la aspiradora y a darle un buen repaso a la casa. Había tenido una asistenta, pero no había dejado de cambiarle las cosas de sitio y, como no saber dónde tenía los papeles lo había vuelto loco, había decidido despedirla al cabo de un par de meses.

Ya que no estaba seguro de a qué hora llegarían Nate y su prometida, había ido al supermercado y había llenado la nevera con la comida favorita de su hijo. Había comprado pollo *rotisserie*, ensalada de patata preparada, ensalada de col y tarta de cereza por si querían comer algo allí. Nada podría llegar a ser tan bueno como lo que habría preparado Amy, pero había descubierto que lo que ofrecía el supermercado tampoco estaba tan mal.

Eran casi las ocho cuando oyó el coche de su hijo en la puerta. Salió a recibir a la pareja, le dio un gran abrazo a su hijo y se giró para conocer a la joven que lo acompañaba. Tuvo que contenerse para no abrir la boca de par en par. No parecía tener más de dieciséis años. Imaginaba que Nate sería lo suficientemente inteligente como para no haber hecho algo así, porque si no, iban a tener que mantener una charla bien seria. ¡Y ya podía ir olvidándose de compartir dormitorio con una jovencita inocente!

–Papá, te presento a Jo. También se licencia en mayo. Está haciendo un máster en Química.

Mitch se quedó atónito.

Nate sonrió, seguro de cómo iba a reaccionar su padre.

–No parece que tenga veintitrés años, ¿verdad?

–Pues la verdad es que no –respondió Mitch suspirando aliviado–. Así que Química. Debe de ser muy complicado.

–Después de esto quiero hacer una ingeniería. Mi padre también es ingeniero químico y llevo dando vueltas por su laboratorio desde que podía subirme a un taburete para ponerme a su lado mientras trabajaba.

–Estoy impresionado –dijo Mitch sinceramente y miró a su hijo–. ¿Y te está animando a estudiar algún posgrado?

Nate sacudió la cabeza.

–Creo que con un cerebrito en la familia ya tenemos suficiente.

Mitch dejó pasar el comentario. No era momento de reprender a su hijo por su falta de proyección hacia el futuro.

—Bueno, vamos a meter vuestras cosas dentro para que os instaléis y después podéis contarme vuestros planes. Si tenéis hambre, hay comida y he pensado que mañana podríamos ir a Sullivan's —se giró hacia Jo—. Es el mejor restaurante del pueblo y tiene una gran reputación por el estado.

—Lo sé. Nate me lo ha contado y he leído algunas reseñas en Internet. Me encantaría ir.

—Pero no mañana —dijo Nate—. Lo siento, papá, pero algunos colegas del instituto van a venir al pueblo este fin de semana y Luke me ha dicho que también vendrá por la mañana. Quiero quedar con todos en Rosalina's para que conozcan a Jo. A lo mejor podríamos ir a Sullivan's a almorzar el domingo antes de que volvamos a la universidad.

Mitch asintió.

—Por mí de acuerdo. ¿Entonces dices que tu hermano va a venir?

—Eso me dijo. ¿No te ha llamado?

—Claro que no.

—Muy típico de él.

Dentro de la casa, Nate le lanzó una mirada inquisitiva y Mitch supo exactamente qué le estaba preguntando.

—Vuestra habitación —dijo aunque pronunciar esas palabras sin lamentarse le supuso un gran esfuerzo.

Nate le dio una palmadita en la espalda mientras iba hacia las escaleras.

—Gracias, papá.

Con la pareja arriba, Mitch se quedó frente a la repisa de la chimenea contemplando una foto familiar. Aunque a lo largo de los años habían sacado muchas en un estudio fotográfico, esa era su favorita, con todos ellos en un viaje a la playa bronceados, sacudidos por el viento y riéndose.

—Amy, guíame —murmuró mirándola a los ojos.

Más que oír, sintió a Nate acercándose.

–¿Crees que mamá lo aprobaría? –le preguntó él vacilante.

Mitch se giró.

–Sé que sí –respondió con convicción. Ya había visto cómo se miraban los dos jóvenes y era muy parecido a cómo se estaban mirando ellos por encima de las cabezas de sus hijos en la fotografía. Y cualquier reserva que pudiera tener al respecto se quedaba en nada al lado de toda esa manifiesta felicidad.

Por la mañana, Mitch dejó a Nate y a Jo durmiendo en casa y se dirigió a la de Raylene. Tenía intención de entregar los salarios, asegurarse de que el trabajo seguía avanzando y volver a casa, pero en lugar de eso se vio atraído por pasarse a ver a Lynn.

Llamó a la puerta trasera, comprobó el pomo y sacudió la cabeza cuando se abrió de inmediato.

–Lynn, ¿estás aquí? –gritó.

–Ahora mismo voy. Hay café hecho si te apetece. Sírvete.

Se sirvió una taza y esperó resistiendo las ganas de entrar en el salón. En su última visita se había fijado en que había una especie de altar dedicado a Ed sobre el piano y supuso que esas fotos estarían ahí por el bien de los niños, aunque habría querido destrozarlas para que Lynn no las viera. Sin embargo, a lo mejor hasta ella quería tenerlas allí tanto como los chicos. Tal vez no había superado la ruptura tal como a él le gustaría creer.

Acababa de sentarse en la mesa de la cocina, una habitación que le resultaba mucho más acogedora, cuando Lexie entró. Aún estaba en pijama o lo que suponía que se utilizaría como pijama hoy en día. Se parecía mucho a lo que llevaban muchas chicas para ir al centro comercial. Los pantalones anchos y una camiseta de tirantes parecían ser un conjunto para ir a cualquier parte, aunque imaginaba que habría alguna diferencia que a él se le escapaba.

—¿Cómo es que has venido? —le preguntó Lexie con curiosidad mientras se preparaba un cuenco de cereales.

Mitch se fijó en que tuvo la precaución de no llenarlo ni de echar demasiada leche y, dada la cantidad de comida que consumía en casa de Raylene, sabía que no era porque estuviera a dieta. Solo pensar en que la chica tuviera que contenerse y restringir cada bocado que se llevaba a la boca para asegurarse de que quedaba suficiente para su madre y su hermano le dio ganas de ir a ese mausoleo de ladrillo que Ed había erigido en el pueblo y soltarle un puñetazo en toda la barbilla.

—Solo me he pasado para ver qué tal va tu madre con las facturas que me iba a enviar —le dijo a Lexie mientras ella se sentaba delante y empezaba a comer—. Sabías que está trabajando para mí a tiempo parcial, ¿verdad?

—¿Por eso viniste también la otra noche? —le preguntó mirándolo directamente a los ojos—. Mandy cree que es porque estás por mi madre.

Mitch casi se atragantó con un sorbo de café. Su mejor amiga y ella estaban especulando sobre él. ¿Qué clase de ideas románticas había despertado en las dos niñas? ¿Y cómo se suponía que debía responder?

Se limitó a admitir solo una media verdad.

—Tu madre y yo somos amigos desde hace mucho tiempo, prácticamente de toda la vida.

A Lexie se le iluminó la mirada.

—¿Y habéis salido alguna vez? —preguntó con la curiosidad obviamente avivada.

«Solo en mis sueños», pensó Mitch de pronto, intentando contener las ganas de reír ante el decidido interrogatorio de la chica.

—No.

—¿Y querías? —insistió—. Quiero decir, sé que mi madre se enamoró de mi padre cuando eran muy jóvenes, pero ¿y tú? ¿Tú querías pedirle salir?

—Sí que me lo planteé —respondió sabiendo demasiado

bien que lo había disuadido la posibilidad de que ella lo rechazase. Ningún adolescente se arriesgaba a sufrir ciertos rechazos.

−¿Y por qué no lo hiciste?

−Como has dicho, tu madre estaba loca por tu padre. Todos lo sabíamos.

Lexie le lanzó una mirada de demasiado hastío para tratarse de una chica tan joven.

−Ya no lo está.

Por suerte, Lynn entró en la cocina antes de que tuviera que pensar en una respuesta a eso. Ella miró a su hija fijamente.

−¿A qué ha venido eso?

−Solo intentaba aclararme algunas cosas −dijo Lexie alegremente−. Tengo que irme. Mandy y yo vamos a ir a la biblioteca y luego tenemos esa clase de certificación para niñeras. Después puede que vayamos de compras o a comer algo.

−¿Necesitas dinero? −le preguntó Lynn.

Inmediatamente, Lexie sacudió la cabeza.

−Mandy tiene −gritó mientras iba a su dormitorio.

Mitch vio el gesto de derrota en la cara de Lynn antes de que ella pudiera ocultarlo.

−Es una chica muy intuitiva.

−Para mí esa es otra forma de decir que está creciendo demasiado rápido. ¿Sabes que desde que Ed se marchó se niega a que le dé la paga? Y ahora va a ir a clases para niñeras con la esperanza de poder aceptar algunos trabajos.

−Todos los chicos necesitan algo de dinero propio para gastarse.

−Sí. Pero ella no lo quiere para eso. Lo quiere para ayudarme a pagar las facturas −sacudió la cabeza−. Ya le he dicho que no es responsabilidad suya y que todo lo que gane será o para sus ahorros o para que se lo gaste en ella misma.

–Está claro que te protege mucho. Deberías haberla oído hace un momento.

Lynn lo miró alarmada.

–¿Qué te ha dicho?

–Tranquila. Solo ha hecho unas preguntas, nada más. Quería averiguar algunas cosas.

–¿Sobre qué?

–Mis intenciones. Tu disponibilidad –le dijo sonriendo ahora que había dejado atrás la incómoda situación.

Lynn gruñó.

–¡No me lo creo! ¿Estás de broma?

–Pues créetelo.

–Lo siento muchísimo.

–No lo sientas. Me alegra saber que alguien más cuida de ti.

Y viendo que Lynn parecía muy incómoda con la conversación, cambió de tema.

–La verdad es que me he pasado a ver si tenías algún problema con las facturas. Siento no haber podido venir ayer.

–Tardé un poco, pero al final las hice todas. Te las metí en el buzón por la tarde a última hora. Así que a menos que alguien te venga gritando porque he colocado mal una coma y les hemos cobrado de más, creo que lo tengo todo bajo control –finalmente se apartó de la pila y lo miró–. Y bueno, ¿qué tal anoche con Nate y su prometida? ¿Sigues preocupado?

–No tanto como lo estaba. Tiene pinta de estar en el instituto, pero tiene veintitrés años y en mayo terminará un máster y después estudiará Ingeniería Química.

–¡Vaya!

Mitch se rio.

–Lo sé. A mí también me intimidó, pero Nate está encantado con ella y feliz de que sea la cerebrito de la familia y, en mi opinión, más contento todavía de que vaya a ser ella la que más dinero gane para mantener la casa.

¿Crees que eso debería preocuparme? ¿No crees que mi hijo debería mostrar más ambición?

–Imagino que cada pareja sabe qué clase de equilibrio necesita para que su relación funcione. Fíjate en Helen y Erik. Ella es una importante abogada con una reputación que se extiende por varios estados y él es chef de un pequeño restaurante de pueblo y no parece verse amenazado lo más mínimo por ello.

–¿Tengo que recordarte que ese restaurante también tiene una gran reputación por todo el estado? Dudo que a Dana Sue fuera a hacerle gracia oír que lo describen como un pequeño tugurio local.

Lynn se estremeció.

–No quería decir eso. Solo pretendía destacar esa diferencia. Y siguiendo con el tema, a Cal no parece importarle que Maddie sea diez años mayor que él. Hay muchas cosas de las parejas que a otros les pueden resultar extrañas, pero que a ellos les funcionan a la perfección.

Mitch asintió.

–Supongo que en cierto modo eso nos pasaba a Amy y a mí. Yo era un obrero y ella una joven de la alta sociedad. ¿Lo sabías?

Lynn sacudió la cabeza.

–Jamás me lo habría imaginado. Las pocas veces que la vi parecía una persona de lo más sencilla y con los pies en la tierra –se encogió de hombros–. Pero bueno, lo mismo le pasaba a Raylene.

–A veces me preguntaba cómo se podían haber cruzado nuestros caminos, pero el destino se interpuso y allí estaba un buen día cuando yo estaba en la Isla de Sullivan con mis amigos. A su familia de sangre azul de Charleston casi le dio un infarto cuando les dijimos que queríamos casarnos. Insistieron en que ella tenía que ir a la universidad y que si después de licenciarse seguía queriendo casarse, ellos lo aprobarían. Pero entonces se quedó embarazada de Nate y ahí acabó todo. Apenas les faltó tiempo para casarnos. Creo que por fin aceptaron que entrara en su familia cuando nació Luke y Amy y yo seguíamos juntos y felices.

–Mis padres nunca aceptaron a Ed –le confesó Lynn–. Creo que veían lo que yo no vi hasta que empezamos con el proceso de divorcio. A mi padre siempre le pareció superficial y egoísta. La mayor parte del tiempo mi madre lograba que se guardara su opinión, pero yo sabía exactamente lo que pensaban por los deslices que solía tener.

Esbozó una compungida sonrisa.

–Pero claro, no los escuchaba porque ¿qué saben los padres? Hay días en los que deseo haberlo hecho, aunque de haber sido así no tendría a Lexie y a Jeremy. Cualquier dolor que haya sufrido merece la pena solo por ellos. No puedo evitar pensar que lo único bueno de haber perdido a mis padres hace unos años es que no hayan tenido que ver cómo se está portando ahora. Y también que no tengo que oír constantemente un «te lo dijimos».

–¿Y los padres de él? Sé que siguen en el pueblo. ¿Han intervenido?

Un brillo de rabia iluminó sus ojos.

–¿Y dejar ver por un instante que su preciado hijo se equivoca? De eso nada –dijo acaloradamente antes de sonrojarse–. Lo siento. Son buena gente, pero están ciegos en lo que respecta a Ed. A saber qué les ha dicho Ed del divorcio, pero estoy segura de que creen que soy yo la que se ha equivocado.

–A lo mejor tendrías que dejarles las cosas claras antes de que digan algo delante de los niños.

–Demasiado tarde. Lexie ya se niega a ir a su casa porque su abuela dijo algo sobre mí que la molestó. No me quiere contar qué dijo y he tenido que contenerme mucho para no ir allí y amenazarlos con que no volverán a ver a mis hijos si no tienen cuidado de lo que dicen cuando estén delante.

–Pues a lo mejor deberías –le respondió él furioso.

Lynn sacudió la cabeza.

–No quiero empeorar las cosas. Por lo que sé, solo ha sido ese desliz. Seguro que cuando Lexie dejó de ir, captaron el mensaje. A pesar de todos sus defectos, adoran a los niños y sé que la estarán echando de menos.

A Mitch le habría encantado quedarse a tomar una segunda taza de café, pero sabía que estaba empezando a sentirse demasiado cómodo con Lynn. La otra noche habían decidido que era necesario ir despacio por el bien de ambos y eso tenía que respetarlo.

–Tengo que irme a ver a mi cuadrilla –dijo vacilando y debatiendo consigo mismo antes de preguntar–: Mañana voy a ir con los chicos a almorzar a Sullivan's. Luke viene a casa, así que también irá. ¿Os apetece venir a Lexie, a Jeremy y a ti?

La invitación la hizo sonrojarse claramente.

–Gracias, pero creo que es una mala idea.

Mitch frunció el ceño.

–¿Qué tiene de malo?

–Es una celebración familiar y creo que tus chicos lo malinterpretarían si voy con mis hijos. Puede generar preguntas que ni siquiera nosotros sabemos responder ahora mismo.

Mitch tuvo que ceder muy a su pesar. Su sensatez, por muy inconveniente que pudiera resultar a veces, era otra de las cosas que admiraba de ella.

–Puede que tengas razón. Entonces en otro momento, ¿no?

Ella sonrió.

–Ya veremos.

Sabiendo que era inútil insistir más cuando ella ya había tomado una decisión, se levantó.

–Entonces nos vemos el lunes.

–Sí, nos vemos –fue a la puerta trasera y al abrirla se giró y la miró con el gesto severo que reservaba para hablar con sus hijos–. Y cierra con llave esta maldita puerta, ¿me has oído?

Lynn soltó una carcajada. Y aunque el sonido lo complació, también indicó que no se estaba tomando en serio sus palabras. Por segunda vez en pocos días, sacudió la cabeza y él mismo echó la llave preguntándose cuánto tardaría ella en dejarla abierta.

Capítulo 7

Cuando estaban sentados en una mesa en Sullivan's el domingo, Mitch miró a su familia y sintió un dolor muy familiar. Amy debería haber estado ahí. Tenía la sensación de que su invitación a Lynn el día antes había sido, en parte, un intento de llenar el vacío que había dejado su mujer. Sin embargo, sabía que Lynn había sido muy sensata al declinar la invitación. No era momento de meter a alguien nuevo en la vida de sus hijos, y menos cuando las cosas con Lynn no estaban nada claras.

–Papá, ¿estás bien? –preguntó Luke acercándose y mirándolo preocupado.

A Mitch le sorprendió que su hijo pequeño mostrara tanta perspicacia. Nate se parecía más a él en muchos aspectos con su despreocupada vitalidad, pero Luke era Amy en estado puro, lleno de compasión y tomándoselo todo muy a pecho.

–Solo que me gustaría que vuestra madre estuviera aquí –le dijo a Luke.

–Lo sé. Creo que Jo le encantaría, ¿verdad?

Mitch asintió.

–Sí.

–Ey, papá, ¿qué te parece si pedimos una botella de champán? –preguntó Nate.

–Claro, ¿por qué no? –dijo llamando a la camarera.

Cuando ella volvió con la botella y las copas, Mitch declinó la suya.

–Yo tomaré agua con gas.

La camarera sirvió tres copas, aunque se quedó mirando a Luke antes de llenar la suya. Mitch la apartó y dijo:

–Él también tomará agua con gas.

–Pero cumpliré veintiuno en un par de meses –protestó Luke.

–Pues entonces dentro de dos meses tomaremos champán y brindaremos por ti. No quiero que Dana Sue pierda su licencia de alcohol porque su camarera haya hecho la vista gorda y te haya servido una copa.

Como se había fijado en que Nate no dejaba de mirarlo con curiosidad desde que había declinado el champán, Mitch decidió renunciar al resto del sermón sobre la bebida cuando se es menor de edad y alzó una copa para brindar.

–Por Nate y Jo. Espero que paséis unos años maravillosos juntos y, Nate, especialmente espero que los dos tengáis tanta felicidad como la tuvimos mamá y yo.

–¡Eso, eso! –dijo Luke alzando su copa de agua con gas–. Por Nate y Jo. No pierdo un hermano, gano una hermana súper inteligente y probablemente triunfadora.

–¿Podría hacer un brindis? –preguntó Jo con cierta inseguridad.

–Por supuesto. Esta es tu celebración, después de todo.

–Por Amy –dijo mirándolos a los tres–. Por todo lo que Nate me ha contado, debió de ser una mujer increíble. De verdad desearía haberla conocido.

–Por Amy –añadió Mitch con la voz entrecortada ante ese dulce tributo de la joven a una mujer a la que nunca había conocido, pero que respetaba igualmente. Ese gesto decía mucho sobre su hijo, también, por el hecho de que Nate le hubiera hablado así de su madre.

–Por mamá –dijeron al unísono Nate y Luke.

Y Nate, inclinándose para besar a su novia, añadió:

–Gracias.

–Solo quería destacar que hoy está con nosotros –respondió Jo demostrando una vez más la chica tan increíble que Nate había encontrado.

Como Nate y Luke tenían un largo camino por delante, dieron por finalizado el almuerzo después de solo una copa. Mitch sabía que Nate saldría a correr para quemar esa única copa de champán antes de ponerse detrás del volante, y que a Luke le gustaría acompañarlo. Los dos tenían en marcha un desafío para ver si podían superarse en cada deporte. En un primer momento fueron béisbol y rugby. Después habían pasado al tenis y ahora era el atletismo. Nate siempre había sido el atleta de la familia, pero Luke estaba poniéndose a su altura rápidamente. Se estaba preparando para su primer triatlón, que se celebraría a finales de esa primavera, y llevaba semanas picando a su hermano con ello.

Al salir de Sullivan's, Mitch se sorprendió cuando Luke y Jo se adelantaron dejándolo a solas con Nate.

–Papá, ¿por qué no has probado el champán? ¿Es por lo que le pasó a mamá?

A Mitch le sorprendió que fuera Nate el que hubiera sacado el tema a relucir.

–No del todo.

–Tampoco hay cerveza en casa.

Mitch lo miró algo furioso.

–¿Es que estás haciendo inventario de lo que tengo?

–No, ayer fui a tomarme una después de salir a correr y me fijé, eso es todo. Antes siempre tenías la nevera llena.

–Y ahora no –dijo Mitch secamente.

–Si no es por aquel conductor borracho, entonces ¿qué está pasando? –insistió Nate.

Mitch miró a su hijo con disgusto.

–No vas a dejar pasar el tema, ¿no?

Nate sacudió la cabeza.

–Mira, justo después del accidente, Luke y yo nos fijamos en que estuviste bebiendo un poco más de lo habitual. ¿Fue mucho más?

Mitch suspiró. ¡Por supuesto que se habían fijado! No se había esforzado demasiado en ocultar lo mucho que le estaba costando enfrentarse al dolor y al lamentable modo que había elegido para ahogar sus penas.

—Durante unos meses, sí –admitió–. Con el tiempo me di cuenta de que estaba dependiendo demasiado del alcohol para alejarme del dolor y por eso paré. No es para tanto.

—¿Te ha molestado que haya querido pedir champán?

Sonrió ante la mirada de preocupación de su hijo.

—En absoluto. Era una celebración y se merecía un brindis. Y podría haberme tomado una copa si hubiera querido, pero he perdido el gusto por el alcohol y creo que es mejor que siga así –no había querido faltar a la memoria de Amy convirtiéndose en un borracho y había visto por sí mismo el peligro de que eso llegara a ocurrir cuanto más se había revolcado en el dolor de perderla. La ironía era que ni siquiera las borracheras lo habían ayudado a soportar el dolor. Aún tenía que asumirlo del todo para lograr superarlo.

Nate lo miró con compasión.

—Ojalá hubiera venido a casa más a menudo después del accidente. Pero no pude. Me dolía estar en la misma casa sin mamá.

—Créeme, lo sé.

—Por eso lo digo. Debería haber visto que para ti sería mucho más difícil. Siento haber sido tan egoísta y no haberme dado cuenta.

—Para ahora mismo. No eres egoísta, hiciste exactamente lo que tenías que hacer, ir a la universidad, vivir tu vida y conocer a una chica fantástica.

Pero Nate no estaba dispuesto a dejar pasar el tema.

—Luke lo sabía y vino más que yo.

Mitch sonrió.

–Porque él se quedaba sin dinero más que tú. No pintes a tu hermano como si fuera un santo, y con eso no quiero decir que no me alegrara tenerlo en casa, fuera por la razón que fuera –buscó el modo de cambiar de tema–. Por cierto, ¿habéis hablado Jo y tú de dónde viviréis una vez os caséis?

Nate lo miró fijamente y siguió avanzando.

–Depende de dónde estudie el año que viene. La han aceptado en Stanford.

Mitch se detuvo al oír la noticia.

–¿Stanford? Es increíble.

–Pero está muy lejos de casa –respondió Nate no muy contento–. Espero que elija un sitio más cerca de aquí, aunque es decisión suya.

–No intentes influenciarla –le advirtió Mitch–. Es una decisión importante y debería tomar la que más le favorezca.

–Dice que somos un equipo y que la decisión tiene que ser buena para los dos.

Mitch no dejaba de impresionarse con la madurez de Jo.

–Bueno, pues entonces sé que encontraréis una solución.

Al llegar a casa, Nate lo agarró del brazo para detenerlo.

–Solo una cosa más, ¿vale? Si nos necesitas aquí, a Luke, a mí o a los dos, solo tienes que llamar.

–Lo recordaré –dijo Mitch conmovido de nuevo por la sensibilidad que Amy les había trasmitido a sus hijos.

En cierto modo eso le recordó que siempre estaría con ellos. Y también le recordó que con su generosidad y su cálido corazón habría sido la primera en decirle que siguiera adelante con su vida, que encontrara la felicidad.

Tal vez la felicidad estaba al lado de Lynn. O tal vez no. Pero por fin estaba listo para descubrirlo.

–Has estado evitándome –le dijo Helen a Erik en la

cocina de Sullivan's el domingo cuando vio que no tenía escapatoria.

–Te veo todos los días –le recordó a su mujer–. Por las noches dormimos en la misma cama.

–Pero por las noches no puedo interrogarte porque en cuanto abro la boca para preguntar, encuentras algo inteligente con lo que distraerme. Puedes llamarme loca, pero creo que es deliberado.

–A lo mejor lo que pasa es que no soy capaz de quitarte las manos de encima –sugirió con un brillo en la mirada.

Helen volteó la mirada en respuesta. Los halagos no iban a hacer que se librara.

–Y cada vez que traigo a mi madre a casa buscas alguna excusa para marcharte.

–Estás exagerando –respondió, aunque con cierta sonrisa.

Esa condenada sonrisa la exasperaba tanto como su manera de evadirse de una conversación que claramente no quería mantener.

–Apártate del robot de cocina –le ordenó con un tono que solía resultar efectivo a la hora de intimidar a los testigos de un juicio. Cuando él hubo obedecido a regañadientes, ella dijo–. Y ahora dime qué sabes sobre las citas de mi madre.

Erik logró fingir una mirada de sorpresa.

–¿Que Flo está saliendo con alguien? –preguntó con un tono casi creíble. Casi, pero no del todo.

–Venga, ni siquiera lo intentes conmigo –dijo ignorando su descarado intento de fingir inocencia–. Sé que a ti te cuenta toda clase de cosas que a mí jamás me ha mencionado. Eres su héroe y para ella nunca haces nada mal. Soy su hija y a mí no me cuenta nada de esto porque teme que no lo vaya a aprobar.

–Normalmente has sido muy estirada en lo que respecta a su vida social –sugirió él con delicadeza.

–Eso no significa que debiera ocultármelo. Y ahora dime con quién está saliendo. ¿O es que es con muchos hombres? Porque eso podría ser mejor –dijo pensándolo detenidamente–. Porque ella nunca se acostaría con muchos hombres –tembló ya ante la idea de que su madre se acostara con uno solo.

Erik sacudió la cabeza.

–¿Y te extraña que siga ocultándote secretos? Escúchate.

–Es que es muy raro, eso es todo. Tiene más de setenta años, ¿debería tener una vida sexual a esa edad?

Erik se rio, pero intentó ocultarlo rápidamente.

–Si la quiere, diría que la respuesta tiene que ser «sí».

Helen apenas contuvo las ganas de patalear.

–Sabía que te pondrías de su parte.

–Porque es su vida y tiene todo el derecho del mundo a vivirla como quiera. ¿No fuiste tú la que me decías siempre cuántos sacrificios había hecho para conseguir dinero suficiente para mandarte a la universidad? La llevaste a Boca Ratón y le compraste un apartamento para que pudiera tener por fin la clase de vida que se merecía.

–Lo hice pensando en que pudiera ir a nadar, relajarse bajo el sol, jugar a las cartas con sus amigas, ir de compras. Pero lo de las citas y el sexo jamás se me pasó por la cabeza.

–Porque eso fue otra de las cosas que sacrificó durante aquellos años en los que estuvo únicamente centrada en ti –sugirió.

Helen frunció el ceño ante su razonable actitud.

–¿Y si fuera tu madre? ¿Estarías dándole tan poca importancia?

–Estoy segurísimo de que mis padres siguen dándole al tema como conejos –dijo Erik con un tono cada vez más divertido.

Helen le dio un codazo en las costillas.

–No, no lo piensas.

–Sí. Mi padre parece contentísimo cuando lo veo.

–¿Por qué no me estás tomando en serio?

–Claro que te tomo en serio. Y sé que estás así porque estás preocupada por tu madre y no porque seas una mojigata, ¿verdad?

–Verdad –respondió aunque no con total sinceridad–. ¿De verdad no sabes nada de lo que está pasando?

–Nada que pueda compartir. Habla con Flo y al menos finge estar interesada más que ponerte a censurarla.

–Yo no censuro a mi madre –protestó y, al ver a Erik enarcando una ceja, suspiró–. Vale, a veces sí. Pero intentaré no hacerlo esta vez.

–Seguro que te lo agradecerá. Y ahora, ¿te parece bien que siga haciendo el postre para los muchos clientes que pueden estar esperando algo delicioso de la carta?

–Si tienes que hacerlo… Por cierto, tienes harina en la mejilla –se puso de puntillas y lo besó ahí mismo–. Aquí –sonrió–. Y un poco más aquí.

–Para ser una mujer tan perturbada porque su madre esté teniendo alguna que otra cita inocente, pareces muy dispuesta a enrollarte conmigo aquí mismo, donde cualquiera podría entrar y vernos.

–Es una contradicción, ¿verdad? –dijo alegremente–. Esta noche te veo y terminaremos lo que he intentado empezar.

Él sonrió.

–Lo estoy deseando.

Helen salió de Sullivan's canturreando. A lo mejor no le había sacado a su marido todo lo que quería, pero sí que se había marchado con la promesa de una noche muy interesante por delante.

Flo despertó con el aroma a café intentando recordar un único momento en su vida en el que un hombre hubiera sido tan considerado porque, desde luego, el padre de

Helen no lo había sido. Había sido un buen hombre, pero para él ciertas tareas estaban hechas únicamente para mujeres. Y en aquellos años no había tenido agallas suficientes para llamarle la atención al respecto.

Ninguno de los otros hombres que habían pasado por su vida habían tenido demasiadas virtudes como para ser recomendables, ni siquiera a un corto plazo. Pero ahora estaba Donnie, que la había sorprendido no solo por ser un bailarín increíble, sino por ser tan atento.

Suspiró, se estiró y a punto estuvo de ir a por ese café cuando él entró en el dormitorio con una bandeja cubierta por una servilleta, un plato lleno de comida, café y una rosa que claramente había cortado del rosal situado frente al edificio de apartamentos. Hacía falta mucho para impresionarla, pero ese gesto hizo que se le saltaran las lágrimas.

–¿Por qué has hecho esto? –no pudo evitar preguntar mientras daba el primer trago de café. Era solo y cargado, justo como le gustaba.

–Porque eres una mujer que merece que la mimen. Sé que en tu vida no te han tratado así, pero ahora me tienes a mí.

–¿Sí? –susurró–. ¿Te tengo?

–Cielo, ¿qué crees que ha estado pasando estos últimos meses? He estado cortejándote del mejor modo que sé.

–Donnie, vas a hacer que me prenda de ti si me hablas así.

–Esa es la idea –dijo mirándola a los ojos–. Flo, ¿es que no te das cuenta de que eres un tesoro?

Sinceramente no podía decir que lo supiera.

–¿Un tesoro? –repitió con voz dudosa.

–Eres una madre increíble. Criaste a Helen para ser una mujer fantástica, y lo hiciste sin ayuda de nadie. He visto cómo te mira tu nieta. Te adora. Eres la mejor amiga que Frances y Liz podrían pedir –sonrió–. ¡Y bailas de miedo!

—Solo espero que esto último no me lleve al hospital con otra cadera rota —dijo intentando quitarle tanta emotividad al momento.

—No, si yo estoy ahí para sujetarte —le prometió—. No dejaré que tropieces, y mucho menos que te caigas.

—Donnie, ¿cómo es posible que ninguna mujer te cazara hace años?

Él le guiñó un ojo.

—Porque estaba esperándote a ti.

—Eso no me lo creo. He visto a todas las mujeres de mi edad esperando en la oficina de correos solo para echarte el ojo.

Él se rio.

—Estás exagerando.

—No, no es verdad, y eso hace que me pregunte ¿por qué yo?

Su expresión se volvió pensativa mientras pensaba en la pregunta en lugar de ignorarla como muchos hombres habrían hecho.

—Supongo que porque no lo intentabas —terminó diciendo—. Siempre me han atraído los retos. Mi primera mujer me lo puso muy difícil y desde que murió nunca me han interesado las cosas fáciles —se encogió de hombros y se puso más serio todavía.

Flo le agarró la mano.

—Pues me alegro de que estuvieras listo cuando llegué.

—Yo también —vaciló y añadió—: Por cierto, Flo, ¿cuándo se lo vas a contar a tu hija? Por mucho que me gusten estos encuentros secretos, quiero que las cosas se hagan públicas. Me siento orgulloso de estar contigo y me preocupa que tú no sientas lo mismo por mí.

Inmediatamente, Flo se desanimó.

—Jamás pienses algo así. Me importas mucho y precisamente por eso estoy guardando silencio. Conozco a mi Helen. No lo aprobará.

Donnie frunció el ceño.

–¿Por qué no? Soy un par de años más joven, ¿y qué? ¿Por qué no iba a aceptarme?

–Son más que un par de años –lo corrigió–. Son doce, pero tu edad no es el problema. Tú no eres el problema. Soy yo, o más bien la situación. A Helen se le hace un poco difícil pensar en mí así.

Donnie se quedó perplejo.

–¿Así?

–Teniendo una relación íntima con alguien. La aterra.

Él abrió los ojos de par en par.

–Estás de broma. Helen es una mujer de mundo. Seguro que sabe que la gente de tu edad sigue teniendo una libido activa.

Flo se permitió una sonrisa.

–Puede que lo sepa e incluso puede que lo acepte cuando se trata de otras personas mayores, pero no cuando se trata de su madre.

–Bueno, no es que ella tenga mucho que opinar al respecto –dijo y frunciendo el ceño añadió–: ¿O sí?

–Por supuesto que no, pero es que no quería remover este tema hasta que tuviera una verdadera razón para hacerlo.

–¿Pero lo sabe Erik? ¿No es una situación complicada para él?

Flo suspiró.

–Lo he puesto en una situación imposible –asintió. Es más, entre eso y la reacción de Donnie ahora mismo, sabía que había llegado el momento de contárselo todo a su hija. Ojalá la otra noche, cuando había mencionado lo de la cita, hubiera visto en los ojos de Helen algo más aparte de un absoluto impacto, porque tal vez así la idea de contarle que tenía una relación cada vez más seria no la aterrorizaría tanto–. Se lo diré –dijo, aunque no pudo mostrarse muy emocionada con la idea.

–¿Quieres que esté contigo cuando lo hagas? Seguro que conmigo delante se controlará más.

Flo se rio ante su optimismo.

–Si crees eso, es que no conoces a Helen. Aprovechará la oportunidad para cortarte la... Bueno, dejémoslo en que es una mala idea.

Donnie se mostró algo desconcertado.

–¿En serio?

Ella asintió.

–No espero que vaya a ir bien.

Es más, tenía la sensación de que le iba a suponer un gran esfuerzo evitar que Helen intentara que se comprometieran, aunque tal vez lo que de verdad debía preocuparle era que a su estirada hija le diera un infarto.

El martes por la mañana, Lynn oyó una llave girar y la puerta principal abrirse. Ya que los niños seguían en el colegio, solo podía tratarse de una persona: su futuro exmarido.

Furiosa ante su osadía, entró como una flecha en el salón para detenerlo. Con las manos en las caderas se plantó delante de él y lo miró fijamente.

–Dámela.

Ed parecía verdaderamente desconcertado con su actitud.

–¿Que te dé qué?

–La llave. Ya no tienes derecho a entrar aquí.

–Es mi casa –protestó con la mirada encendida de ira.

–No hasta que el juzgado cambie algo –respondió antes de mirarlo de nuevo a los ojos–. Aunque claro, puede que pronto le pertenezca al banco y que los dos salgamos perdiendo.

–¿Qué significa eso?

–Que ese abogado de pacotilla que tienes no ha estado pagando la hipoteca, eso es lo que significa.

Ed abrió los ojos de par en par.

–No puede ser.

–Faltan dos pagos y tengo el aviso del banco para de-mostrártelo –sacudió la cabeza–. Por qué confiaste en ese hombre para que te llevara el divorcio y se ocupara de es-tas facturas es algo que se escapa a mi entendimiento. Todo el pueblo sabe que Jimmy Bob tiene una ética cues-tionable.

–No es que haya muchas alternativas –dijo y añadió a la defensiva–: Además, conozco a Jimmy de toda la vida.

–Pues precisamente por eso deberías haber sido más listo.

–Lynn, te juro que le he dado el dinero religiosamente.

–Pues entonces puede que quieras arreglar esto con él… si es que puedes encontrarlo.

–¿De qué estás hablando?

–Helen fue a buscarlo la semana pasada, pero su des-pacho está cerrado y parece que está en paradero desco-nocido.

Ed se quedó tan impactado por la noticia que Lynn casi sintió lástima por él.

–Por eso estabas tan desesperada por localizarme –concluyó como si se hubiera encendido una bombilla para por fin iluminar un problema–. He venido para decir-te que no vuelvas a pasar por la oficina nunca más. Noelle me ha dicho que estabas muy alterada y esta mañana cuando he vuelto ha estado a punto de arrancarme la ca-beza –sacudió la cabeza–. Las mujeres os apoyáis mucho. Creía que esa mujer me tenía una absoluta lealtad.

Lynn ocultó una sonrisa que no habría hecho más que meter en líos a Noelle, pero se sentía muy orgullosa de ella.

–Pues es algo que deberías recordar porque muchos de tus clientes son mujeres –le recordó.

Él se mostró momentáneamente desconcertado, pero no podía negar que esa advertencia tenía cierta validez. Sin embargo, en lugar de reconocerlo, retomó el ataque.

–También sé que me quitaste dinero –la acusó–. Es di-nero del trabajo. ¿En qué demonios estabas pensando?

–En comprar comida para nuestros hijos –respondió sin molestarse en negar la acusación. Pensó que tal vez se pensaría las cosas dos veces si era consciente de lo desesperada que era la situación en la que la había dejado.

–Recibes pagos de manutención. ¿En qué estás despilfarrando el dinero?

–Recibía pagos de manutención –lo corrigió–. También dejaron de llegar prácticamente al mismo tiempo que se esfumó Jimmy Bob. ¿Es que no ves un patrón en todo esto?

–Jimmy Bob no le robaría dinero a un cliente –dijo con énfasis aunque con cierta duda en la mirada–. Y menos a mí. Como te he dicho, nos conocemos desde hace mucho tiempo.

Lynn se encogió de hombros.

–Lo único que sé con seguridad es que ni se ha pagado la hipoteca ni he recibido los cheques de manutención.

–Llegaré al fondo de este asunto –dijo con tirantez–. Y te enviaré un cheque para la manutención.

–Envíaselo a Helen. Me hizo un préstamo el otro día.

–¿Se lo has contado? –le preguntó alarmado. Estaba claro que era lo suficientemente listo para saber lo que Helen podría hacer en el juzgado con una información así.

–¿Qué iba a hacer si no? Es mi abogada. Tú estabas a saber dónde y yo tenía exactamente veinticuatro dólares con unos cuantos centavos en el banco.

–Sabes que va a armar una buena por esto. Maldita sea, Lynn, ¿en qué estabas pensando?

No se molestó en responder a eso. Ya le había dado la explicación.

Él suspiró y se recompuso para preguntar:

–¿Cómo están los niños?

–Asustados –le dijo sinceramente–. Lexie está destrozada porque sabe que las cosas están muy mal. Quiere trabajar como niñera para ayudarme.

–Bien por ella. Tiene que desarrollar el sentido de la responsabilidad –dijo obviando la importancia del asunto.

–Tiene catorce años, Ed. El sentido de la responsabilidad es importante, pero no debería preocuparle que su familia acabara viviendo en la calle si ella no puede aportar unos cuantos dólares –lo fulminó con la mirada–. No, cuando su padre se va cada dos por tres de vacaciones y a jugar al golf.

–Entonces estás diciendo que ahora me odia. Pues muchas gracias.

–Si te odia, es culpa tuya, no mía, pero no creo que tengas que preocuparte por eso.

–¿En serio?

–Eres su padre. Te adora, aunque tiene un gran conflicto con eso. Ya ha sacado a tus padres de su vida, y nada que le haya dicho le ha hecho cambiar de opinión. Si fuera tú, pasaría un rato con ella y me aseguraría de que Jeremy y ella sepan que aún te importan por mucho que no te importe yo.

Ed flaqueó un poco más bajo su mirada.

–A mí sí que me importas –la corrigió en voz baja–. Puede que ya no esté enamorado de ti, pero sí que me importas. Y nunca quise que las cosas acabasen así. Sinceramente, me gustaría que no hubiesen salido así. No te lo merecías. Y tampoco los niños.

Podía ver auténtico pesar en su mirada.

–Te creo, pero tú hiciste esta elección, Ed. Ojalá pudiera averiguar por qué no estuviste dispuesto a hacer que nuestro matrimonio funcionase. Sí, teníamos problemas, ninguna relación es perfecta, pero si me hubieras explicado lo infeliz que eras, tal vez podría haber cambiado e incluso haber arreglado las cosas.

Él sacudió la cabeza.

–Esto no se podía arreglar.

–¿Y ni siquiera valía la pena intentarlo?

–Eso es lo que he estado haciendo todos estos años. Lo intenté.

Lynn lo miró con expresión de perplejidad.

–¿Así que estar casado conmigo te resultó difícil desde el principio?

–Lo siento, pero sí. Me amaste mucho, me diste mucho y yo nunca supe qué hacer con eso.

Lynn no entendía cómo darle a tu marido todo tu amor podía suponer tal desgracia, pero ya apenas le importaba.

–Eso ahora no importa –dijo resignada a aceptar su opinión–. Ahora estamos en este punto y tenemos que encontrar el modo de hacer que funcione causándoles el mínimo daño a los niños.

–Estoy de acuerdo y solucionaré el tema económico. Lo prometo.

Ahí hubo auténtica sinceridad y al menos una pizca de disculpa en su voz, pero Lynn se había vuelto muy suspicaz con sus promesas. Y esa se la creería cuando la cumpliera, y ni un momento antes.

Capítulo 8

Cuando el martes por la noche, Lynn fue a la casa de al lado para la reunión de las Dulces Magnolias se sintió aliviada al ver que Helen había llegado antes que ella. Y aunque parecía estar supervisando a las más jóvenes en el fino arte de preparar los margaritas, logró llevarla a un lado para decirle:

—¿Te ha enviado Ed un cheque hoy para devolverte el préstamo?

Helen asintió.

—Y para serte sincera, me he quedado alucinada. ¿Cómo lo sabes?

—Se ha pasado por casa para regañarme por haber molestado a su secretaria y por quitarle el dinero —dijo conteniendo una sonrisa—. Supongo que he removido un avispero sin saberlo porque, al parecer, Noelle le ha echado una buena.

—Pues bien por ella.

—Lo sé. ¡Arriba la hermandad! Y cuando le he dicho por qué lo he hecho, creo que se ha quedado de piedra.

—No me extraña. Aún parecía disgustado cuando lo he visto. Me ha llevado el cheque en persona y me ha asegurado que no volverá a pasar.

—¿Y le has creído?

Helen se encogió de hombros.

–Yo tampoco. Sí, se ha quedado impactado por lo que ha hecho Jimmy Bob, por que haya desaparecido de esta forma y no haya abonado los pagos, pero tenerlo como el chivo expiatorio puede que sea muy conveniente. Solo tenemos la palabra de Ed diciendo que le entregó el dinero a Jimmy Bob.

–Yo también lo creo.

–¿Tienes alguna pista de dónde puede andar Jimmy Bob?

–Por desgracia no, y el viernes vamos al juzgado para otra vista. No tengo ni idea de qué esperar. Podría ser un aplazamiento de última hora o un abogado ausente. Puedo asegurarte que al juez no le va a hacer ninguna gracia si Jimmy Bob no se presenta. Hal Cantor odia que le hagan perder el tiempo, y más todavía si lo hace un abogado al que ya deberíamos conocer mejor.

–Eso podría actuar en nuestro favor, ¿no? –preguntó Lynn esperanzada.

–A la larga, posiblemente, pero a un corto plazo no tendrá más opción que concederle a Ed un aplazamiento. No le permitirá continuar sin representación legal. Me gustaría tener esto arreglado de una vez por todas para que puedas recuperar tu vida y el equilibrio.

–Nadie lo quiere más que yo –le dijo Lynn con ganas.

Helen miró a su alrededor para asegurarse de que seguían solas.

–¿Puedo preguntarte algo? ¿Sabes por qué Ed desea tanto el divorcio?

Lynn frunció el ceño ante lo que parecía una pregunta obvia.

–Ya no me quiere. Me lo ha dejado claro. Antes prácticamente me ha dicho que había esperado demasiado de él desde el principio.

–¿Hay otra mujer?

Lynn vaciló y sacudió la cabeza.

–No que yo sepa. Para serte sincera no se puede decir

que nuestra vida sexual les prendiera fuego a las sábanas, así que no es que se haya enfriado de pronto. Y aunque fuera la típica mujer que no se da cuenta de nada, ¿no crees que alguien más en el pueblo sabría algo a estas alturas? Grace suele descubrirlo todo.

–Puede que esté viéndose con alguien que no sea de aquí –especuló Helen–. Ha estado saliendo mucho del pueblo supuestamente para jugar al golf, ¿no?

–Eso es lo que he oído. Me ha sorprendido bastante, porque a Ed no le gustaba mucho el golf cuando estábamos casados. Solo jugaba por negocios. A muchos clientes les gusta ir al club a jugar y creo que el día que Ed se unió a ese club de campo fue el mejor día de su vida. Ni siquiera nuestra vida o el nacimiento de los niños parecieron significar tanto para él porque lo del club lo relacionaba con lograr el éxito. Y la verdad es que no me sorprende porque su padre fue un miembro fundador.

Helen asintió con gesto pensativo.

–¿En qué estás pensando? –preguntó Lynn atónita por tanto interrogatorio.

–En nada en realidad –insistió Helen–. Pero es que cuando me falta una pieza del puzzle, no puedo evitar buscar cosas que puedan encajar.

Lynn no tenía ni idea de qué pensar de eso, pero antes de poder ir a por ello, la puerta se abrió y más invitadas llegaron incluyendo a Flo Decatur. Helen miró a su madre, se disculpó ante Lynn y fue hacia ella. Dos segundos después, Flo echaba chispas por los ojos, había agarrado a su hija del brazo y la había sacado fuera.

–Oh, oh –murmuró Maddie Maddox al oído de Lynn–. Alguien se ha metido en un lío.

Lynn se rio.

–¿En serio? ¿Helen? ¿Qué puede haber hecho para enfadar tanto a Flo?

–No estoy segura, pero creo que puede tener que ver con el hecho de que haya descubierto que su madre tiene novio. Imagino que objeta –sonrió–. Lo que daría por estar presente en esa conversación. Dos mujeres testarudas e inflexibles enfrentadas.

Lynn le lanzó una mirada de complicidad y sugirió en broma:

–Podríamos abrir las ventanas. Hace una noche muy agradable.

Maddie se la quedó mirando un instante y estalló en carcajadas.

–Aquí dentro el ambiente está un poco cargado, ¿no? –se giró hacia Dana Sue y Raylene y añadió–: Cielo, ¿te importa que abramos alguna ventana?

–Claro que no. Os ayudo. Lynn, ¿podrías abrir las del comedor? Creo que en cuanto estemos todas y tengamos nuestras copas en la mano nos sentaremos allí. Cuando tenga la ampliación terminada tendremos sitio más que de sobra, pero por ahora habrá que conformarse con el comedor.

Ante la mirada de decepción de Maddie, Dana Sue la miró con curiosidad.

–¿Qué?

–Helen. En el porche con Flo.

A Dana Sue se le iluminaron los ojos de inmediato.

–Querías escuchar la conversación, ¿a que sí?

–Bueno, pues claro que querría –admitió Maddie sin dudar ni un segundo–. ¿Es que tú no?

–Me encantaría saber qué ha cabreado tanto a Flo, pero puedo esperar. En cuanto entren, les daremos un margarita a cada una y les sacaremos los detalles más jugosos.

Una lenta sonrisa se fue extendiendo por el rostro de Maddie.

–Funcionará.

Lynn sacudió la cabeza divirtiéndose por las ideas que tenían.

–Creo que iré a abrir esas ventanas.

–Y yo iré a ayudar con los margaritas –dijo Maddie–. Cuanto antes empecemos esta fiesta, antes descubriremos qué está pasando.

Sintiendo un cosquilleo de intensa lealtad, Lynn se preguntó si no debería advertir a Helen sobre todo lo que se estaba especulando. Pero Helen, Maddie y Dana Sue eran amigas de toda la vida y se imaginaría que iban a sacarle información en cuanto la vieran. Y además, Helen era un hueso duro de roer. Si no quería que supieran nada, sabía muy bien cómo mantener la boca perfectamente cerrada. Probablemente era la habitante del pueblo que más confidencias había guardado ¡incluso cuando se le había soltado la lengua con un par de margaritas!

–¡Estás saliendo con Donald Leighton! –sus palabras cargadas de incredulidad llegaron hasta el salón deteniendo en seco la conversación que se estaba desarrollando ahí.

–Ay, Dios mío –murmuró Frances–. Flo se lo ha dicho por fin.

–Ya era hora –añadió Liz–. No sé por qué ha estado siendo tan reservada con el tema. En este pueblo lo más normal era que Helen se enterara tarde o temprano.

Frances señaló hacia el porche.

–¿Es que no acabas de oír la reacción de Helen? Eso es exactamente por lo que Flo no quería decir ni una palabra. A lo mejor debería salir e intentar calmarlas antes de que la cosa se acalore más.

Maddie se levantó.

–Me parece bien. Yo también voy.

Lynn se fijó en que adoptó un tono de voz algo victimista, aunque por otro lado parecía terriblemente ansiosa por ser ella la que interviniera. Dana Sue la agarró del brazo y la llevó al sofá.

–No te metas. Tienen que arreglar esto por su cuenta. Son dos adultas y, lo más importante, son madre e hija.

Lynn se rio ante la obvia decepción de Maddie, que se quedó donde estaba.

–Bueno, así que Flo tiene novio –dijo Sarah McDonald en un tono deliberadamente alegre–. Me parece fantástico.

–Nunca la había visto tan feliz –les confió Liz–. Donnie la trata como a una reina. ¡Pero si hasta me ha dicho que el otro día le llevó el desayuno a la cama!

Maddie gruñó.

–¡Ay, Dios mío! Espero que eso no se lo haya dicho a Helen.

–¿Por qué no? –preguntó Liz–. A mí me parece un detalle muy dulce.

–Y claro que lo fue –confirmó Maddie–, pero Helen no se centrará en ese gesto.

Liz se quedó perpleja un minuto antes de reírse.

–Ah, lo que la enfurecerá es el hecho de que estuviera en la cama.

–Y todo lo que ello implica –añadió Frances con gesto divertido–. Creía que las jóvenes estabais más evolucionadas. No puedo decir que quiera tener a un hombre en mi vida ahora mismo, pero si Flo quiere, ¡mejor para ella!

Lynn se fijó en que Maddie se había quedado pensativa. Y, al parecer, Dana Sue se fijó también.

–¿Te estás preguntando cómo reaccionarías si de pronto tu madre saliera con un hombre? –le preguntó Dana Sue claramente divertida.

Maddie asintió.

–Es preciosa y sigue siendo una mujer muy vital y está claro que tiene oportunidades de conocer a muchos hombres en sus exposiciones de arte. Me pregunto por qué no se ha fijado en ningún otro hombre desde que murió mi padre.

–A lo mejor sí lo ha hecho –bromeó Dana Sue–. Pero es más discreta que Flo.

Maddie la miró con gesto serio.

—Eso no necesitaba oírlo.

Dana Sue se encogió de hombros aunque sin arrepentirse lo más mínimo.

—Solo decía que...

—Bueno, pues no lo digas.

—O a lo mejor tu padre fue su alma gemela —sugirió Lynn vacilante y pensando en Mitch y Amy. A lo mejor había gente destinada a tener un único amor importante en su vida. Si perdías a un compañero así, ¿estarías listo emocionalmente alguna vez para seguir adelante?

—Ahora no estás pensando en Paula —dijo Raylene después de observarla. Tenía los ojos brillantes de alegría cuando dijo—: Estás pensando en Mitch.

El revelador comentario llamó la atención de todas las presentes y todas las Dulces Magnolias de la sala se giraron para mirar a Lynn.

—¿Estás saliendo con Mitch Franklin? —preguntó Maddie antes de añadir lentamente—: Puedo entenderlo. Es un tipo increíble. Bien por ti.

—No estamos saliendo —protestó Lynn—. Nos hemos visto alguna que otra vez. Estoy haciendo un pequeño trabajo a tiempo parcial para él, eso es todo. De todos modos, ¿cómo ha derivado en esto la conversación? Vamos a volver a hablar de Flo.

Raylene sacudió la cabeza.

—Da igual, al final la conversación se centrará en ti. Ya te advertí.

Lynn suspiró resignada a unas cuantas intrusiones más, que en el fondo sabía que eran comentarios bien intencionados.

—Crees que aún sigue enamorado de Amy, ¿verdad? —supuso Maddie—. Estaba enamoradísimo de ella, eso seguro. Pero no creo que sea la clase de hombre que la llore para siempre. ¿Y no dicen que un hombre que ha tenido una relación feliz suele anhelar otra, al menos con el tiempo, porque sabe lo buena que puede ser la vida de casado?

–Un buen giro de la conversación –dijo Lynn–, pero dados los problemas que tengo últimamente, no estoy segura de que ningún hombre con algo de cerebro pudiera prendarse de mí.

–Un caballero de brillante armadura sí que podría –la corrigió Raylene–. Y así es Mitch. Como ha dicho Maddie, es un buen tipo, uno de los pocos que quedan.

–Aparte de nuestros maridos –dijo Annie Townsend con lealtad–. Todas nos llevamos lo mejor de la cosecha de Serenity.

Lynn se fijó en que Laura Reed, que estaba a punto de casarse con el pediatra J.C. Fullerton, parecía cada vez más incómoda con la conversación.

–Laura, ¿sucede algo? –le preguntó Lynn.

–Estoy intentando decidir si mencionar o no algo.

–¿Algo sobre Mitch? –preguntó Raylene.

Laura asintió.

–Ya sabéis que antes de que J.C. y yo empezáramos a salir hace unos meses, no estaba saliendo mucho con nadie. A veces salía a tomar algo los viernes por la noche con algunos de los otros profesores solteros y hubo un tiempo, no mucho después de que Amy muriera, en que Mitch siempre estaba en el bar bebiendo solo y bebiendo demasiado.

Lynn se quedó paralizada ante la noticia y el corazón le golpeteó descontroladamente.

–¿Mitch bebe mucho? –preguntó con verdadero miedo.

–Yo jamás le he visto tocar ni una cerveza –dijo Raylene mirando a Laura con cara de extrañeza–. No puede ser.

–Solo estoy diciendo que eso es lo que vi –respondió Laura a la defensiva–. Y fue más de una vez. Hace tiempo que no salgo por allí así que a lo mejor ya no pasa. Por eso no estaba segura de si mencionarlo o no.

—No, está bien que lo hayas hecho —dijo Lynn fríamente—. Es algo que tenía que saber.

Lo que Laura no podía saber era que Lynn tenía demasiada experiencia con los alcohólicos. Su padre lo había sido, pero además de los malos y crueles.

Volvió al terror de aquellos días. Sí, claro, había sido un abuso más verbal que físico, o eso le gustaba creer, porque de lo contrario su madre se habría marchado de casa con sus hermanas y con ella. No obstante, Lynn consideraba que debería haberse marchado de todos modos, al igual que Sarah McDonald se había alejado de su primer marido. Walter Price no había sido un borracho, pero sí que había abusado de ella verbalmente. Se había reformado y ahora se había vuelto a casar, pero para darse cuenta de ello y cambiar había necesitado el duro golpe de verse abandonado por Sarah. En cambio, al padre de Lynn nada lo había hecho reaccionar. Había muerto hacía años por una enfermedad hepática y, triste e irónicamente, su madre había muerto antes que él.

Aun así, Lynn no podía estar al lado de un hombre que bebiera demasiado sin que se le hiciera un nudo en el estómago. Se dijo que era positivo que se hubiera enterado de eso antes de haberse permitido involucrarse más emocionalmente con él. Aunque no había visto ninguna señal de que tuviera algún problema con la bebida, teniendo dos niños impresionables en casa no era un riesgo que estuviera dispuesta a correr.

Trabajar para él era una cosa, ¿pero algo más? No, decidió muy a su pesar. No podía ser.

Flo miraba a su hija con auténtica decepción.

—¿Cómo he podido educar a una mujer tan crítica? —preguntó con hastío después de que Helen y ella le hubieran dado vueltas una y otra vez al tema que para Helen era un comportamiento inapropiado.

–No estoy siendo crítica –insistió Helen–. Solo me preocupa que hagas el tonto.

–¿Por salir con un hombre que me trata con respeto y verdadero afecto?

–Don es, como poco, diez años más joven que tú.

–Doce, si quieres saberlo con exactitud, pero ¿qué tiene eso que ver?

–Que no puede durar, mamá. Te romperá el corazón.

–¿Y no crees que sé un poco de corazones rotos? La mayoría de los hombres que me robaron el corazón a lo largo de los años no eran nada comparados con Donnie –lanzó una mirada desafiante a su hija–. Y lo siento si te hace sentir incómoda o te avergüenza de algún modo, pero es mi vida y tengo intención de vivirla como quiera.

–Te juro por Dios… –empezó a decir Helen, aunque no terminó.

Flo sonrió.

–¿Qué? ¿Que me obligarás a comprometerme?

Helen suspiró.

–De acuerdo, sé que es una locura. No hay ningún juez que se tragara que no estás en plenas facultades mentales por mucho que yo pensara que has perdido la cabeza.

Flo asintió con satisfacción.

–Me alegra saber que tienes limitaciones y que eso lo reconoces –vaciló y añadió–: Tengo una proposición, por si quieres oírla.

Aunque aún parecía agitada, Helen le indicó que continuara.

–Cenad Erik y tú con nosotros una noche. Iremos a Rosalina's.

–¿Quieres tener una cita doble conmigo? –preguntó incrédula.

–Y con Erik –insistió Flo sabiendo que él sería la voz de la razón si Helen perdía los papeles y no se comportaba con educación.

–Ah, claro, porque a él lo tienes comiendo de la palma de tu mano.

Flo sonrió ante su frustración.

–Esa es una de las razones, sin duda. Pero también estaba pensando en que te podría apetecer salir una noche con tu marido. Yo pagaré la canguro para que no tengas que preocuparte por nada.

–Preferiría que te quedaras en casa cuidando de Sarah Beth –murmuró Helen.

Flo se rio ante el comentario.

–Pero eso arruinaría el propósito de una cita doble, ¿no? ¡Venga! ¿Qué tienes que perder aparte de verte obligada a admitir que te equivocas sobre Donnie y yo?

–Odio equivocarme.

–Lo sé. Pero te lo pondré fácil. Te prometo no decir «ya te lo dije» ni una sola vez.

Por fin una sonrisa rozó los labios de Helen.

–Eso jamás podrás evitarlo.

–Sí que puedo –insistió Flo–. Lo prometo.

Helen la observó y finalmente sacudió la cabeza.

–Supongo que merecerá la pena aunque sea por ver cómo te aguantas las ganas de restregármelo. Aunque primero tendría que admitir que me equivoco y no hay garantías de que eso vaya a pasar.

–Pasará –le dijo Flo muy segura–. Tengo fe en Donnie, pero tengo más fe todavía en que puedes ser justa. Por eso te metiste en el mundo de la abogacía, ¿no? ¿Para asegurarte de que los juicios son justos e imparciales?

Helen la miró fijamente y se rio.

–Te juro que sé muy bien dónde aprendí a manipular a un testigo para que me diga lo que quiero.

–Gracias, mamá –la animó a decir Flo.

–Gracias, mamá –repitió Helen obedientemente aunque no parecía muy contenta.

Aun así, habían avanzado mucho desde el comienzo de esa polémica conversación y Flo se sentía satisfecha con el progreso que habían hecho. Ahora solo tenía que recordarse que algunas victorias requerían pequeños pasos.

Mitch se extrañó al ver cómo Lynn evitaba establecer contacto visual cuando se pasó por su casa el miércoles para repasar una vez más las instrucciones del programa de nóminas.

–¿Pasa algo? –le preguntó al cabo de un rato.

–No, ¿por qué?

–No me has mirado desde que he entrado en casa.

–Porque estoy concentrada en esta pantalla de ordenador. ¿Quieres que tenga las nóminas listas antes de que tu cuadrilla se te eche encima, no?

Mitch no se tragó la excusa, pero supuso que prolongar la discusión no lo llevaría a ninguna parte.

–El otro día vi a Ed –mencionó como si nada y preguntándose si ese sería el motivo de su actitud tan estirada–. Ya ha vuelto de su viaje.

–Lo sé –respondió secamente.

–¿Lo has visto?

En ese momento sí que se giró para responderle:

–¿Por qué te importa?

–Solo intento adivinar a qué viene tu mal humor y he pensado que tal vez se deba a la vuelta de Ed.

–No estoy de mal humor –contestó indignada.

Y a Mitch le pareció que esa reacción encendida era mucho mejor que la indiferencia que había estado irradiando antes.

–Lo siento, pero creo que sí.

–No me conoces tan bien.

–Sí –respondió con tono suave.

Ella se lo quedó mirando con frustración.

–Mitch, apenas nos hemos visto desde el instituto.

–Hasta hace un par de semanas. Y he visto suficiente

como para saber que no eres tan distinta de aquella chica dulce y serena que conocí.

–Eso es lo que tú te crees –murmuró–. Divorciarte hace que cambien mucho las cosas.

–Así que se trata de Ed.

–No, se trata de que tengo trabajo que hacer y tú no me estás ayudando –dijo con impaciencia–. Y tengo otro trabajo al que llegar en… –miró el reloj–. Veinte minutos. ¿Podrías por favor explicarme esto una vez más y hacerlo en diez minutos y, a ser posible, en nuestro idioma en lugar de con palabrería técnica?

Él sonrió.

–¿Por qué no volvemos a probar cuando vuelvas del trabajo y no tengas tanta prisa? –se levantó e impulsivamente se agachó para besarla en la frente–. A lo mejor estás de mejor humor luego.

Casi había llegado a la puerta trasera cuando una bolita de papel pasó volando por su cabeza y la siguiente lo alcanzó en la espalda. Se rio.

–Muy madura, Lynnie –gritó.

–Pues alégrate de que no te haya lanzado mi sartén de hierro fundido.

Estaba empezando a darse cuenta de que de verdad estaba furiosa con él o por algo que había hecho, y que aún no le había dicho, o porque le parecía que estaba siendo un presuntuoso al decirle que estaba de mal humor. Se giró y volvió a la cocina, agarró una silla, se sentó a horcajadas en ella y apoyó los brazos en el respaldo.

–A ver, ¿qué pasa? –preguntó demasiado cerca como para que ella evitara mirarlo a los ojos sin revelar más de lo que había revelado ya.

–Mitch, por favor, ve a casa de Raylene para que yo me pueda poner a trabajar. Tardo diez minutos en llegar a la boutique.

–Pues te llevaré en coche. Vamos a arreglar esto y después podrás irte.

—No hay nada que arreglar —contestó con obstinación.

—Difiero.

—Difiere todo lo que quieras, pero te estoy diciendo que no pasa nada.

—¿No te pasa nada conmigo?

—No —respondió aunque esquivando su mirada una vez más.

—Sí —concluyó y suspiró—. Cuéntame.

—De verdad, Mitch. No tengo tiempo para esto.

Con renuencia, él se levantó.

—Pues vamos. Trae tu bolso. Te dejo en el trabajo de camino porque tengo que ir a la ferretería de Ronnie a por material.

—Puedo ir caminando.

—Sé que eres perfectamente capaz de caminar —le dijo apenas conteniendo el mal genio—. Pero quiero ahorrarte un par de minutos y llevarte porque voy prácticamente al lado de la boutique. ¿De verdad quieres discutir también por esto?

Al parecer su sentido común por fin funcionó porque ella, aun con una mirada de disgusto, respondió:

—Gracias.

—De nada —contestó él logrando contener una sonrisa al ver lo mucho que le había costado darle las gracias.

Tardaron un par de minutos en realizar el recorrido. El silencio de la camioneta fue ensordecedor y después de que hubiera parado frente a la boutique, le acarició el brazo mientras ella bajaba.

—Terminaremos después.

La mirada de Lynn reflejó consternación seguida de resignación.

—¿Es una orden de mi jefe?

—No, solo una promesa de un amigo preocupado —contestó con delicadeza—. Que tengas un buen día, Lynnie.

Ella vaciló y respondió:

—Vale, tú también.

Mitch la vio entrar, condujo hasta la siguiente manzana y aparcó frente a la ferretería. Se quedó donde estaba después de haber apagado el motor intentando averiguar lo que podría estar pasándole a Lynn aunque sin tener ninguna pista al respecto.

Una cosa que había aprendido durante su matrimonio era que había enigmas que no se podían dejar sin resolver porque tendían a complicarse más según pasaba el tiempo.

–Esta noche, Lynn –murmuró con determinación–. Esta noche llegaré al fondo de lo que está pasando.

Porque por muy testaruda que fuera, no creía que pudiera guardarse el problema para siempre.

Capítulo 9

–He estado terrible –le dijo Lynn a Raylene durante un descanso entre clienta y clienta–. Ahí estaba el pobre todo preocupado porque me veía molesta y yo siendo distante y mala.

–Lo de distante lo entiendo dadas las circunstancias, ¿pero mala? No me lo imagino. No en ti. Eres la persona más considerada que conozco.

–No, esa persona es Mitch. Ese hombre siempre ha sido amable conmigo. Me ha dado un empleo, ¡por el amor de Dios! ¿Y yo qué hago? Ante la primera sospecha de que pudiera tener problemas con el alcohol, lo trato como si fuera un paria y eso que jamás lo he visto tocar una copa. Lo único que tengo es lo que Laura dice que vio.

Raylene asintió.

–Yo también me quedé impactada. No se corresponde con el hombre que conozco y, aun así, no es algo que ella se haya podido inventar.

–Lo sé –respondió Lynn con frustración–. Por eso me resulta tan inquietante. Laura no es de cotilleos y está claro que se sintió incómoda al contárnoslo.

–¿Quieres mi consejo?

Lynn asintió. Necesitaba otro punto de vista.

–Totalmente.

–Recordarás que cuando conocí a Carter se creó de mí una imagen de descuidada e irresponsable porque el pequeño de Sarah se había escapado mientras yo lo estaba cuidando. Hasta que Travis le explicó lo de mi agorafobia, Carter sacó unas conclusiones terribles sobre la clase de persona que era. Aún dice que eso le dio una lección muy valiosa sobre cómo nunca debes precipitarte a sacar conclusiones sin tener pruebas.

–Recuerdo aquel día y cómo reaccionó Carter cuando trajo a Tommy. Está claro que sacó unas conclusiones precipitadas.

–Si eso puedes verlo, entonces no hagas lo mismo. Dale a Mitch la oportunidad de aclararte las cosas.

–¿Y preguntarle si bebe? –dijo Lynn consternada ante la idea de formularle una pregunta tan indiscreta cuando ni siquiera había visto nada que sugiriera que tuviera un problema–. No puedo hacerlo. ¿Cómo iba a explicarle por qué se lo pregunto? Si no es verdad, lo humillaría totalmente pensar que la gente del pueblo pueda estar pensando eso de él.

–Pues creo que es la mejor alternativa. Concéntrate en lo que sabes que es verdad sobre Mitch: que es considerado, de fiar y amable. Confía en lo que sabes hasta que de verdad haga algo que haga que tu fe en él se tambalee.

–Sé que tienes razón, pero tengo miedo.

–¿De qué?

–De enamorarme de él y después descubrir que no es el hombre que creía que era.

Raylene se mostró extrañamente encantada con su respuesta.

–¿Entonces corres peligro de enamorarte de él? ¡Es fantástico!

–¿Que es fantástico?

–Creo que sí –confirmó Raylene–. Mira, entiendo tu deseo de protegeros a ti y a los niños para que no os hagan daño, pero sinceramente no creo que vaya a suceder, no con el Mitch que conozco. Confía en tu instinto.

Lynn le lanzó una mirada irónica.

–Mi instinto me dijo que Ed era el hombre perfecto para mí, así que no es muy de fiar.

–Creo que en eso te equivocas. Un error...

–Un enorme error –la corrigió Lynn.

–Vale, ahí tengo que darte la razón, pero odiaría ver que renuncias a algo especial con Mitch sin motivo alguno.

¿Pero de verdad no había ningún motivo? Sería muy difícil que Laura Reed hubiera malinterpretado lo que había visto con sus propios ojos y no era propio de ella extender rumores de no haber estado verdaderamente preocupada por lo que había visto.

Pero Raylene tenía razón. La situación requería o cautela o un careo. Y ya que un careo, sobre todo sin pruebas de primera mano, iba en contra de su forma de actuar, la cautela era la única respuesta.

–¿Vas a ver a Mitch esta noche? –preguntó Raylene.

–A menos que haya pensado en lo de esta mañana y haya decidido no malgastar su tiempo con una mujer de carácter imposible.

–Dudo que Mitch pudiera considerar un desperdicio de tiempo estar contigo. Lo verás. Y ahora vamos a buscar algo fabuloso que ponerte.

Inmediatamente, Lynn negó con la cabeza.

–No puedo permitirme nada fabuloso.

–Puedes si está en la sección de rebajas y te hacemos el descuento de empleada. Prácticamente tendré que pagarte para que te lo pongas. Además, para mí una empleada bien vestida es como un anuncio andante.

–Pero si solo vamos a hacer nóminas en mi casa –protestó Lynn aunque sin dejar de mirar los percheros de rebajas. Antes, cuando había estado colocándolos, había visto un vestido que le había llamado la atención: uno con un alegre tono lima que sería fantástico para el verano.

–No, una vez que te vea con el vestido perfecto, te lo aseguro –dijo Raylene dándole un sencillo vestido de lino en tono melocotón en el que Lynn ni se había fijado.

–¿Estás segura? –preguntó–. Me gusta el verde lima.

–Hazme caso –insistió Raylene–. El lima resultará algo desmesurado mientras que este melocotón hará que tu piel resplandezca –sonrió–. Vaticino que pronto tendrás una cena genial, así que, si te invita, no te atrevas a decir que no.

Algo más reconfortada por la conversación y asombrada por cómo le quedaba el vestido que Raylene había elegido, Lynn se marchó de la tienda a media tarde con una actitud totalmente renovada.

–¡Venga, a por ello! –murmuró de camino a casa. Pero mientras pronunciaba esas valientes palabras, una parte de ella no pudo evitar preocuparse de que estuviera perdiendo el juicio.

Mitch se quedó junto a su camioneta viendo cómo Lynn bajaba por la manzana. Había estado mirando el reloj y la calle a la hora a la que sabía que salía de la tienda. Es más, últimamente parecía que le estaba prestando demasiada atención a sus idas y venidas. Esperó hasta que estuvo un poco más cerca para saludarla.

Para su sorpresa, después de cómo se había estado comportando por la mañana, una sincera sonrisa le iluminó la cara.

–Vaya, eso sí que es un regalo para la vista –declaró devolviéndole la sonrisa.

–¿Qué?

–Tu sonrisa. Hacía mucho que no la veía. Está claro que esta mañana no estabas muy contenta conmigo.

–Tenías razón. Algo me preocupaba –admitió finalmente–. Lo siento.

–No lo sientas. ¿Ya está resuelto el problema?

—No del todo, pero he recuperado la perspectiva y lo cierto es que he tenido un día muy bueno en general. Ed ha llamado y dice que está resolviendo algunos problemas económicos. También he hecho unas buenas ventas en la tienda y hasta me he comprado un vestido —alzó con gesto triunfante la resplandeciente bolsa de la boutique—. Para serte sincera, me siento llena de esperanza por primera vez en mucho tiempo.

Aunque debería haberse conformado con la noche que habían planeado haciendo nóminas, Mitch tomó una apresurada decisión.

—¿Te apetece contármelo todo mientras cenamos? Nada demasiado formal, solo en Rosalina's. Me parece que he abusado de la hospitalidad de Raylene y Carter, y tengo que volver a salir al mundo.

—A Raylene y a Carter les encanta que cenes con ellos. Me han dicho lo mucho que disfrutan con tu compañía.

—Carter lo tolera, nada más —insistió—. Espera que la obra vaya más deprisa si me quedo trabajando más horas.

—Ya lo has dicho antes, pero sinceramente no creo que se trate de eso. Creo que le gusta tenerte por allí cuando tiene que trabajar por la noche en la comisaría. Ni Raylene ni él han olvidado del todo lo que pasó con su exmarido. Puede que haya vuelto a la cárcel, pero aquello los dejó muy inquietos y nerviosos.

Mitch asintió.

—Fue un asunto muy desagradable, es verdad. Bueno, Lynn, ¿entonces qué me dices? ¿Pizza en Rosalina's? Podemos llevarnos a los niños si quieres y puedes ponerte tu vestido nuevo.

Por alguna razón que él desconocía, Lynn se rio.

—¿Qué?

—Raylene ha vaticinado que esta noche saldría a cenar y ha insistido en que me comprara el vestido por si acaso.

—Bueno, pues bendita sea Raylene. Hay veces en las

que esa mujer tiene una increíble perspicacia. Entonces, ¿es eso un «sí»?

Ella lo miró con gesto preocupado.

−¿Estás seguro de esto, Mitch? ¿De verdad quieres que vengan los niños?

Aunque preferiría una noche más íntima con ella, sabía que era demasiado pronto para eso. Los niños serían como el amortiguador que ambos necesitaban para mantener bajo control esas nuevas e inexploradas emociones.

−Me encantaría que nos acompañaran −dijo sinceramente y haciendo que pareciera como si los chicos en realidad fueran a hacerle un favor−. Nunca me ha gustado comer solo.

Ella vaciló otro minuto, claramente batallando entre el deseo y la cautela.

−¿No te volverán loco los chicos?

Él se rio.

−No, si les doy unos cuantos centavos para jugar a los videojuegos. A mí eso me funcionó de maravilla con Nate y Luke.

−Sí, sin duda eso mantendría ocupados a Jeremy y a Lexie −respondió ella sonriendo−. De acuerdo, entonces. Me parece genial. ¿Quedamos allí?

Mitch sabía que el coche de Lynn llevaba tiempo sin moverse de su puerta y sospechaba el motivo. El precio de la gasolina podía causarle estragos a un presupuesto apretado y, aunque Rosalina's no estaba en la otra punta del mundo, no quería que por ir allí gastara una gasolina que podía serle muy preciada en otro momento.

−No, dame media hora para ir a casa, ducharme y cambiarme, y os recojo −también necesitaría ese tiempo para entrar y dejarle una nota a Raylene diciéndole que esa noche no se quedaría a cenar. Esa inesperada oportunidad era demasiado buena como para desaprovecharla.

Sonrió para sí. Tampoco es que a Raylene fuera a sorprenderle mucho. Al parecer, los conocía mejor que ellos mismos.

Lynn se fijó en que cuando llegaron a Rosalina's todas las cabezas se volvieron y el volumen de las voces se elevó mientras se producía un intercambio de comentarios especulativos. Aunque le encantaba Serenity, nunca había llegado a acostumbrarse a eso. Al igual que muchas otras veces desde que Ed y ella se habían separado, se sentía como si se le hubiera congelado la sonrisa y le ardieran las mejillas de vergüenza. Por suerte, Jeremy y Lexie parecían ajenos a todo ello y ya se estaban dirigiendo a la zona de videojuegos.

—No hagas caso de los cotilleos —le dijo Mitch en voz baja y tan cerca que su aliento le rozó la mejilla.

—Cuesta ignorar tantas miradas y tantos susurros.

Él le guiñó un ojo.

—¿No te has parado a pensar que puede que sea porque nadie me ha visto salir con una mujer desde que Amy murió?

Ella lo miró impactada y se rio.

—No, no se me había pasado por la cabeza que fuera por ti. Soy una engreída.

—No, es solo la naturaleza humana, cielo. Cuando nos están pasando cosas que resultan incómodas, siempre pensamos que los demás están deseando hablar de nosotros —se rio—. Desgraciadamente, en Serenity eso es más que verdad.

Por fin, Lynn logró relajarse, sorprendida al ver que la comprensión de Mitch no solo ante la situación, sino también ante su reacción, había hecho que se le calmaran los nervios.

Después de que los sentaran en un banco de una esquina, miró la carta, no muy segura de qué pedir. Últimamente tenía tanta hambre que con mucho gusto habría probado un poco de todo.

—¿Qué te parecen dos pizzas grandes? —propuso Mitch—. Así quedarán sobras para llevarte a casa.

—A mí me parece bien —dijo pensando en que a los niños les encantaría comer más, igual que les había encantado descubrir las sobras después de que Mitch hubiera pedido pizza para casa unas noches antes.

—¿Y ensalada?

—Para Lexie y para mí, sí. Para Jeremy no. Ni la tocará por mucho que le insista.

—Mis hijos eran iguales hasta que Cal Maddox empezó a entrenarlos en el equipo de béisbol e insistió en que comieran verduras junto con la carne y otras proteínas. Al final captaron el mensaje sobre cómo una buena alimentación es como la gasolina para sus cuerpos. ¿Practica Jeremy algún deporte?

—Aún no. No le han interesado mucho los equipos del pueblo y yo tampoco lo he animado a probar. Su padre no era un gran atleta, así que Ed tampoco ha intentado influirle mucho en ese aspecto.

—Pues a mí me parece que el deporte es muy bueno para los chicos, pero solo si les interesa. Nate y Luke estaban deseando jugar y les sigue gustando mucho competir, aunque en la universidad ya no pertenecen a ningún equipo —dejó la carta a un lado—. Y ahora dime, ¿qué te apetece beber? ¿Un refresco? ¿Cerveza?

Ella vaciló y se pensó mucho la respuesta. ¿Era el momento perfecto de tantear la situación?

—Si tú vas a tomar una, me encantaría una cerveza.

—Yo no —respondió Mitch tranquilamente—. Pero tú tómate una si te apetece.

«Ya tengo la respuesta», pensó con pesar. ¿O no? Lo miró con curiosidad.

—Has dicho que no como si detrás de eso hubiera una historia —dijo con tacto—. ¿La hay?

–La cerveza me daba demasiado consuelo justo después de que Amy muriera –le dijo abiertamente y sin una pizca de vergüenza.

–Ah –murmuró no muy segura de qué decir. Lo había admitido con tanta sinceridad que se quedó algo desconcertada–. ¿Entonces ya no bebes?

Él sacudió la cabeza.

–Un día me desperté y me di cuenta de que no era mejor que el borracho que había matado a mi mujer. La única diferencia era que yo tenía suficiente sentido común para no ponerme detrás de un volante. Desde entonces no he probado el alcohol.

Lynn se preguntó si era posible dejarlo sin más porque su padre no había sido capaz. Pero claro, ¿acaso su padre lo había intentado?

–Debes de ser increíblemente fuerte para haberle dado la espalda así, sin más. ¿Estuviste en Alcohólicos Anónimos o en algún otro grupo de apoyo?

–No, aunque lo habría hecho sin dudarlo si no hubiera podido hacerlo solo –le lanzó una seria mirada–. No me considero un alcohólico, Amy, ni muchísimo menos. Antes de que Amy muriera me tomaba un par de cervezas por la noche de vez en cuando, pero ni siquiera era algo que hiciera con regularidad. Cuando vi que estaba dependiendo de eso para calmar el dolor de la muerte de mi mujer, me di cuenta de que podía estar pisando terreno peligroso.

Se encogió de hombros como quitándole importancia.

–No es algo que eche de menos o que me cueste evitar. Excepto durante aquel par de meses, el alcohol nunca ha formado parte de mi vida.

Sus palabras deberían haberla reconfortado, el hecho de ver que estaba convencido de que para él no suponía ningún problema, pero la experiencia le había enseñado a ser precavida. El hecho de que hubiera confirmado lo que Laura había visto la inquietaba, por mucho que intentara controlarlo. No podía imaginar que en un momento la bebida hubiera sido un problema y que ahora, de pronto, ya no lo fuera. ¿Tan fácil podía ser?

–Bueno, ¿entonces todavía quieres esa cerveza? A mí no me molestará lo más mínimo.

Ella negó con la cabeza.

–No, un refresco está bien.

Él frunció el ceño.

–No cambies de idea por mí.

–No lo hago. No es para tanto –insistió.

Mitch hizo el pedido y después la miró durante un segundo más de lo habitual.

–Bueno, ¿por qué no me cuentas qué ha hecho que este sea tan buen día?

–¿Además de esta oportunidad de salir a cenar?

–Ya estabas alegre antes de que te lo propusiera.

Ella recordó la mañana, su conversación con Raylene y las ventas que había hecho para rematar el día.

–He hecho algunas ventas buenas –le dijo centrándose en eso–. Creo que ya te lo he dicho. Aún no estoy a la altura de Adelia Hernández, que podría venderles hielo a los esquimales, pero cada vez se me da mejor cerrar la venta. Al principio si alguna clienta se mostraba insegura, lo dejaba pasar, no quería insistir. Pero ahora he aprendido a hacerles ver por qué no pueden vivir sin esa blusa, ese vestido o ese traje en particular.

–¿Igual que Raylene te ha convencido para que te compraras el tuyo? –bromeó–. Sea lo que sea lo que te ha dicho para convencerte, tenía razón. El color melocotón hace que tu piel resplandezca.

–Eso es exactamente lo que me dijo Raylene. ¿Te ha entrenado?

–No, solo digo lo que veo –su expresión se tornó seria–. Eres una mujer preciosa, Lynn. Siempre lo has sido.

–¿Siempre? –preguntó con escepticismo–. Tengo que recordarte que la primera vez que me viste, justo después de que nos mudáramos al pueblo, Taylor Vincent acababa de meterme en un charco de barro y estaba hecha un espanto.

Él se rio.

—Pero un espanto precioso.

Hacía años que no recordaba aquel incidente, pero de pronto se dio cuenta de lo revelador que había sido ese momento.

—Le soltaste un tortazo a Taylor Vincent —dijo recordando la escena con todo detalle. La había impactado que alguien a quien apenas conocía la hubiera defendido—. Incluso por aquel entonces, ya estabas dispuesto a defenderme a toda costa.

—Taylor Vincent era un abusón —declaró él y después añadió tímidamente—: Te había hecho llorar. Y ni siquiera por entonces podía soportar ver a una chica llorar.

—Me destrozó mi abrigo nuevo. Estaba muy orgullosa de ese abrigo.

—Era rojo y con un cuello de terciopelo negro —recordó Mitch.

Impactada por su buena memoria, lo miró boquiabierta.

—¿Te acuerdas de eso?

—Ya te dije que me habías causado una gran impresión.

—Mi madre me había hecho ese abrigo y se suponía que solo me lo podía poner en ocasiones especiales, pero quería lucirlo en el colegio. Aunque lo llevamos al tinte y quedó como nuevo, para mí ya nunca fue lo mismo —le sonrió—. Aquel día fuiste mi héroe.

—Y después te enamoraste de Ed.

La sonrisa de Lynn se desvaneció.

—Y después me enamoré de Ed —dijo incapaz de evitar un tono de pesar. Sin embargo, casi de inmediato, sintió la necesidad de defender sus sentimientos, si bien no a Ed—. No siempre fue tan egoísta y desconsiderado como últimamente.

Mitch no parecía creerla, pero se encogió de hombros.

–Debe de tener alguna buena cualidad para que hayas estado loca por él todos estos años.

–Y por él tengo dos hijos increíbles. Solo desearía no estar tan segura de que probablemente todo el pueblo creerá que debo de haber hecho algo terrible para que semejante dechado de virtudes me haya dejado.

–¿Y es verdad? ¿Has hecho algo terrible?

–Por supuesto que no. Me quedé impactada cuando me dijo que quería el divorcio. No es que nuestro matrimonio fuera una maravillosa historia de amor, pero a mí me parecía que marchaba bien. Tienes que tener en cuenta que no tenía mucho con lo que compararlo. El de mis padres fue de lo más inestable y, en cambio, Ed y yo tuvimos un matrimonio tranquilo. Fue… no sé, un alivio creo. Me sentía cómoda. Me sentía satisfecha. Y creía que él también.

–Eso pensaba yo –dijo Mitch–. Por lo que puedo recordar, lo único que hiciste fue amar a ese hombre. Nunca entendí qué viste en él, pero claro, me habías roto el corazón, así que supongo que también tenía algunos prejuicios.

–¿Te rompí el corazón? –preguntó asombrada ante esa inesperada confidencia.

–En séptimo. Por fin había reunido agallas para proponerte que tomáramos un refresco en Wharton's después de clase y me rechazaste rotundamente. Me dijiste que ibas a quedar con Ed, aunque recuerdo que incluso por aquel entonces, él no te trataba como merecías. Ni siquiera se presentó aquella tarde. Me mató verte allí sentada con tus amigas y tan decepcionada.

Lynn pensó en aquellos días relativamente inocentes. Mitch tenía razón: Ed nunca la había valorado lo suficiente y ese había sido un patrón que nunca se había roto. ¿Por qué no lo había visto antes? ¿Era porque, como había dicho, para ella había sido un alivio tener una vida sin las constantes peleas que había presenciado en su infancia?

–¿Por qué no me dijiste lo que opinabas de Ed? –le preguntó a Mitch–. A lo mejor te habría escuchado. Éramos amigos. Confiaba en ti.

–¿No acabas de oír que me rompiste el corazón? Además, solo tenía trece años y luchaba contra el acné. ¿Qué sabía yo sobre relaciones y cómo funcionaban? Fuiste la primera chica a la que me atreví a pedirle salir.

Lynn lo miró con pesar.

–Siento haberte hecho daño. A esa edad los jóvenes son totalmente desconsiderados con los sentimientos, ¿verdad? –suspiró–. Espero que Lexie pueda superar la adolescencia sin que le rompan el corazón.

–Por desgracia, no es algo que los padres podamos controlar. Amy hizo lo que pudo por proteger a nuestros hijos de eso. Intentó advertirlos contra las chicas que sabía que les harían daño y les enseñó a hacer lo correcto y honorable con las chicas con las que salían, pero sé que han cometido muchos errores y que probablemente les habrán hecho daño a chicas tanto como ellas se lo habrán hecho a ellos.

Él la miró a los ojos.

–¿Puedo preguntarte algo?

–Claro.

–¿Volverías con Ed si quisiera una reconciliación?

Lynn entendía lo que quería saber. ¿Por qué ir tras ella si su corazón aún pertenecía a otro hombre? Deseó haber tenido una respuesta inequívoca que darle.

–No lo creo –respondió lentamente intentando ser tan sincera como lo había sido él antes con el tema de la bebida–. Últimamente lo he visto con otros ojos y no es el hombre que creía que era –y al pensar en las chispas que saltaban cuando estaba al lado de Mitch, estaba empezando a darse cuenta de que entre Ed y ella nunca había habido química.

–¿Pero?

–Tengo que pensar en Lexie y en Jeremy. Necesitan a su padre.

–Pueden tener a su padre cerca sin que tú tengas que volver a aceptarlo en tu vida –dijo Mitch con toda razón–. Supongo que lo que intento saber es si tú quieres una reconciliación. No por tus hijos, sino por ti.

–Si me lo hubieras preguntado hace una semana o dos, cuando las cosas estaban mucho peor, la repuesta habría sido más sencilla. Estaba furiosa y desilusionada.

–¿Pero ahora que ha vuelto al pueblo y que todo marcha bien…? –preguntó Mitch con cierto reproche en la voz.

Lynn le lanzó una áspera mirada.

–No lo creo. No quiero estar con un hombre que, claramente, no quiere estar conmigo. Eso no ha cambiado. La reconciliación no entra en el juego.

No pareció que a Mitch eso le resultara reconfortante porque hasta ella pudo ver que había dejado sin responder la pregunta tan directa que le había hecho. Todavía no le había dicho lo que ella quería.

Y lo cierto era que Lynn no lo sabía. Quería recuperar la seguridad que le ofrecía un matrimonio, la estabilidad de saber quién era y qué papel desempeñaba como esposa y como madre. Pero esa visión de sí misma al parecer había estado basada en una mentira o, al menos, en una idea equivocada. ¿Cómo era posible que no hubiera visto todo lo que iba mal en su relación con su marido?

Por fin estaba empezando a descubrir en quién iba a convertirse en ese mundo patas arriba. Con el tiempo sabía que sería para bien, pero por ahora la asustaba. La incertidumbre nunca le había gustado y eso se lo había enseñado la vida al lado de un alcohólico impredecible. No podía evitar preguntarse si había elegido a Ed precisamente por esa razón, porque con su futuro ya despuntando en la empresa de seguros de su padre le había ofrecido la seguridad y la estabilidad que siempre había anhelado.

En ese momento no le había importado prescindir de las pasiones y las emociones que se leían en las novelas de amor o que le habían contado sus amigas.

Forzó una sonrisa.

—Creo que de pronto nos hemos puesto demasiado serios.

Él más bien pensaba que por fin habían estado hablando desde un punto de vista realista, pero asintió.

—Bueno, aquí viene la comida. Iré a por los chicos.

Una vez Lexie y Jeremy estuvieron en la mesa, la conversación se centró en los deportes y el colegio. Aunque Jeremy no practicaba ninguno, sí que le encantaba ir a los partidos del instituto con Lexie y sus amigas siempre que le dejaban.

Lynn se fijó en lo relajado que parecía Mitch con sus hijos y no pudo evitar compararlo con Ed, que siempre parecía incómodo por tener que charlar con ellos incluso antes de la separación, y que ahora apenas les prestaba atención. Mitch parecía verdaderamente interesado en todo lo que contaban.

Se sorprendió cuando Jeremy le preguntó por las obras de la casa de al lado.

—¿Te importa si algún día me paso a ver lo que estás haciendo? —preguntó tímidamente—. Sé que será de acceso prohibido, o eso dicen Raylene y mamá.

Mitch le pasó una mano por el pelo despeinándolo.

—Claro que sí, siempre que yo esté allí, claro. Te buscaré un casco y te lo enseñaré.

—¿Y te podría ayudar? —le preguntó emocionado—. Me gusta construir cosas. Bueno, solo lo he hecho con Legos, no con madera de verdad ni nada de eso, pero debe de ser guay mirar un papel y construir una casa fijándote en él.

—Sí que es guay —le confirmó Mitch—. Con mucho gusto te enseñaré a hacer algunas cosas.

—Pero nada de sierras —dijo de inmediato Lynn—. Ni pistolas de clavos. Y…

Jeremy gruñó sonrojado de vergüenza.

—¡Mamá!

Ella miró a Mitch y lo pilló sonriendo.

—¿Ves adónde quiero llegar con esto, verdad?

—Lo pillo. Te lo devolveré en el mismo estado en que me lo mandes.

—Con eso me bastará —le dijo satisfecha de poder fiarse de su palabra.

Y por cierto, ¿cuándo había sido la última vez que había sentido tanta confianza por un hombre? A pesar de todas las dudas que la habían estado asaltando esa noche con respecto a Mitch y la bebida, se dio cuenta con completa y total seguridad de que podía confiar en él, y no solo confiarle sus hijos, sino también su corazón.

Sin embargo, en cuanto esto último se le pasó por la cabeza echó mano del freno. Paso a paso, se advirtió. Día a día. Esa era la forma de vida que había llegado a apreciar y valorar.

Y parecía que Mitch tenía razones para actuar del mismo modo. ¿Cómo no iba a respetar a un hombre que se anticipaba a los problemas y se disponía a solucionarlos? Esa no era una actitud muy común, como tampoco lo era la fuerza de voluntad necesaria para hacer ciertos cambios.

Esa noche, Mitch había logrado despejar muchos de sus temores, pero de todos modos no le vendría mal proteger durante un poco más de tiempo una parte de su corazón.

Capítulo 10

Flo estaba hecha un manojo de nervios. ¿Cómo era posible que una mujer que pasaba de los setenta siguiera poniéndose histérica por una cita y, sobre todo, cuando era una cita con un hombre al que llevaba meses viendo? Se sentía como si estuviera de vuelta en el instituto, una época que debería habérsele borrado de la memoria hacía tiempo.

Por supuesto, el problema no estaba tanto en cenar con Donnie como en el hecho de que fueran a acompañarlos Erik y Helen. Cuando Donnie se había marchado de su apartamento esa mañana, no le había alterado lo más mínimo la idea de verse examinado e interrogado por su hija, especializada en diseccionar testigos.

—Eres un ingenuo si te piensas que no va a intentar confundirte —le había dicho.

Él la había mirado con gesto de diversión.

—¿Sobre qué? No tengo nada que ocultar. Y mis intenciones en lo que a ti respecta son de lo más honorables.

—¿Honorables? —se había mofado Flo—. No para Helen. Para ella solo lo serían si me pusieras un anillo en el dedo, y los dos estamos de acuerdo en que no queremos casarnos.

—Si eso fuera a calmar las cosas entre Helen y tú, con mucho gusto me lo replantearía —le había dicho, dejándola atónita.

–No vayas por ahí –le había ordenado ella–. Quedamos en algo y así lo mantendremos.

–Qué mujer tan cabezota –la había acusado antes de besarla.

–¡Sabes que tengo razón en esto! –le había gritado mientras se marchaba.

Y la tenía. A su edad no necesitaban casarse. La situación que tenían era perfectamente cómoda porque cada uno seguía teniendo su espacio. Al menos, a ella le venía muy bien. ¿Es que Donnie no estaba tan de acuerdo? ¿Y si había cambiado de idea y ahora ella lo había condicionado? Gruñó. Ahora tenía una cosa más que la inquietaba.

Llamó a Liz en busca de una distracción.

–¿Estás ocupada?

–Había pensado en pasarme por el centro de mayores a jugar a las cartas. ¿Quieres venir?

–Allí estaré –respondió con ganas–. ¿Has hablado con Frances?

–Dice que está cansada y que quiere quedarse en casa.

A Flo no le gustó cómo sonó eso. Le sorprendía un poco que Liz hubiera aceptado semejante respuesta.

–Esto no me gusta mucho. Creo que me pasaré de camino al centro.

–No sin mí. Para serte sincera, no dejo de darle vueltas desde que he hablado con ella, pero tampoco quiero empezar a tratarla como si fuera incapaz de tomar sus propias decisiones.

–Eso no es lo que estamos haciendo –insistió Flo–. Es nuestra amiga y conocemos su situación. Por supuesto que vamos a preocuparnos cuando algo nos parezca raro. Y mientras su familia siga sin saber lo de su desorden cognitivo, somos nosotras las que tenemos que estar pendientes. Fue lo que decidimos e incluso Frances estuvo de acuerdo.

–Es verdad –dijo Liz–. ¿Me recoges? No me gusta pedirle a Travis que me lleve.

–Dame diez minutos. Tengo que apañarme un poco la cara.

–¿Y puedes hacerlo y estar aquí en diez minutos? –bromeó Liz.

–A estas alturas, un poco de máscara de pestañas y pintalabios hacen que pueda salir de casa presentable. Todo lo demás es perder el tiempo. Estas arrugas no se pueden tapar. En cambio, tu piel sigue estando tersa y suave como el culito de un bebé. Un día de estos voy a descubrir qué has hecho para conseguirlo. Seguro que en algún momento u otro te has escapado a Columbia o Charleston para hacerte un *lifting*.

Liz se rio.

–Una vida sana, nunca he fumado, no bebo mucho y tengo que darle las gracias a unos buenos genes.

–Bueno, pues ya es tarde para que yo recurra a nada de eso. Ahora nos vemos.

Veinte minutos más tarde llegaban al apartamento de Frances. Después de aporrear la puerta, Frances por fin abrió desaliñada y con pinta de estar medio dormida.

–¿Pero qué estáis haciendo aquí? –preguntó y mirando a Liz añadió–: Te he dicho que me iba a meter en la cama.

–Y me he preocupado al oírlo –le respondió Flo sin arrepentirse lo más mínimo–. Demándame si quieres.

Una sonrisa rozó los labios de Frances.

–No, si tienes a Helen para defenderte en los tribunales. Bueno, supongo que ya que estáis aquí, podríais pasar. Prepararé té. A lo mejor eso me anima un poco.

Liz y Flo la siguieron hasta la cocina.

–¿Te encuentras bien? –le preguntó Flo preocupada.

–Aparte de estar exhausta porque me he pasado media noche viendo una maratón de películas de Fred Astaire, estoy muy bien –suspiró–. Ese hombre sí que sabía bailar.

–Incluso mejor que mi Donnie.

Liz sacudió la cabeza con impaciencia.

—¿Y ya está? ¿Por eso estás tan cansada, porque has estado despierta viendo películas hasta el amanecer? ¿Por qué no me lo has dicho cuando he llamado?

Frances le lanzó una mirada desafiante mientras vertía agua hirviendo en una tetera que ya había cargado con Earl Grey.

—No sabía que tuviera que informarte de cada cosa que hago. Si quieres vivir la vida de los demás, la de Flo es mucho más emocionante que la mía.

Liz se quedó desconcertada un momento y después se rio.

—No, supongo que no tienes que informar de todo lo que haces, aunque habría estado bien que me hubieras invitado. Soy una gran fan de Fred Astaire.

—La próxima vez te lo diré —le prometió Frances ahora sin tanta tensión en la voz.

Flo miró a sus amigas agradecida de tenerlas en su vida.

—Ya que estamos todas aquí, me vendría bien algún consejo.

Liz sonrió.

—¿Es por esa cita doble que vas a tener con Helen y Erik? —sacudió la cabeza—. ¿En qué estabas pensando?

—En que podía ser una locura a estas alturas de mi vida, pero también en que me gustaría tener la aprobación de mi hija. Hemos estado muy unidas desde que volví de Florida y no quiero que mi relación con Donnie cambie eso.

—¿De verdad crees que tiene derecho a opinar? —le preguntó Frances.

Liz le lanzó una mirada de reprimenda.

—No más que el que tenían mis hijos para decidir que tenía que marcharme de mi casa. Podría haberme plantado porque no creo que haya ningún juez por aquí que pudiera haberme declarado incompetente.

–No, a menos que estuviera loco –asintió Flo sonriendo ante la idea.

–Pero –continuó Liz–, por respeto a sus sentimientos y a sus preocupaciones, llegamos a este acuerdo. La casa de invitados de mi antigua casa es del tamaño perfecto para mí y, para seros sincera, tener a Travis y a Sarah en mi antigua casa para ayudarme si lo necesito es un alivio para todos nosotros.

Frances la miró con escepticismo.

–¿Y crees que eso es lo mismo que Helen metiéndose en la vida social de Flo?

Liz asintió.

–Helen está preocupada, igual que lo están mis hijos.

–No –la contradijo Flo–. Helen está avergonzada, aunque no entiendo por qué. No es que sea la primera señora mayor que sale con alguien.

–No creo que sean las citas lo que la tienen así de nerviosa –dijo Frances–, sino más bien imaginarte en la cama con Donnie.

–Bueno, pues tendrá que superarlo –contestó Flo con decisión.

–¿Y crees que cenar juntos la calmará? –preguntó Frances.

–Creo que cuando vea lo bien que me trata Donnie y lo considerado que es, sí.

–¿Y si no se queda tan convencida? –preguntó Liz–. ¿Entonces qué, Flo?

–Para ser sincera, no he pensado tanto. La gran idea de Donnie en ese caso sería casarnos.

A Frances se le iluminaron los ojos.

–Pues hazlo.

Flo frunció el ceño.

–¿Solo para complacer a mi hija? No, de eso nada.

Liz la miró fijamente.

–¿Estás diciendo que no te gustaría? ¿Te importa Donnie?

–Por supuesto que sí. Pero, en serio, ¿qué sentido tiene casarme a mi edad? Además, hace tanto tiempo que no vivo con un hombre que no estoy segura de poder tolerar todos los cambios que tendría que hacer –sacudió la cabeza–. No, las cosas son como tienen que ser. Donnie y yo estábamos de acuerdo en eso.

–¿De verdad? –preguntó Frances–. ¿O más bien lo decidiste tú y lo has ignorado a él? Has dicho que te ha propuesto matrimonio, ¿no?

–Ah, pero no lo decía en serio. Era solo para calmar a mi hija.

–No estoy tan segura –dijo Liz–. Donnie es mucho más joven que nosotras, así que solo lo conozco de saludarlo de pasada en la oficina de correos, pero me parece que jamás habría mencionado lo de casaros si no lo dijera en serio. Él no tiene los recuerdos negativos que tienes tú.

–Eso es verdad –confirmó Frances–. Solía verlo con su mujer en la iglesia y siempre parecían felices.

–Eso era antes –insistió Flo más nerviosa de lo que quería admitir por las impresiones de sus amigas sobre la situación–. Pero vamos a centrarnos en mi cita, ¿vale? ¿Cómo puedo asegurarme de que Helen se comporte?

–Diciéndole que no vaya. Es lo único que se me ocurre.

–A lo mejor tengo que hablar con Erik –sugirió Flo.

–¿Y meterlo en medio de todo? –preguntó Frances–. No lo hagas. Solo empeoraría las cosas.

–Tiene razón –dijo Liz–. A menos que canceles la cita, solo te quedará rezar y esperar lo mejor.

Eso, por desgracia, no fue el consuelo que esperó encontrar en sus amigas. Y la mayor desgracia era que, probablemente, tenían razón sobre lo de ese desastre que amenazaba en el horizonte.

Por fin Lynn controlaba el sistema de nóminas de Mitch

y había terminado de preparar los cheques a mediodía y seguían en la encimera de su cocina a la espera de que él se pasara a recogerlos y firmarlos antes de entregárselos a sus empleados. Tras debatir con Mitch que el sueldo que él insistía en darle era extremadamente generoso, se lo había reducido a la cifra que finalmente habían acordado.

El día antes, gracias al dinero que Helen le había prestado y ante la promesa de recibir más ese mismo día por parte de Mitch y Raylene, había hecho la primera compra de verdad en meses. Esa mañana se había levantado al amanecer para hornear una tarta de café y compartirla con Mitch cuando se pasara por allí. Tenía preparado café recién hecho y por primera vez en siglos se sentía la misma de antes.

Oyó los familiares golpecitos en la puerta y el pomo sacudirse. Sonrió cuando Mitch no pudo abrir y la segunda llamada sonó algo más impaciente. Corrió a abrir y le sonrió.

—¿Lo ves? Puedo aprender.

—Estoy orgulloso de ti —dijo y olfateó el aire con gusto—. Aquí dentro huele de maravilla. ¿Has estado horneando algo esta mañana?

—Una tarta de café y canela. Raylene me ha dado la receta.

—¿A qué se debe? ¿Es que tienes una reunión esta mañana?

—No, he pensado que a lo mejor tendrías tiempo para tomar un café.

—Sacaré tiempo —respondió con entusiasmo—. ¿Y el café puede ir acompañado de esa tarta?

—Por supuesto —le cortó una generosa porción y la dejó sobre la mesa antes de servirle el café.

—¿Has tenido algún problema para terminar los cheques?

—No. Por fin le he pillado el tranquillo —dijo orgullosa—

y no creo que le haya dado a nadie más dinero del que le corresponde. Todos están en la encimera esperando a que los firmes, aunque te aconsejaría que los comprobaras al menos esta vez.

–Me fío de ti.

–No soy yo de quien tienes que preocuparte exactamente, sino de mis matemáticas y mis habilidades con el ordenador. Me sentiría mejor si les echaras un vistazo.

–Entonces lo haré. Eres un regalo caído del cielo, Lynnie. Espero que te des cuenta de ello.

–¿Lo dices porque te doy café y tarta?

–No, porque te has ocupado de una tarea para la que yo no tengo tiempo últimamente. Solo quiero que sepas que te lo agradezco mucho. Y ahora venga, cuéntame qué has estado haciendo. Yo he estado intentando terminar un trabajo al otro lado del pueblo estos dos últimos días. Hemos tenido un problema con un permiso así que he estado en el Ayuntamiento intentando solucionarlo.

–Me extrañaba no haberte visto en casa de Raylene –dijo Lynn para arrepentirse al momento.

Él sonrió.

–¿Me has echado de menos?

–Me gusta saber que estás cerca por si surge alguna crisis que no pueda resolver, eso es todo.

–Me has echado de menos –repitió demasiado contento.

–Vale, vale, a lo mejor un poquito –admitió–. Pero que no se te suba a la cabeza.

–Si se me sube, sé que me bajarás los humos.

Parecía como si Mitch tuviera algo más en la cabeza, pero justo en ese momento sonó el timbre de la puerta.

–Ahora mismo vuelvo –prometió Lynn.

Cuando vio a Ed en el porche, suspiró.

–No te esperaba.

–¿Qué? ¿Es que ahora quieres que avise antes de venir? ¿No te basta con que te diera mi llave y no pueda pasar?

–Lo siento. No quiero pelearme contigo, simplemente me he quedado sorprendida. Eso es todo.

–Había pensado que podríamos hablar de los niños. Las cosas han estado un poco tensas últimamente, sobre todo con Lexie, y me gustaría mejorarlo.

Antes de poder detenerlo, Ed fue a la cocina y se detuvo en seco.

–Mitch –dijo con voz tensa–. ¿Qué estás haciendo aquí?

–Ha venido a recoger los cheques de las nóminas que terminé anoche –dijo Lynn a la defensiva.

Mitch le lanzó una mirada de cierta decepción, pero captó la indirecta y se levantó.

–Ya me marcho. También he firmado el tuyo y te lo he dejado en la encimera, Lynnie.

–Gracias.

–Luego te llamo.

Ella asintió y la invadió una sensación de alivio cuando se marchó. No es que no tuviera más derecho que Ed a estar allí, pero sabía que habría sido muy incómodo. Además, ahora Ed estaba mostrando una actitud muy territorial y no era la clase de hombre que podía disimular con facilidad.

Cuando se giró se lo encontró sirviéndose una taza de café y apoyado contra la encimera.

–Bueno –dijo mirándola especulativamente–. ¿Así que Mitch y tú? Jamás lo habría imaginado. Pero claro, hace años estaba coladito por ti.

–No sabes lo que estás diciendo –le dijo aunque podía sentir el calor ardiendo en sus mejillas–. Si quieres hablar de Jeremy y de Alexis, hablemos. De lo contrario, puedes marcharte.

–Había pensado en llevarlos a la playa este fin de semana, antes les encantaba ir a la Isla de Sullivan.

–Era una de sus excursiones familiares favoritas.

–Cuando se lo he mencionado, Jeremy se ha alegrado, pero Lexie se ha negado a ir.

–¿En serio? Pues no me ha dicho ni una palabra.

–Tienes que hablar con ella y corregir esa actitud que tiene hacia mí.

Lynn se lo quedó mirando con incredulidad.

–Si tiene esa actitud hacia ti, ¿quién crees que la ha generado? Yo no, Ed. Todo es culpa tuya y de tus padres, así que eres tú el que tiene que solucionarlo. Podrías empezar por advertirle a tu madre que no hable pestes de mí delante de ellos. Lexie, en especial, se muestra muy protectora conmigo últimamente.

–Y sin duda es algo que habrás fomentado.

Ella lo miró asombrada.

–¿Cómo puedes ser tan ignorante? Podría ponerte por las nubes y ella seguiría viendo cómo me desvivo por poder poner algo de comida en la mesa y cómo no puedo dormir mientras intento encontrar el modo de pagar las facturas con el poco dinero que tengo en el banco.

–No deberías haberla hecho partícipe de todo eso –le dijo con terquedad.

–Es difícil guardar un secreto cuando no hay comida en la nevera ni en los armarios. ¿Tienes idea de cuántas veces hemos cenado en casa de Carter y Raylene?

–¿Y tan malo es eso?

–Nos incluían en su mesa porque sabían que aquí la situación era terrible. Mandy se enteró por Lexie y Raylene lo averiguó por sí sola cuando acudí a ella buscando trabajo.

–¿Así que ahora la mitad del pueblo me ve como una especie de holgazán? –preguntó Ed–. Gracias.

–Puedes darle las gracias a Jimmy Bob –le corrigió–. ¿Ha aparecido ya tu abogado? ¿Estará mañana en el juzgado?

Por fin Ed se mostró algo incómodo con la conversación.

–Ha solicitado un aplazamiento y Hal Cantor se lo ha concedido. ¿No te lo ha dicho Helen?

Lynn estrechó la mirada.

—¿Cuándo ha pasado eso?

—Ayer a última hora. Jimmy Bob se ha ido fuera del pueblo.

—¿Para hacer algo más importante que presentarse en el juzgado con su cliente?

—Está muy ocupado, es lo único que sé.

—¿Y le crees? A lo mejor se está tomando unas vacaciones prolongadas con el dinero que tenía que darme por la manutención o con el dinero de nuestra hipoteca.

—Ya te dije que me ocuparía de eso —dijo con tirantez—. No volverá a suceder. Prestaré más atención a ese tema o lo llevaré yo mismo.

—Mira, cómo manejes ese asunto no es problema mío siempre que no nos dejes a los niños y a mí sin comida o sin un techo, ¿entendido?

—Está clarísimo. Y ahora vamos a hablar de Lexie.

—Habla con ella. A pesar de todo lo que ha pasado últimamente, te adora. Seguro que con tu encanto se te ocurrirán las palabras adecuadas para ganártela.

—¿Cuándo te has vuelto tan fría?

—No soy fría. Estoy aprendiendo a decir lo que pienso y a valerme por mí misma —dijo y sonrió—. Por cierto, gracias. Es algo que debería haber aprendido hace años.

—¿Esta nueva actitud tiene algo que ver con Mitch Franklin? —especuló Ed—. ¿Viene mucho por aquí?

—Ya te he dicho que he estado trabajando a tiempo parcial para él.

—¿Y estabas trabajando para él cuando los niños y tú fuisteis a Rosalina's con él? —preguntó al parecer encantado de ver que la pregunta la hizo ruborizarse—. No creías que me enteraría, ¿verdad? Deberías conocer mejor lo que pasa aquí. Tres personas me habían llamado antes de que salierais del restaurante.

—Es bueno saber que tu red de espías es tan meticulosa, pero lo que yo haga o a quién vea no es asunto tuyo. Yo no te pregunto qué haces.

–Sí que es asunto mío si las personas a las que ves se relacionan con mis hijos.

–¿Tienes algún problema con Mitch?

–No me gusta entrar en mi casa y encontrármelo con mi mujer a las ocho de la mañana. ¿Es que ha pasado aquí la noche?

Lynn se levantó intentando no dejarle ver cómo estaba temblando por esas atroces insinuaciones.

–Lárgate, Ed, y no vuelvas por aquí sin avisar con tiempo.

Por un instante, él pareció desconcertado por su ataque de furia, pero después esbozó una expresión petulante.

–Así que así están las cosas. Creía que eras demasiado lista como para tontear con otro delante de mis narices.

–Lárgate ahora mismo. Lo digo en serio.

Por suerte, él no se negó y, en cuanto se hubo marchado, Lynn se dejó caer en la silla y agarró el teléfono. Marcó el número de Helen, aunque las dos primeras veces se equivocó por lo mucho que le estaban temblando las manos.

–¿Qué pasa? –preguntó Helen en cuanto le oyó la voz–. ¿Estás llorando?

–Intento no hacerlo. Ed acaba de estar aquí.

–Ahora mismo voy.

–No hace falta que vengas –dijo aunque Helen ya había colgado.

Diez minutos después oyó un coche frenar delante de la casa y al instante su amiga entró en la casa por la puerta que, claramente, Ed había dejado abierta.

–¿Qué ha pasado? –dijo agarrándola por los hombros–. ¿Estás bien? ¿Te ha hecho daño?

Lynn sacudió la cabeza al estallar en lágrimas. Helen la abrazó.

–Oh, cielo, no puede ser tan malo. No derrames ni una lágrima más por ese hombre.

Por fin, Lynn se calmó lo suficiente para respirar hondo. Agarró el pañuelo de papel que Helen le había dado y se secó las lágrimas.

–Lo siento. No me había dado cuenta de lo furiosa y alterada que estaba hasta que te he visto. Y después me he derrumbado.

–¿Tienes café?

Lynn esbozó una pequeña sonrisa.

–Dada la mañana que estoy teniendo y la de gente que está desfilando por aquí me alegro de haber hecho una cafetera grande.

En la mesa de la cocina informó a Helen sobre la visita de Ed y lo que había dicho sobre su relación con Mitch.

–¿Podría sacar algo de ahí? –le preguntó preocupada–. Mitch ha sido muy bueno conmigo y no quiero que se vea envuelto en mitad de mi divorcio por culpa de eso.

–No me extrañaría que Ed o Jimmy Bob pudieran hacer cualquier cosa, pero no has hecho nada malo, Lynn. ¡Nada! No puedes olvidarlo.

–Ed dice que se ha vuelto a posponer la fecha del juicio.

–Por desgracia, sí. Me he enterado esta mañana. Supongo que se decidió ayer a última hora. El despacho de Hal Cantor me ha pedido disculpas cuando me han llamado esta mañana. Su secretaria me ha dicho que está harto de todos los retrasos y las excusas de Jimmy Bob.

–¿Hay algún modo de detenerlo?

–Primero tengo que encontrar a Jimmy Bob. El investigador me dijo anoche que tiene una pista y cree que está en las Islas Caimán.

–¿Y para qué iría allí?

–O se ha tomado unas vacaciones muy largas o se está escondiendo de algo o de alguien. El investigador va a ir hasta allí para comprobarlo.

Lynn la miró alarmada.

–No me puedo permitir pagar los gastos de un viaje así.

–No te preocupes. Ed lo pagará si descubro que han ideado todo esto como modo de evitar llevar el caso ante el juez. Si no, lo pagaré yo. Me encantaría pillar a Jimmy Bob con las manos en la masa.

A Lynn no le sorprendió la malicia que captó en su voz.

–No te gusta nada, ¿verdad?

–Me cae bien –la corrigió Helen–, pero no me fío de él y creo que es una vergüenza para la profesión –miró a Lynn fijamente–. ¿Ya estás bien?

–Mejor, gracias.

–Pues entonces será mejor que vuelva a mis despacho. Tenía tres clientes en la sala de espera cuando he salido corriendo y seguro que Barb está lista para estrangularme. Odia que la agenda se nos descontrole, sobre todo cuando soy la culpable de echar por tierra su ordenado plan del día.

–Pídele disculpas de mi parte.

–No es necesario. Y, además, eso me da la oportunidad de recordarle que es mi bufete y que yo soy la jefa. De vez en cuando se le olvida.

–Gracias por venir.

–De nada, cuando quieras, ya lo sabes. No solo soy tu abogada, soy tu amiga.

Las lágrimas se le saltaron una vez más, pero logró controlarlas hasta que Helen se hubo marchado. Después, dejó que brotaran libremente.

Capítulo 11

En cuanto Jeremy volvió a casa del colegio, pasó corriendo delante de Lynn y subió a su habitación sin ni siquiera saludarla. Unos minutos más tarde se había cambiado de ropa y estaba a punto de salir cuando Lynn lo agarró de la camiseta.

—Ey, ¿no te apetece comer algo?

—¿Es que hay comida? —la pregunta dijo mucho sobre cómo habían marchado las cosas últimamente.

Lynn asintió.

—He hecho galletas.

La expresión de su hijo se iluminó al instante.

—¿Con pepitas de chocolate?

—Por supuesto.

—¡Guay! —ignorando el vaso de leche que le había servido, Jeremy agarró un puñado de galletas aún calientes y volvió a echar a correr hacia la puerta.

—¿No quieres sentarte y beber un vaso de leche? —llevaba toda la tarde deseando volver a aquella época en la que los niños le contaban cómo les había ido el día mientras se tomaban un tentempié.

—No puedo —farfulló con la boca llena.

—¿Por qué no? ¿Adónde vas tan deprisa?

—Al lado. ¿No te acuerdas de que Mitch me dijo que podía ayudarlo?

–¿Sabe que vas a ir esta tarde?

–Ajá. Se lo dije cuando estuve allí ayer.

Lynn frunció el ceño.

–¿Estuviste ayer allí?

–Y anteayer. No te enfades, mamá. Me dijo que le parecía bien.

–Me extraña que no me lo dijeras. Creía que habías ido a casa de tu amigo Ray.

Él se encogió de hombros.

–Me aburro allí. Solo quiere jugar a los videojuegos. Esto es más divertido.

Lynn decidió que tenía que asegurarse de que a Mitch esas visitas le hicieran tanta gracia como a Jeremy.

–Pero no seas pesado, ¿de acuerdo?

–Claro que no –prometió al echar a correr.

Ella sacudió la cabeza mientras cerraba la puerta y dos minutos después sonó el teléfono.

–He oído que tu hijo no te ha contado que ha estado viniendo aquí después de clase –le dijo Mitch–. ¿Te parece bien?

–A mí sí, si te parece bien a ti. Pero Mitch, no te sientas obligado a tenerlo allí si te incordia.

–La verdad es que me ayuda mucho. Hasta puede que te diga que le prepares una nómina para esta semana.

–Rotundamente no –dijo ella segura de que estaría dispuesto a hacerlo para que se llevara unos cuantos dólares más.

–Solo digo que trabaja mucho y que debería ser recompensado por ello. Un niño nunca es demasiado pequeño para entender el valor de una fuerte ética del trabajo.

–No puedo estar más de acuerdo contigo –vaciló y añadió–: ¿Estás libre para cenar? Jeremy lleva tiempo pidiéndome entrecot con patatas asadas y por fin ayer tuve presupuesto suficiente para comprarlo. Había pensado que podríamos hacer una barbacoa en el patio trasero.

Se puso nerviosa cuando obtuvo un silencio como respuesta.

–No pasa nada si tienes planes o si no te apetece –se apresuró a decir–. No es para tanto.

–Solo me preguntaba si sería buena idea dada la reacción que ha tenido Ed esta mañana. Me ha dado la impresión de que no le ha hecho ninguna gracia.

–Él no tiene opinión en esto –contestó Lynn acaloradamente antes de suspirar–. Pero para serte sincera, quería hablar contigo del tema. ¿Tal vez después de cenar?

–De acuerdo, muy bien –dijo finalmente–. ¿Sabes cómo funciona la barbacoa tan chula que he visto en tu jardín?

–Me aterra encenderla. Siempre creo que el gas va a estallar y que va a salir una llamarada enorme.

–Pues entonces espera a que llegue yo. Las barbacoas son el único tipo de cocina en el que destaco.

–Pues con mucho gusto te lo cedo –dijo aliviada por su ofrecimiento.

–¿A las seis y media te parece bien? Me gustaría ir a casa a ducharme antes de ir.

–Perfecto. Hasta luego.

Eso hacía que tuviera poco más de dos horas para preparar una ensalada, asar las patatas y asustarse pensando si habría cometido o no un terrible error.

Cuando había terminado de llamar a Lynn, Mitch se encontró a Jeremy sentado en el suelo y viendo cómo Terry Jenkins cortaba los rebordes de las ventanas.

–¿Cómo sabe cómo hacer que encajen las esquinas? –le preguntó Jeremy a Mitch.

–Ven aquí conmigo –respondió llevándolo hasta su mesa de trabajo. Dibujó los ángulos y le demostró cómo marcarlos en la madera–. Después la máquina hace el resto.

–Parece fácil, ¿no?

–Sí, una vez le pillas el tranquillo. ¿Quieres probar?

A Jeremy se le iluminaron los ojos.

–¿Puedo? –al momento su entusiasmo se desvaneció–. Eso es una sierra, ¿verdad? Mamá dijo que nada de sierras.

–Creo que su mayor preocupación es que intentaras hacer algo sin supervisión, pero eso no vas a hacerlo, ¿a que no?

–Jamás –prometió Jeremy trazándose una cruz sobre el pecho–. Lo prometo.

–Pues entonces arreglado. A ver, Terry, ¿cuántas piezas necesitas para ese marco?

Terry miró a Jeremy imaginando las intenciones de Mitch.

–¿Me vas a sustituir? –le preguntó al chico.

Jeremy asintió con entusiasmo.

–¿Qué tal si esta vez te ayudo yo? –le sugirió Terry colocándose detrás del niño–. ¿Ves la línea que he marcado?

–Ajá –respondió Jeremy con gesto de concentración.

–Ahora pon tus manos aquí y aquí –dijo cubriendo sus pequeñas manos con las suyas, ásperas por el trabajo, mientras Mitch estaba detrás de ellos sonriendo. Terry era un carpintero experimentado con nietos y Mitch sabía que había hecho lo mismo con ellos a lo largo de los años para mostrarles su arte. Le había enseñado mucho de lo que sabía y lo había acogido bajo su ala cuando había empezado a ir por las obras con uno de los hijos de Terry.

Satisfecho de que el chico estuviera en buenas manos, volvió a comprobar las características de la piedra que tenía que encargar para la chimenea. Apenas había empezado a leer el papel cuando oyó a Jeremy gritar de alegría.

–¡Lo he hecho! –seguía gritando al correr hacia él–. Mira, ¿lo ves? Terry dice que está muy bien y que podrá utilizarlo para la ventana. ¡He hecho algo que va a estar en la casa de Raylene y Carter para siempre!

–Buen trabajo –dijo Mitch entusiasmado–. Como va siendo hora de acabar por hoy, ¿qué te parece barrer un poco todo esto? ¿Te apetece?

–Claro –respondió Jeremy como si Mitch le hubiera ofrecido una tarea de lo más emocionante en lugar de lo que sus hombres veían como un trabajo innecesario.

Sonrió al ver al pequeño desarrollando la tarea con excesiva euforia. Cuando Terry se acercó, lo miró y le dijo:

–Es un chaval muy majo.

–Y con muchas ganas de aprender.

–Su madre tampoco está mal.

Mitch miró extrañado al que era su empleado desde hacía años.

–¿Intentas decirme algo?

–Solo que te he visto un par de veces allí últimamente.

–¿Y? –preguntó a la defensiva.

–Calma. No te estoy criticando. Si quieres saber mi opinión, te diré que ya es hora de que te diviertas un poco otra vez. Eso es lo que Amy habría querido para ti –sonrió–. Y Lynn es buena gente.

–De acuerdo –respondió Mitch lentamente sintiendo que su viejo amigo estaba pensando en algo más.

–Pero lo de Ed es cosa aparte. A él no le va a hacer ninguna gracia que estés pisando su terreno.

Mitch había captado lo mismo esa mañana, pero no pudo evitar defenderlos, tanto a él como a la propia Lynn, ante Terry.

–El divorcio está prácticamente cerrado.

–Prácticamente no es lo mismo que cerrado. Hay mucha gente en el pueblo que respeta a Ed aunque no sepa por qué. Hay gente muy conservadora y no querrás que hablen de Lynn, ¿verdad?

–Claro que no. Tampoco es que estemos haciendo gala de un gran romance. Hemos salido una vez con los niños y eso es todo.

Terry soltó una sonora carcajada.

–Sí, esa cena en Rosalina's corrió como la pólvora antes de que os hubieran servido los refrescos –lo miró directamente a los ojos–. ¿Quieres un consejo de un hombre que lleva toda la vida en este pueblo?

Mitch asintió con cierta renuencia.

–No es lo que hagas a vista de todos lo que te meterá en líos.

–¿Y eso quiere decir?

–Tu camioneta en su puerta por la noche o a primera hora de la mañana. Eso sí que va a generar habladurías de las que no quieres. Aparca aquí, en casa de Raylene. A ella no le importará y así tendrás una coartada legítima.

Por mucho que lo enfureciera que le dijeran que entrara y saliera de casa de Lynn a hurtadillas, sobre todo después de que apenas le había podido robar un beso, entendía lo que Terry le quería decir.

–Eso haré. Gracias.

Terry asintió hacia Jeremy.

–Puedes llevarte a tu ayudante a casa. Ya termino yo aquí.

–Gracias de nuevo.

Y decidió que esa noche cuando fuera a casa de Lynn, lo haría andando.

Lynn escuchó a Jeremy contar lo que había hecho esa tarde en la obra con una mezcla de satisfacción y enfado. Le encantaba ver a su hijo tan emocionado pero ¿no les había dejado claro lo que el niño podía y no podía hacer?

En cuanto Mitch volvió de ducharse y cambiarse, lo miró muy seria.

–¿Una sierra? ¿Has dejado a mi hijo de diez años usar una sierra?

Jeremy se estremeció.

–Siento haberlo contado –le susurró a Mitch antes de salir de la cocina para ir a refugiarse en el patio.

—¿Te ha dicho que Terry estaba con él?

—¿Te refieres al mismo Terry que perdió la punta del dedo hace un par de años trabajando? —dijo con ironía.

Mitch lo había olvidado.

—El mismo —le confirmó—. Aquello le dio una lección muy valiosa, así que ahora tiene más cuidado todavía.

—No estoy lista del todo para que Jeremy aprenda esas lecciones —dijo situándose frente a él con las manos en las caderas.

Y antes de que pudiera descubrir sus intenciones, Mitch se acercó y la besó. Le pareció haberlo oído susurrar «Dios, eres preciosa» justo antes de posar los labios en los suyos.

Nunca la había tocado más allá de esos castos besos, pero eran unos besos que le robaban el aliento. Suspiró cuando él se apartó.

—No vas a ganar una discusión por besarme —le dijo cuando Mitch retrocedió. Necesitando refrescarse, tardó un minuto en meter la cabeza en la nevera y sacar la limonada que había hecho antes. Cuando salió, estaba sonriendo.

—¿Es que estábamos discutiendo? —le preguntó él con inocencia—. Creía que tú estabas despotricando un poco y yo escuchando.

Ella se quedó atónita y respondió:

—Mitch Franklin, intentaba hacerte ver que si no sé que mi hijo va a estar a salvo allí, no podré dejarle ir.

Su expresión se ensombreció al momento.

—Jeremy siempre estará a salvo conmigo. Es tu hijo, Lynn. Yo jamás lo pondría en peligro.

—¿Entonces nos queda claro?

—Nos queda claro.

—No más sierras. Ya te lo dije la otra noche. Una cosa es que Jeremy ignore mis normas y otra muy distinta es que las ignores tú.

—A favor suya diré que me recordó esas reglas.

–¿Ah, sí? –preguntó sorprendida.

–Sí, y fue lo primero que dijo.

–Entonces, ¿en qué estabas pensando?

–En que cuando un crío muestra verdadero interés por algo, ese interés hay que avivarlo siempre que se haga de manera segura y bajo estricta supervisión.

–¿Entonces le dejarías saltar de un avión si le hiciera mucha ilusión? –le preguntó intentando decidir hasta dónde llegaba esa filosofía suya.

–Con el equipo correcto y un instructor titulado, ¿quién sabe? A lo mejor.

–¡Qué locura!

–De acuerdo, probablemente sea un poco pequeño para saltar de aviones, pero ¿no entiendes lo que quiero decir? A los chicos no se les debería desanimar a hacer cosas nuevas, siempre que su seguridad no esté en peligro. Una vez que los adultos le ponen freno al entusiasmo de un niño y marcan demasiadas limitaciones, su imaginación queda destruida.

Lynn suspiró. Podía ver que Mitch sería el padre ideal para un chico, un padre que le daría libertad para probar sus limitaciones, pero se preguntaba si esa misma libertad se extendería también a las chicas.

–¿Alguna vez has deseado tener una hija? –le preguntó al darle un vaso de limonada helada y dar un sorbo a la suya.

Él pareció algo desconcertado por la pregunta.

–Claro, pero decidimos que con dos hijos teníamos suficiente. ¿Me lo preguntas por alguna razón en particular?

–Solo me preguntaba cómo reaccionarías si tu hija de catorce años expresara un auténtico interés por… pongamos… ir a una fiesta mixta.

Él frunció el ceño.

–¿Habría padres? ¿Los conozco? ¿Hasta qué hora sería?

Ella se rio.

–Ahí lo tienes. Sabía que podrías encontrar algo que te asustara tanto como a mí esa sierra.

Mitch se rio.

–De acuerdo, me has pillado. Aplico unas normas para unos y otras para otros. Soy un tipo chapado a la antigua que sigue creyendo en proteger a las mujeres que le importan tengan la edad que tengan –de pronto se puso muy serio–. Y eso me recuerda algo de lo que quería hablar contigo.

–¿No puede esperar a que hayamos cenado? –le preguntó Lynn sacando los entrecots de la nevera–. Deberíamos ponerlos en la parrilla ya.

Él vaciló, pero asintió.

–Ahora mismo –agarró la bandeja y salió fuera.

Lexie entró en la cocina sonriendo justo en ese momento.

–Viene mucho y creo que Mandy tiene razón. Está coladito por ti.

–Mandy y tú habláis demasiado. Lleva la ensalada fuera.

Lexie agarró la fuente y el aliño.

–Eso no cambiará lo que sé –dijo antes de hacer obedientemente lo que le habían pedido.

Cuando Lynn salió unos minutos más tarde con las patatas asadas que había calentado en el horno, Jeremy estaba ayudando a Mitch con los entrecots y Lexie estaba entreteniéndolo con una historia sobre algo que les había pasado en clase de francés. Uno de los alumnos de pronto había empezado a hablar en español confundiendo a todo el mundo, incluida la profesora.

–La señorita Riley parecía como si debiera entender todo lo que Melinda decía, pero no tenía ni idea. Después se dio cuenta por fin de que Melinda es bilingüe en español y que le había salido hablar así sin darse cuenta.

Lynn se detuvo justo antes de salir y sonrió al oír la risa de Mitch resonando por el aire junto a la de sus hijos.

Hacía mucho tiempo que por allí no se escuchaban sonidos de alegría.

–¿Qué tal van esos entrecots? –gritó al acercarse.

–Si alguien los quiere muy poco hechos, están listos –dijo Mitch.

–Al punto –señaló Lynn.

–Yo también –añadió Lexie.

Jeremy miró a Mitch, que ya había apartado el suyo del fuego y lo había colocado en una fuente.

–Muy poco hecho, como Mitch.

Mitch le sonrió.

–¿Estás seguro, colega?

–Tú vas a tomar eso, ¿no?

–Claro que sí.

–Pues yo el mío lo quiero así –insistió el niño.

Por muy conmovida que pudiera estar por la escena, Lynn no podía evitar preocuparse por que su hijo estuviera empezando a adorarlo como si fuera un héroe. Sin embargo, al ver su sonrisa y esos ojos cargados de admiración, tampoco podía llegar a lamentarse de haber metido a Mitch en sus vidas.

Después de la cena, Lexie y Jeremy recogieron la cocina, y dejaron a Mitch a solas con Lynn en la terraza. Mientras el sol desaparecía bajo el horizonte, él pensó que no podía recordar la última vez que había pasado una noche tan agradable. Sin embargo, en todo momento había estado percibiendo que a Lynn le pasaba algo. Y él también tenía sus preocupaciones, así que no era una conversación que estuviera deseando mantener.

–Tú primero –le dijo al cabo de un momento.

Ella lo miró sorprendida, como si hubiera olvidado que antes le había dicho que quería hablar con él sobre algo.

–¿Se trata de la visita de Ed de esta mañana?

Lynn suspiró.

–Sí. Para serte sincera, esta noche por un momento me lo había sacado por completo de la cabeza.

–¿Estaba muy enfadado cuando se ha marchado? Intenté escuchar por si las cosas se ponían feas.

–Oh, no gritó, pero sí que intentó sacar conclusiones sobre tu presencia aquí.

–¿Por eso Helen vino corriendo justo después de que se marchara? –preguntó sabiendo que se estaba delatando y dejando ver lo atento que estaba de todo lo que pasaba en su vida.

Ella enarcó una ceja ante la revelación y asintió.

–¿La has visto?

–Como para no darse cuenta cuando ha parado frente a tu casa con los neumáticos chirriando como si estuviera corriendo en Daytona.

–Reaccionó algo exageradamente cuando la llamé.

Mitch frunció el ceño.

–¿Y desde cuándo no reacciona exageradamente Helen? ¿Exactamente cuánto te molestó Ed?

–No me molestó. Quiero decir, no estoy preocupada por mí. Estoy preocupada por ti. Me temo que podría intentar meterte en nuestros problemas y no te lo mereces.

–No hay nada que Ed pueda hacerme –le aseguró Mitch.

Ella le lanzó una mirada hastiada.

–Si crees eso, entonces es que no lo conoces.

–Lo conozco lo suficiente –insistió Mitch.

–Puede incomodarte la vida en muchos sentidos –respondió Lynn–. Es muy fácil extender cotilleos por este pueblo. Lo sabes, Mitch. No quiero que tu reputación resulte dañada porque él te busque problemas.

Mitch se levantó y se agachó delante de ella obligándola a mirarlo a los ojos.

–Lynn, sabes que no hemos hecho nada malo.

–Lo sé.

–Y me gusta estar contigo. Creo que tú sientes lo mismo.

–Sí, pero…

–Nada de peros –respondió y pensó en la advertencia de Terry–. A menos que prefirieras que me mantuviera al margen. ¿Es lo que quieres? ¿Te facilitaría las cosas que la gente no hablara y no provocara a Ed?

Ella miró a otro lado.

–Tal vez –reconoció antes de volver a mirarlo–. Pero no es lo que quiero, Mitch. Me gusta estar contigo. Ha sido… –parecía estar buscando la palabra adecuada– una tranquilidad para mí, aunque puede que eso no suene demasiado halagador. Hasta las últimas semanas había olvidado lo que es no estar tensa y al límite constantemente. Ya casi se me había olvidado reírme. Y también a los niños.

Él asintió complacido a pesar de que no había mencionado nada sobre las chispas que lo mantenían en vela por las noches.

–Me alegra saberlo. A ver qué te parece esto. Quedaremos cuando a ti te apetezca, aunque no iremos por el pueblo donde nos puedan ver. No me gusta la idea de escondernos, pero de momento puede que sea lo mejor. Lo último que quiero es que Ed tenga munición que pueda utilizar en tu contra –se detuvo y preguntó–: ¿O preferirías tomarte un respiro? Tú mandas, Lynnie. Sea lo que sea lo que necesitas, haremos que funcione.

De pronto, ella tuvo que contener las lágrimas.

–Qué considerado eres.

Él sonrió aunque sus lágrimas casi le hicieron venirse abajo.

–¿Y eso es malo?

–No, solo hace que me pregunte más todavía por qué no te elegí hace tantos años.

–Me gustaría pensar que fue porque me aparté de tu camino cuando tenía trece años. A saber qué habría pasado si hubiera sido lo suficientemente valiente como para mantenerme firme e insistir –sonrió–. Culpa mía.

–O a lo mejor ahora es el momento apropiado.

Mitch sonrió al oírla.

–A lo mejor.

Estaba deseando descubrirlo.

Flo se sentía como si hubiera estado conteniendo el aliento las dos horas que Donnie y ella llevaban en Rosalina's con Helen y Erik. Los hombres estaban charlando fluídamente, pero Helen tenía cara de estar chupando limones.

–Helen, ¿sabías que Donnie tiene prácticamente todos los episodios de *Ley y Orden* grabados? –preguntó Flo esperando despertar una chispa de intereses comunes entre los dos.

–¿En serio? –preguntó Helen aunque sin mucho entusiasmo.

–Soy una gran fan de Sam Waterson. Empecé a ver la serie desde el primer día. Me parece muy realista.

–Helen piensa igual, ¿verdad? –dijo Flo lanzándole a su hija una severa mirada con la que le pedía que, al menos, lo intentara.

–La verdad es que es una de las mejores series de abogados que he visto –respondió Helen y vaciló antes de preguntar–: ¿Mi madre y tú vais en serio?

–¡Helen! –protestó Flo mientras Erik le daba un codazo a su mujer y le lanzaba una mirada de advertencia.

–¿Qué? –preguntó Helen–. Es una pregunta más que razonable.

–Sí que lo es –respondió Donnie sin perder la compostura ni por un instante–. Me he divertido más desde que salgo con tu madre que en toda mi vida. Soy una de esas personas que cree que nunca te puedes reír demasiado –miró a Helen fijamente–. Tu madre siempre me hace reír. Siempre tiene algo que decir y acaba llevándome a su terreno —le guiñó un ojo a Flo—. Aunque eso tampoco quiere decir que siempre estemos de acuerdo en todo.

—¿Como por ejemplo? —preguntó Helen aprovechando la coyuntura.

—Como sobre si casarnos o no —respondió Donnie con sinceridad.

—¡Donald Leighton! —protestó Flo—. No es el momento.

Pero a Helen se le había iluminado la cara.

—Cuéntame —animó a Donnie.

—Creo que cuando dos personas se importan tanto como nosotros y se llevan tan bien, lo más sensato es casarse. ¿Por qué estar solos en esta etapa de nuestras vidas?

—Interesante punto de vista. ¿Mamá? ¿Es que no estás de acuerdo?

—¡No! —contestó irritada.

A pesar de la repentina tensión, Donnie parecía estar divirtiéndose.

—Ahí lo tienes. Hasta ahora va ganando, pero tengo la esperanza de poder hacerle cambiar de opinión uno de estos días.

—Pues ahora estás perdiendo puntos —farfulló Flo.

Por suerte, Erik intervino.

—¿Qué os parece si tomamos el postre en nuestra casa? Hoy he llevado una tarta de manzana que he cocinado en el trabajo. Así podrás darle las buenas noches a Sarah Beth, Flo.

Ella miró a su yerno con cariño.

—Sabes que no puedo decirte que no a eso —y lanzándoles una mirada de advertencia a Donnie y a su hija añadió—: Pero si vuelve a surgir el tema del matrimonio, no descartéis que no asfixie a alguien metiéndole toda esa tarta por la boca.

Erik contuvo una carcajada ante su amenaza y Flo lo fulminó con la mirada.

–Lo digo en serio.

–Lo sé –respondió Erik–. Solo intento imaginar la probabilidad de que Helen te haya oído.

–Sé captar una indirecta –protestó Helen.

–No era una indirecta –contestó Flo–. Era una advertencia directa.

Helen los miró a los dos y volvió a mirar a su marido.

–Vale, me comportaré, lo prometo.

–¿Y por qué ibas a querer hacerlo? –preguntó Donnie removiendo más las cosas, o bien porque le divertía o bien porque sentía que por fin tenía una aliada que podría hacerle ganar esa batalla.

Flo lo miró muy seria.

–¿Pero qué pasa contigo? Acabo de neutralizarla.

–Ey, está de mi parte, así que puede que no quiera que la neutralices.

Por primera vez en toda la noche, Helen se mostró visiblemente impresionada con Donnie.

–Me gustas, Donnie Leighton.

Él se sentó un poco más derecho y le lanzó a Flo una mirada triunfante.

–Ahí está. Querías un sello de aprobación y ya lo tienes.

Helen se quedó sorprendida por su comentario.

–¿Querías mi aprobación?

–Bueno, por supuesto que sí –respondió Flo con impaciencia–. ¿Para que te crees que era esta cena tan incómoda?

–Oh, no sé, a lo mejor para ponerme de los nervios.

Flo la miró y se rio.

–No, cielo, eso era solo un beneficio adicional.

Capítulo 12

Mitch estaba terminando la jornada en casa de Raylene cuando levantó la mirada y vio a Carter entrando en la nueva ampliación.

—¿Vienes a ver qué tal progresa la obra? —le preguntó Mitch.

—Raylene y yo nos colamos aquí dentro todas las noches para ver cómo vas. Está genial, Mitch. Haces un trabajo increíble.

—Gracias, me alegra que te guste —observó al jefe de policía que esa noche llevaba el uniforme, lo cual significaba que tenía que patrullar las calles. Insistía en seguir haciéndolo a pesar de su posición e iba rotando turno con sus hombres—. ¿Te pasa algo?

—Hace noches que no vienes a cenar —dijo Carter mostrándose algo incómodo para tratarse de un hombre que llevaba pistola.

—Supuse que ya me habíais visto demasiado en vuestra mesa.

Carter se estremeció.

—Me temía que fueras a decir algo así. Mitch, espero no haberte hecho pensar eso. Tú siempre eres bienvenido. Quiero que lo sepas y, si he dicho algo que te haya hecho pensar lo contrario, lo siento.

—Para ser un hombre que supuestamente está pendiente

de todo lo que pasa en el pueblo me extraña que no te hayas enterado.

—¿Enterarme de qué?

—He estado yendo a cenar a casa de Lynn la semana pasada.

Carter se quedó asombrado.

—¿De Lynn? ¿Nuestra vecina?

—Sí.

—¿Y mi mujer lo sabe?

—Tu mujer está entre las que prácticamente me han empujado a los brazos de Lynn. Y no es que haya estado en sus brazos, ¿eh? Solo digo que…

—Lo pillo, Mitch. No tienes que darme explicaciones. No soy como Raylene. Me conformo con no tener detalles.

—No quería que te formaras una idea equivocada.

—Por Ed —supuso Carter sacudiendo la cabeza—. ¿Cómo puede ser que tanta gente en este pueblo confíe en ese hombre? Está ocultando algo. No tengo ni idea de qué es, pero cuando un hombre no me mira a los ojos tal como tú me estás mirando ahora mismo, sospecho.

—Como vecino relativamente recién llegado al pueblo, no tienes la misma perspectiva que nosotros y supongo que ves muchas cosas que a los demás se nos escapan. Como el padre de Ed dirigió el negocio honradamente y con verdadera preocupación por los intereses de sus clientes, creo que todo el mundo da por hecho que Ed hace lo mismo. Supongo que hasta cierto punto lo ha hecho, pero está claro que no es como su padre.

—Solo me he cruzado con Jack un par de veces, pero me parece un tipo de lo más legal.

—Sí que lo es —confirmó Mitch—. Y en cuanto al porqué de que el negocio siga marchando tan bien, creo que se debe en gran parte a que nadie ha abierto otra agencia de seguros que le haga la competencia. A la gente de Serenity no les gusta recurrir a gente de pueblos vecinos para que se ocupen de sus asuntos personales. Les gusta que sus médicos, sus abogados y sus agentes de seguros sean personas que conocen. Se sienten más cómodos cuando esas personas están al tanto de la historia de toda su familia.

–¿Y nadie se ha dado cuenta de que este hombre no es lo que aparenta?

–Últimamente la gente ha hablado y a algunos no les gusta cómo ha tratado a Lynn y a sus hijos. Hasta algunos se preguntan por qué no ha intervenido Jack. Si el banco les hubiera ejecutado la hipoteca como se rumoreaba, creo que Ed habría visto su final.

Carter se quedó impactado.

–¿Tan mala es la situación de Lynn?

Mitch asintió.

–Nunca me lo ha reconocido, pero creo que sí. Y sé que ha tenido dificultades para llevar un plato de comida a su mesa.

–Raylene también se ha fijado en eso. ¿Y ahora? –preguntó claramente preocupado–. ¿Va todo mejor? ¿Hay algo que pueda hacer?

–Lynn dice que las cosas marchan bien, pero dudo que su orgullo le permitiera decir lo contrario. Sin embargo, independientemente de cómo marchen las cosas, parece que vuelve a tener algo de dinero. Claro que está trabajando para Raylene y para mí, así que a lo mejor con eso le ha bastado para salir un poco adelante. Pero por lo que sé, Ed podría seguir aprovechándose de ella. Una parte de mí desea que eso fuera verdad para que el tribunal lo condenara y castigara severamente.

–Ya veo que no lo dices porque te importe mucho, ¿verdad? –preguntó Carter claramente divertido ante su vehemencia.

–Ese tipo lleva años resultándome insoportable.

–¿Y eso?

–Una vieja historia –le confió Mitch encogiéndose de hombros–. Se quedó con la chica.

Carter abrió los ojos de par en par.

–¿En serio? ¿Lynn y tú tuvisteis algo? ¿Cuándo?

–Yo no diría eso –respondió deseando no haber sacado el tema–. Tenía trece años y ella me parecía lo mejor que existía desde la invención del béisbol. Jamás se fijó en mí porque estaba loca por Ed Morrow –se encogió de hombros–. Creía que lo había superado, pero parece que no.

–¿Y lo que tenéis ahora podría ser serio?

–Es demasiado pronto para saberlo. Me gusta estar con ella y me caen muy bien sus hijos. Ya veremos adónde nos lleva todo esto, pero primero tiene que cerrar el tema del divorcio y quedar libre de ese hombre de una vez por todas. Necesita poder valerse por sí misma para tomar una decisión que la favorezca de verdad en lugar de recurrir a mí por necesidad o por gratitud.

Carter asintió.

–¿Pero tú ya sabes lo que quieres, no?

Mitch se encogió de hombros.

–No lo puedo negar. Estuve prendado de ella hace muchos años y, al parecer, lo sigo estando.

–Pues buena suerte. Me ofrecería a hablarle bien de ti, pero imagino que Raylene ya se está encargando de eso.

Mitch volteó la mirada.

–Tu mujer es una entrometida, eso seguro. Si Grace Wharton se retira de ese negocio, no hay duda de que Raylene es la mejor candidata de Serenity para sustituirla.

–Imagino que eso no querrás decírselo a Raylene –le advirtió Carter–. El cumplido la emocionará tanto que seguro que iría corriendo a Wharton's para intentar deshacerse de Grace y quedarse con su puesto. Desde que Raylene salió de su cascarón y de casa, parece estar descubriendo en sí misma toda clase de talentos ocultos. No soy yo el que la va a desanimar, pero en esta ocasión me gustaría que se controlara un poco.

Mitch se rio.

–Pues buena suerte con eso.

–Lo sé –respondió Carter sacudiendo la cabeza con gesto lastimero–. Es una causa perdida. Nos vemos, Mitch. Lynn y tú deberíais venir a cenar esta semana. A Raylene le gusta tener la casa llena a la hora de la comida.

–Puede que sí que nos pasemos.

Pero claro, tampoco estaba seguro de querer incitar todas las intromisiones que darían comienzo con los aperitivos y se prolongarían hasta el postre.

Lynn estaba preparando la cena cuando Lexie se sentó en la mesa de la cocina con gesto pensativo.

–¿Pasa algo? –le preguntó.

–Papá se ha enfadado conmigo –confesó la niña.

Lynn bajó el fuego de la olla y se sentó con su hija.

–¿Y eso por qué?

–Porque no he querido ir a la Isla de Sullivan con él y con Jeremy.

–¿Y qué te hace pensar que está enfadado contigo? –le preguntó aunque no le sorprendía que Ed no se hubiera molestado en intentar arreglar las cosas con su hija. Más bien, seguro que le había mostrado claramente su descontento cuando su hija se había negado a ir con ellos.

–Me ha dicho que me estaba comportando como una niñata malcriada y que debería dar gracias por tener un padre que me quiere llevar a un lugar genial a pasar el fin de semana, pero no es así.

–Lo sé. A lo mejor deberías ponerte en su lugar un momento. Tu padre lo estaba intentando y quería hacer algo especial contigo y con Jeremy.

–Mamá, sé cuánto cuesta un fin de semana en la Isla de Sullivan –dijo Lexie con impaciencia–. He mirado el hotel en Internet. ¿Cómo puede gastarse ese dinero en mí y Jeremy cuando ni siquiera hemos tenido dinero para comer?

–Creo que esa situación ya está resuelta. Ha sido solo un malentendido.

–¿Cómo puede un hombre ignorar que su familia ha estado a punto de perder la casa? Eso es muy grave, mamá. No puede ser un pequeño y tonto malentendido.

Lynn suspiró y se dijo que debía decir lo correcto, por mucho que le sentara fatal defender a Ed.

–El abogado de tu padre cometió un error y en cuanto tu padre se enteró, lo solucionó. Todo esto es entre él y yo. No quiero que cambie tu relación con él. Te quiere, Lexie, y sé que tú lo quieres.

–Estoy hecha un lío. ¿Puedo decirte algo?

–Claro.

–Cuando papá se marchó, rezaba cada noche para que cambiara de opinión y volviera.

Lynn esbozó una sonrisa.

–Eso no es nada raro. La mayoría de los niños quieren que sus padres se reconcilien. Todo niño sueña con tener una familia perfecta.

–No he terminado. Lo que quiero decir es que ahora no siento lo mismo. Me cae bien Mitch. Te ríes con él y nos escucha de verdad a Jeremy y a mí, no como papá, que finge que se preocupa por nosotros cuando quiere impresionar a la gente como, por ejemplo, a los abuelos.

A Lynn la impactó que su hija hubiera calado a Ed de forma tan precisa. Aun así, intentó salir en su defensa otra vez.

–No todo el mundo muestra su amor del mismo modo, cielo. A tu padre le cuesta más. Mitch se siente muy cómodo con los niños, pero tu padre fue hijo único y ha pasado la mayor parte de su vida rodeado de adultos.

Lexie la miró exasperada.

–Mamá, alguna vez debió de ser un niño. Fue al cole, ¿es que no tuvo amigos?

–Sí, claro, pero no es lo mismo relacionarte con un niño cuando tú también eres uno que cuando eres adulto.

–Lo que estás diciendo es que el ejemplo que tuvo de

sus padres fue terrible. Los abuelos no es que sean muy cariñosos. Bueno, el abuelo no está mal, pero la abuela... –sacudió la cabeza–. ¿Pero qué le pasa a esa mujer?

De nuevo Lexie había captado algo que la propia Lynn había tardado tiempo en reconocer.

–Lo intentan y también tu padre. Este viaje era para demostrarte cuánto lo está intentando. Seguro que heriste sus sentimientos al negarte a ir. Lo creas o no, los padres también tenemos sentimientos.

–Supongo –respondió Lexie mirándola con preocupación–. ¿Estás diciendo que debería haber ido?

–No, cielo. La decisión tenías que tomarla tú, pero nunca está mal pararte a pensar en las consecuencias que pueden tener tus actos sobre los sentimientos de otros.

Lexie la miró consternada aunque no quedó claro si fue por lo que había hecho o por miedo a que Lynn no lo aprobara.

–¿Significa eso que debería disculparme? –preguntó resignada.

–Es algo que te podrías plantear.

–Pensaré en ello –prometió Lexie y, lanzándole una mirada desafiante, añadió–: Pero no pienso volver a casa de los abuelos. Y me da igual a quién haga daño con esto. La abuela tiene que pedirme disculpas por lo que dijo de ti. Fue muy cruel.

–Te agradezco que quisieras defenderme, cielo, pero hasta esa es también mi batalla, no la tuya.

–Me lo dijeron a mí –la corrigió Lexie testarudamente–. Y eso lo convierte en mi batalla. Nadie habla así de mi madre.

–Podrías decirle a tu abuela cómo te sientes por ello y a lo mejor se disculparía si entendiera cómo te ha hecho daño.

–De eso ni hablar.

–Depende de ti, pero tienes que saber que no todo el mundo tiene la suerte de tener a sus abuelos en su vida.

No quiero que tengas que arrepentirte de haberlos apartado de ella.

—Créeme, no voy a arrepentirme de nada —insistió Lexie.

Lynn creía que llegaría un momento en que lo haría, pero no era el momento para presionarla. Haber intentado solucionar las cosas entre Ed y su hija ya le había supuesto demasiada presión por un día.

—¿Cuándo tienes la próxima citación en el juzgado? —le preguntó Mitch cuando Lynn y él se sentaron en el patio trasero por la noche.

—A saber. Se supone que es el lunes, pero Jimmy Bob West sigue desaparecido. El investigador de Helen lo siguió hasta las Islas Caimán, pero cuando llegó allí había vuelto a desaparecer.

—¿No debería insistir el juez en que Mitch se buscara otro abogado? No deberían dejarte en un limbo para siempre.

—Helen cree que podría pasar si solicitan otro aplazamiento. Imagino que a Hal Cantor no le hace más gracia que a nosotras todos estos retrasos y excusas.

—Hal es un buen tipo y también un hueso duro de roer. Le he hecho muchos trabajos y lo conozco bastante bien. Si cree que Ed no está actuando de buena fe, podría hacérselo pagar.

—A mí me parecería bien.

Él se giró para mirarla y se fijó en que su tez había recuperado el color que le había faltado en semanas anteriores. Se la veía bien, casi como siempre. Ojalá esas marcas de tensión que veía alrededor de sus ojos desaparecieran también, aunque sabía muy bien que no debía esperar milagros. Ese gesto de preocupación solo se disiparía cuando dejara atrás el estrés del divorcio.

—Me he fijado en que Lexie hoy estaba más callada de lo habitual. ¿Está bien?

Ella sonrió.

–¿Cómo has podido fijarte con Jeremy hablando a mil por hora? Está muy emocionado con lo de jugar al béisbol este verano, gracias a que lo hayas animado a hacerlo. Me he quedado asombrada cuando me lo ha preguntado.

–¿Te importa que se lo sugiriera?

–Claro que no. Yo misma se lo habría propuesto si hubiera visto el más mínimo interés. ¿Cómo has logrado convencerlo?

–No hice mucho, para serte sincero. Teníamos la radio puesta con el partido de los Braves y como estaba jugando Ty Townsend los chicos empezaron a hablar de él, a decir que es de aquí y esas cosas. Jeremy lo oyó. Supongo que no sabía que en el pueblo teníamos una celebridad del deporte.

–Pero si conoce a Ty. Annie y él han estado mucho en casa de Raylene.

–Imagino que no lo había relacionado.

–Supongo que los que lo sabemos tampoco le damos mucha importancia a que sea una súper estrella. Para nosotros simplemente es alguien a quien conocemos de toda la vida.

–Y así es como debería ser. Eso le da un respiro de todos los paparazzi y los periodistas deportivos.

–¿Y cómo pasó de preguntar por Ty a querer jugar?

–Primero me preguntó si yo había jugado alguna vez y le dije que lo hice en el instituto, pero ni la mitad de bien de cómo juega Ty. Después me preguntó si me había gustado.

Lynn frunció el ceño.

–Qué pregunta tan rara.

Mitch asintió.

–A mí también me lo pareció. Al parecer siempre lo han elegido el último cuando han jugado en el cole, así que empezó a fingir que no le importaba y que el béisbol era un juego para tontos.

Lynn abrió los ojos de par en par.

–Estás de broma. A mí nunca me ha contado nada de eso.

–Probablemente le daba vergüenza. Bueno, el caso es que le dije que a su edad debería jugar para divertirse y que si quería jugar, debía intentarlo, que era el único modo de mejorar –vaciló–. ¿Te ha dicho que voy a ayudar a entrenar al equipo?

–¿En serio? –le preguntó sorprendida–. No me ha dicho nada.

–¿Y te preocupa? No que no te lo haya dicho, sino que vaya a pasar tiempo con él.

–¿Y por qué iba a preocuparme? Eres genial con él.

–Podría ser un poco complicado –le dijo sinceramente–. Tú y yo estamos avanzando a paso de tortuga –cuando ella empezó a hablar, levantó una mano y añadió–: Y no es que me queje, estamos haciendo lo que es mejor por el momento. Pero sí que me preocupa que Jeremy pudiera tomarme demasiado cariño.

Lynn suspiró.

–Lo he pensado, pero está tan contento que estoy convencida de que no le haría ningún daño tener una figura a la que venerar como un héroe.

Mitch sonrió ante cómo lo caracterizó con ese comentario. Le gustaba la idea de ser el héroe de alguien, aunque mejor aún sería convertirse en el héroe de Lynn.

–Para que lo sepas, aunque las cosas nunca funcionen entre nosotros y no pasemos de una amistad, no le daré la espalda a Jeremy. Y tampoco a Lexie. Encontraré el modo de estar con ellos siempre que me necesiten.

Cuando ella no respondió, se dio cuenta de que estaba conteniendo las lágrimas.

–¿Qué? –le preguntó–. Solo quería animarte.

–Lo sé –respondió secándose las mejillas con impaciencia hasta que él le pasó una servilleta–. A veces eres tan dulce y tan considerado que me dan ganas de llorar.

–Bueno, a lo mejor podrías controlarte el llanto porque

puede que cuando menos te lo esperes me ponga a llori-
quear yo también.

Ella se rio, tal como él había pretendido.

–No creo que eso pueda pasar nunca.

–Ey, soy tan sentimental como el que más. Lloré en la
sala de partos cuando nacieron mis hijos.

Eso le provocó más lágrimas aún por razones que él no
comprendía.

–¿Y ahora qué? ¿Qué he dicho?

–Ed se negó a entrar en la sala de partos. Dijo que no
era sitio para un hombre.

Mitch no logró ocultar su sorpresa.

–Sabes que nunca he tenido muy buena opinión de Ed,
pero ahora es pésima. Me esfuerzo por no juzgar a nadie,
pero eso que hizo estuvo fatal a menos que tú no lo quisieras tener allí.

–Cuando Lexie estaba de camino le supliqué que cambiara de opinión, pero se negó. Volví a probar con Jeremy,
pero estaba claro que tampoco iba a tener suerte para convencerlo.

–Bueno, pues se perdió uno de los momentos más increíbles que puede compartir una pareja. Me compadezco
de él.

–Desde aquel día se perdió muchas cosas. Últimamente, Lexie se está alejando de él y creo que Jeremy no tar-
dará en hacerlo.

Mitch frunció el ceño al oírlo.

–Espero que no sea porque estoy yo. No quiero intentar ocupar su lugar. Por muchos defectos que pueda tener,
es su padre.

–No se trata de ti, aunque sí que creo que Lexie está
tan encantada contigo como Jeremy. Ed ha estropeado las
cosas con ella y no parece que esté muy dispuesto a solu-
cionarlas. En cuanto a Jeremy, por suerte aún no es consciente de los defectos de su padre, pero no creo que eso
dure para siempre.

Muy a su pesar, Mitch se obligó a decir:

—¿Hay algo que pueda hacer?

—No eres tú el que tiene que arreglar esto. Es Ed.

—Podría decirle algo —se ofreció aunque en cuanto intentó imaginar cómo reaccionaría Ed, sacudió la cabeza—. Bueno, da igual, es mala idea. Si yo estuviera en su lugar, me daría un puñetazo.

Lynn se rio.

—Ese no es el estilo de Ed, pero tienes razón. No se lo tomaría nada bien. De todos modos, gracias por el ofrecimiento.

Se quedaron en silencio y Mitch se quedó mirando el patio que, sin duda, necesitaba un poco de atención. El césped estaba demasiado crecido y dejado y no había ni flores ni plantas.

—¿Alguna vez has pensado en poner aquí un jardín? —preguntó sabiendo que sería un gasto que ella no se podía permitir. Aun así, se podían hacer algunas cosas que no resultaran caras y que convirtieran ese gran espacio en un auténtico oasis—. Seguro que Raylene podría darte algún consejo. El suyo es precioso.

—Sí, maravilloso —asintió Lynn con clara envidia—. Y siempre pensé que ese sería nuestro gran proyecto para esta casa, pero ahora mismo, tal como están las cosas, no hay dinero para gastar en cosas innecesarias.

—¿Qué harías si el dinero no fuera un problema? —le preguntó con curiosidad por oír sus ideas.

—¿Sabes esa clienta tuya de las azaleas? ¿La que te acusó de habérselas destrozado?

—Claro.

—Me gustaría algo así, azaleas de todos los colores imaginables formando un gran círculo, tal vez, con un pequeño estanque para los pájaros o incluso una fuente en medio. O incluso una pajarera. La primavera es mi estación favorita y creo que esto estaría precioso con los tonos morados, fucsias y blancos en flor.

Cerró los ojos con una sonrisa.

–Prácticamente puedo verlo. Una vez fui a ver jardines así en el Jardín Botánico Nacional. Jamás podría haber imaginado que hubiera tantas variedades. Era la única de clase que quería ir allí, así que una de las profesoras me llevó mientras los demás visitaban el Monumento a Washington.

–Me acuerdo de ese viaje. ¿Seguro que no te escaqueaste de lo del monumento porque te daban miedo las alturas?

Ella se quedó asombrada un instante y él se rio.

–No, pero tienes razón, subir hasta ahí arriba me habría aterrado. ¿Cómo lo has sabido?

–Porque ni siquiera aquí te acercas a la baranda.

–¿Te has fijado?

–Me fijo en todo lo que haces –le recordó en voz baja.

–¿Y no te parece que soy un poco miedica? Ni siquiera estamos tan altos del suelo.

–Bueno, imagino que podrías romperte un par de huesos si te cayeras por la terraza, pero no tienes nada de qué preocuparte.

–¿Ah no?

La miró y le sostuvo la mirada.

–Mientras tú me lo permitas, yo estaré cerca para sujetarte.

Capítulo 13

Lynn estaba sola en la boutique cuando Wilma Morrow, la madre de Ed, entró, la vio y palideció.

—¡Tú! ¿Qué demonios estás haciendo aquí? —le dijo como si la hubiera encontrado en un burdel o en algún lugar tan poco respetable.

—Trabajar —respondió Lynn con tono educado—. ¿Puedo ayudarte en algo?

Wilma estrechó la mirada.

—Esto es absolutamente inapropiado —murmuró—. ¿Cómo has podido hacer algo así? ¿Has aceptado este trabajo deliberadamente para humillar a mi hijo?

Lynn la miró con incredulidad y su determinación para recordar que estaba tratando con una clienta, y no con su suegra, se esfumó.

—Pues vas a tener que explicarme eso, porque este es un trabajo respetable.

Wilma sacudió su mano con una manicura perfecta con gesto de desdén.

—Sí, por supuesto, pero esa no es la cuestión. Las mujeres Morrow están bien mantenidas por sus maridos. Algo que sugiera lo contrario es alimentar los rumores en este pueblo. Deberías irte ahora mismo a casa y cuidar de tus hijos.

Lynn siguió mirándola fijamente y logró mantener un

tono de voz tranquilo a pesar de que por dentro estaba temblando de rabia.

–Estoy trabajando para ocuparme de mis hijos, cosa que tu hijo no está haciendo.

Wilma se quedó desconcertada un momento.

–Eso no puede ser. Ed jamás descuidaría a su familia. No lo hemos educado así.

–Tal vez no, pero es la realidad.

–Explícate –le ordenó Wilma.

–Lo siento, si quieres saber algo más, tendrás que hablar con tu hijo –respondió Lynn decidiendo que no serviría de nada contar más. Además, resultaba satisfactorio pensar que Ed iba a tener que explicarse ante la bruja de su madre. Solo pensarlo hizo que pudiera sonreír al decir–: Y ahora, si quieres que te enseñe algo, con mucho gusto lo haré. De lo contrario, tengo género que etiquetar y colocar en los percheros.

Wilma parpadeó rápidamente.

–¿Me estás echando?

–En absoluto –respondió Lynn con dulzura–. Puedes quedarte todo el tiempo que quieras y echar un vistazo.

Estaba a punto de darle la espalda y retomar su tarea cuando oyó el bufido de desaprobación de Wilma.

–No me extraña que Lexie se comporte como se comporta teniéndote a ti de madre. Esa niña no tiene modales, y está claro que es algo que ha aprendido de ti.

Lynn respiró hondo en un intento de calmarse, pero fue un esfuerzo desperdiciado. Para cuando miró a su suegra ya estaba que echaba humo.

–Mi hija es una de las adolescentes más educadas que conozco. Si fue grosera contigo, tal vez deberías plantearte qué hiciste para provocarla.

–¿Cómo dices? –preguntó Wilma indignada por segunda vez.

–¿No sabes de qué estoy hablando? –le preguntó Lynn–. Deja que te lo explique. Le dijiste a mi hija algo absolutamente inapropiado sobre mí y se ofendió. Como le dolió tanto, se niega en rotundo a contarme qué dijiste, pero hasta que te disculpes, no creo que la veáis yendo a visitaros. Y, para que quede claro, ha sido decisión suya, no mía. Yo opino que es importante que sus abuelos formen parte de su vida, pero no quiero influenciarla.

Aunque Wilma estaba ligeramente consternada, no parecía nada dispuesta a darse por vencida.

—A los niños hay que enseñarlos a respetar a sus mayores.

—Y eso es exactamente lo que les he enseñado a los míos, pero Lexie ya no es una niña. Es una jovencita que ha aprendido que el respeto hay que ganárselo. La has decepcionado, Wilma. Y lo que más me asombra es que no puedas entender que lo que dijiste estuvo mal.

—Solo dije la verdad.

—¿La verdad o tu punto de vista? Tienes todo el derecho a opinar de mí lo que quieras porque para bien o para mal soy adulta y puedo aceptarlo. Pero Lexie es mi hija y me quiere, y está claro que no te arrepientes de haber intentado abrir una brecha entre las dos. ¿Cómo te sentirías si yo hubiera hecho eso con Ed, si le hubiera hablado mal de ti y se hubiera visto obligado a ponerse de parte de una o de la otra?

Miró a Wilma con pena.

—¿Sabes qué es lo más irónico? Que a pesar de todo lo que ha pasado últimamente, a pesar de todo lo que nos has hecho o todo lo que has dicho a mis espaldas, yo aún no le he hablado mal de ti a nadie.

Wilma se la quedó mirando durante lo que pareció una eternidad con las mejillas encendidas. Por un momento pareció como si fuera a responder, pero en lugar de eso dio una vuelta y se marchó.

—¡Bravo! —gritó Raylene, aplaudiéndola al salir de la trastienda.

Lynn se giró hacia ella consternada.

–¿Lo has oído? Lo siento mucho. Sé que era una clienta, pero me ha puesto tan furiosa que no he podido morderme la lengua ni un segundo más.

–Has aguantado mucho más de lo que lo habría hecho yo dadas las circunstancias.

–Pero hemos perdido una venta.

–Lo dudo. Se pasa por aquí de vez en cuando y creo que una vez compró una bufanda en rebajas, pero por lo general no deja de murmurar sobre que son prendas con una calidad que no está a su altura. Es una mujer despiadada, Lynn. No entiendo cómo Jack Morrow ha podido soportarla todos estos años.

Lynn se quedó asombrada por las palabras de Raylene y al momento le confió:

–Yo me he preguntado lo mismo y siempre pensé que se me debían de pasar por alto sus virtudes.

–A lo mejor una vez las tuvo, pero estoy segura de que desde que me mudé aquí nunca he visto ni un solo rasgo de buena fe en ella. Me recuerda mucho a las típicas ancianas ricas que son tan engreídas que se piensan que pueden decir y hacer lo que quieran.

–Aún me siento mal por haberle hablado así a una clienta, pero gracias por haberme apoyado.

–Eso siempre. Por cierto, antes te he dejado una nota. ¿La has visto? Quería decirte que Helen ha llamado, pero es que me tenía que ir corriendo.

–¿Te ha dicho para qué era?

–Solo ha dicho que la llamaras en cuanto pudieras. ¿Por qué no te tomas un descanso y lo haces? Tiene pinta de ser un día tranquilo y podré apañarme sola un rato. Ve a tomarte un café a Wharton's, si te apetece, y ya de paso puedes traerme uno a mí. El que me he tomado antes en Sullivan's con Karen Cruz ya ha perdido su efecto hace un rato.

–Gracias. A lo mejor me paso por el despacho de Helen y después voy a por los cafés –dijo Lynn ansiosa por descubrir de qué se trataba.

–Tómate tu tiempo.

Diez minutos después estaba en el despacho de Helen asombrada de ver la recepción tan abarrotada.

–Lo siento –le dijo a Barb–. Me ha dejado un mensaje y he pensado pasarme por si tenía un segundo –miró a su alrededor–. Aunque está claro que tiene lío. La llamaré más tarde.

–No digas tonterías –le respondió Barb bajando la voz–. Te colaré en cuanto salga la cita que está atendiendo ahora. Sé que está ansiosa por hablar contigo, pero no tardes demasiado o aquí se desatará una rebelión.

–Gracias, Barb –dijo justo cuando un hombre al que no conocía salía del despacho.

–Ahora –le dijo Barb como dando el pistoletazo de salida en una carrera.

Lynn corrió y Helen sonrió al verla pasar.

–Sé que no estabas en la agenda. Debe de ser la forma de protesta de Barb porque esta mañana he concertado más citas de las que debía y he añadido algunos clientes sin decírselo. Se enorgullece de que nunca tiene la sala de espera llena de gente porque asegura que mi agenda marcha como un reloj, pero después voy yo y lo estropeo añadiendo a gente sin consultárselo y tardando demasiado con cada cliente. Eres un recordatorio de que dos pueden jugar al mismo juego.

–Debería haber llamado antes de venir –dijo con pesar.

–No, así mejor. A este paso no podré atender llamadas hasta última hora de la tarde. Quería que supieras que mi investigador ha encontrado a Jimmy Bob y que ha admitido que Ed lo animó a tomarse esas vacaciones.

Lynn la miró con incredulidad.

–¿Y por qué iba a hacer Ed algo así? –eso también decía mucho sobre sus aptitudes para la interpretación, ya que se había mostrado verdaderamente impactado cuando se había enterado de la ausencia de Jimmy Bob.

Helen sacudió la cabeza.

–Aún no está claro, pero está pasando algo muy raro con Ed. ¿Ha dado muestra alguna de que esté interesado en que haya reconciliación? A veces eso es lo que se oculta detrás de una táctica de aplazamientos por alguna de las dos partes.

–Claro que no, en ningún momento ha insinuado que quiera volver –pensó en su reacción al encontrar a Mitch en la casa, pero la descartó como un ataque pasajero de dominación y egoísmo, o incluso de malicia, nada más.

–Entonces a lo mejor todo es por el dinero –especuló Helen–. Sabe que lo que te está pagando ahora no es nada comparado con la sentencia final. A lo mejor ha tenido problemas económicos; eso explicaría que haya fallado con los pagos por mucho que haya culpado a Jimmy Bob.

–¿Y qué ha dicho al respecto Jimmy Bob?

–No mucho. Que fue un descuido por marcharse del pueblo tan apresuradamente.

Lynn sacudió la cabeza.

–Nada de esto tiene sentido. Y si Ed está teniendo problemas económicos, ¿qué pasa con esos viajes que ha estado haciendo? ¿Y qué pasa con Jimmy Bob? Debe de estar perdiendo negocio por llevar tanto tiempo fuera. ¿Lo estará compensando Ed de algún modo?

Helen le lanzó una mirada de aprobación.

–Son todas unas preguntas muy razonables y, en cuanto Jimmy regrese, pienso preguntárselo todo. Algo está pasando con estos dos, no sé exactamente qué, pero la idea de que estén conchabados me pone la carne de gallina.

–¿Cuándo se supone que vuelve?

–Mañana por la tarde. Volverá en el mismo vuelo con mi investigador. Imagino que habrá hablado con Hal Cantor para intentar que le concedan otro aplazamiento, pero Hal le recomendó encarecidamente que estuviera en el juzgado según lo previsto. Puede que Jimmy Bob sea un vago, pero no es tonto y sabe cuándo un juez ha perdido la paciencia.

–¿Entonces se celebrará la vista el lunes?

–Eso parece –confirmó Helen–. Estoy pensando que deberíamos pedir un informe económico. Puede que sea el único modo de saber exactamente qué está pasando aquí. Esos pagos incumplidos nos dan base suficiente para solicitarlo. ¿Te parece bien?

Lynn vaciló.

–Pero eso solo va a retrasar las cosas, ¿no?

Helen asintió.

–Sé que estás ansiosa por que esto termine, Lynn, pero creo que es esencial proteger tus intereses.

Lynn asintió.

–Confío en tu juicio.

–Nos vemos en el juzgado el lunes a primera hora. Si surge algo, avísame.

–A lo mejor deberías saber que he tenido un pequeño enfrentamiento con la madre de Ed esta mañana. Me ha acusado de trabajar en la tienda de Raylene solo para humillar a su hijo.

Helen no se podía creer lo que oía.

–¿Qué?

–Dice que eso se puede interpretar como que no puede mantenerme.

–¿En serio? –preguntó Helen sorprendentemente complacida–. Eso me convence todavía más de que vamos por buen camino con lo del enfoque económico. De lo contrario, ¿por qué iba a molestarle tanto la impresión que pudieras darle a la gente?

–No había pensado en eso. Solo creía que estaba siendo una criticona como de costumbre.

Helen sonrió.

–Eso también podría ser. No, estoy siendo cínica. He descubierto que suele haber una razón para las reacciones exageradas de la gente.

Lynn se levantó.

–Será mejor que me vaya antes de que se produzca

una rebelión en tu sala de espera. Gracias por atenderme.

–Puedes darle las gracias a Barb. Al salir dile que he aprendido la lección y que de ahora en adelante solo ella se encargará de llevar la agenda.

Lynn la miró con incredulidad.

–¿En serio?

–No, pero así la apaciguaré durante un día o dos hasta que lo vuelva a hacer.

Flo y Liz llevaban media hora jugando a las cartas en el centro de mayores y esperando a Frances.

–Esto no me gusta –dijo Flo–. Frances nunca llega tarde.

Liz asintió con gesto de absoluta preocupación.

–Entonces estás pensando lo que yo estoy pensando. Tenemos que volver a su casa.

Flo asintió con reticencia.

–Se va enfadar mucho si simplemente se ha quedado dormida o algo así –dijo al agarrar su bolso–. Pero, sí, creo que será mejor que vayamos. Prefiero quedarme tranquila a tener que lamentarme después.

Al subir al coche de Flo, Liz la miró consternada.

–Odio esto. Ver cómo a Frances empieza a pasarle esto me está partiendo el corazón. Cuando el médico dijo que era solo un desorden cognitivo leve y que la medicación solía ser de ayuda, estaba segura de que tendríamos a nuestra Frances de siempre durante mucho tiempo.

–Lo sé, yo también. Me sentí muy orgullosa de ella cuando se plantó y habló en la protesta contra el acoso escolar. Fue Frances en estado puro.

Liz sonrió.

–Seguro que sus duras palabras despertaron muchos recuerdos a todos esos chicos de los que fue maestra una vez, y les dio una buena lección sobre cómo comportarse.

Solo tardaron unos minutos en llegar al pequeño apartamento al que Frances se había mudado después de jubilarse. Viuda y con tres hijos que vivían fuera del pueblo, había querido un lugar pequeño del que pudiera encargarse sola, pero ahora parecía que incluso ese apartamento sería demasiado para ella si continuaba en esa espiral descendente.

—Ojalá hubiéramos podido convencerla para ir a ver esos complejos de retiro —dijo Liz—. ¿Crees que deberíamos haber insistido más?

—No estaba preparada y hemos estado pendientes de ella tal como prometimos.

—Pero puede que sea hora de que le cuente a su familia lo que está pasando. Parece que últimamente se olvida más de las cosas y creo que ya se lo ha ocultado durante demasiado tiempo.

—¿Y si se niega? ¿Vamos a decírselo nosotras? Podemos ver que va empeorando, pero tampoco es que haya hecho nada verdaderamente peligroso.

Liz le lanzó una irónica mirada.

—¿Se supone que tenemos que esperar a que le prenda fuego al apartamento o se pierda por algún sitio? Son sus hijos y, por mucho que odiaría ir en contra de sus deseos y ser yo la que se lo contara, deberían saberlo.

Aunque la llenaba de pesar, Flo tuvo que acceder.

—Pero que sepas que no me hace ninguna gracia.

—A mí tampoco, pero somos sus amigas y tenemos que ser francas con ella.

Cuando llegaron al apartamento, sin embargo, no recibieron respuesta después de llamar a la puerta. La vecina de enfrente asomó la cabeza por su puerta.

—He visto a Frances marcharse hace una hora más o menos. No sé adónde iba, pero se dirigía al pueblo.

—Gracias —dijo Flo y se giró a Liz—. ¿Y ahora qué?

—Ahora vamos al pueblo a buscarla —le respondió con determinación—. Si no la encontramos en ninguno de los sitios donde suele estar, supongo que tendremos que ir a hablar con Carter.

Flo se quedó horrorizada ante la idea de implicar a la policía, pero sabía que Liz tenía razón. Sin estar seguras de si Frances estaba o no a salvo, no podían correr ningún riesgo.

–¿Y adónde vamos primero? –preguntó ansiosa por encontrar a su amiga antes de tener que recurrir a la policía.

–A Wharton's –sugirió de inmediato Liz.

Pero cuando llegaron, Grace les dijo que Frances no había pasado por allí.

–¿Va todo bien? –les preguntó preocupada–. No se habrá perdido, ¿verdad?

En un intento de evitar que se levantaran rumores sobre Frances, Flo sacudió la cabeza.

–Solo es una pequeña confusión, ahora las tres dudamos sobre dónde habíamos quedado, eso es todo.

Aunque Grace no pareció tragárselo, asintió.

–Si viene, le diré que la estáis buscando.

–¿Y ahora qué? –preguntó Flo cuando Liz y ella estaban de nuevo en el coche.

–¿Al The Corner Spa? A lo mejor se ha confundido de día y se cree que la clase de gimnasia era esta mañana.

Cuando aparcaron delante del spa, Flo miró a Liz y, al verla tan pálida, dijo:

–¿Qué tal si entro yo a preguntar? Tú espérame en el coche. No hay necesidad de que las dos acabemos exhaustas.

Liz asintió con gesto de agradecimiento.

–Gracias, Flo.

Flo entró y miró a su alrededor. Elliott Cruz, el profesor de gimnasia del grupo de mayores, estaba con uno de sus clientes particulares. Se acercó y lo llamó.

–¿Ha estado Frances por aquí?

Elliott, que estaba al tanto de la situación, frunció el ceño.

–No, ¿por qué?

—No ha venido al centro de mayores a jugar a las cartas y tampoco está en casa y no podemos encontrarla.

—¿Habéis mirado en Wharton's?

Ella asintió.

—Deja que llame a Karen. A lo mejor se ha pasado por Sullivan's para verla —hizo la llamada desde el móvil y sacudió la cabeza—. Karen no la ha visto —se puso más serio todavía—. Esto no me gusta.

—Ni tampoco a Liz y a mí. Está esperándome, así que será mejor que salga. ¿Me llamarás si ves a Frances o se te ocurre dónde más podríamos buscarla?

—Por supuesto. Tengo un descanso dentro de media hora. Si necesitáis ayuda, yo también puedo salir a echar un vistazo.

—Sería genial.

Estaba saliendo del gimnasio cuando lo oyó llamarla. Se detuvo hasta que él se acercó.

—Probad en el colegio. A lo mejor se ha confundido y ha ido a ver a los niños. A veces recoge a Daisy y a Mack por nosotros.

Flo asintió.

—Pues ese será el próximo lugar donde miraremos. Gracias.

Cuando Liz y ella aparcaron frente a la escuela elemental, vieron a Frances sentada en un banco bajo el sol. Se mostró sorprendida al verlas acercarse.

—¿Qué estáis haciendo aquí?

—Habíamos quedado en el centro de mayores para jugar a las cartas —dijo Liz con delicadeza al sentarse a su lado.

Frances las miró asombrada.

—¿Ah sí? ¿Y por qué iba a quedar con vosotras cuando tenía que venir a dar clase?

Flo miró a Liz alarmada.

—¿Clase? Estás jubilada, Frances.

Frances la miró exasperada.

–Lo sé. Hoy una de las profesoras me ha pedido que viniera para participar en el día de las profesiones. Les gusta traer a los jubilados para hablar sobre la enseñanza en lugar de usar a los profesores que están ejerciendo actualmente. Supongo que creen que es más probable que nosotros hagamos que suene glamuroso.

Flo se vio invadida por una oleada de alivio.

–Así que has venido para celebrar el día de las profesiones.

–Pues claro. Aún no he perdido la cabeza.

–¡Gracias a Dios! –dijo Liz con fervor–. Ni te imaginas las cosas que se nos han pasado por la cabeza cuando no podíamos encontrarte.

–Siento haberme olvidado de ir a jugar a las cartas. Cuando Myra Simpson me ha llamado para pedirme que hablara en su clase, he dicho que sí sin pensarlo. Como ya no suelo tener nada en mi agenda que no se pueda posponer, supongo que ni se me ha ocurrido comprobarlo.

–¿Y ya has dado tu charla?

Frances asintió.

–La verdad es que ha sido todo un éxito. No hay nada como un aula llena de jovencitos llenos de preguntas para mantenerte viva. Y ahora estaba aquí sentada disfrutando de este maravilloso sol de abril antes de volver a casa.

–Bueno, yo estoy completamente agotada –dijo Liz–. Creo que esto merece un almuerzo especial en Sullivan's. Invito yo.

A Frances se le iluminaron los ojos.

–A lo mejor tengo que asustaros más a menudo.

–Ni te atrevas –dijo Liz–. A mi edad no me puedo permitir llevarme estos sustos. Os juro que hoy con este he perdido cinco años de golpe.

–Lo siento –volvió a disculparse Frances–. De ahora en adelante lo anotaré todo en mi agenda.

–Dudo que anotarlo todo sea la cuestión. Lo que tienes que hacer es consultar esa estúpida cosa de vez en cuando.

Frances se rio.

—De acuerdo, eso también.

Al subir al coche de Flo, Liz declaró:

—Voy a pedir una copa de vino. No me importa lo que me diga nadie.

—¿Y por qué te iba a decir algo alguien? —le preguntó Flo—. Además, yo pienso acompañarte.

—Ni se os ocurra dejarme de lado en esto —apuntó Frances desde el asiento trasero—. O tal vez podríamos tomarnos un margarita.

—¡No! —gritaron prácticamente al unísono Flo y Liz.

—La última vez que tomamos margaritas sin supervisión, casi acabamos enchironadas —les recordó Liz riéndose—. Juré no volver a tomar ninguno a menos que estuviera en una reunión de las Dulces Magnolias.

—Lo mismo digo —añadió Flo—. Helen ya me ha hecho demasiados comentarios sobre lo que pasó aquella noche y tengo que portarme bien hasta que acepte que Donnie y yo somos pareja.

—¿Así que has roto con los margaritas de aquí a la eternidad? —bromeó Liz.

—No —protestó Flo—. Entrará en razón.

—¿En serio? —preguntó Frances dudosa.

—Lo juro. Aunque ahora lo preocupante es que Donnie y ella parecen haberse conchabado para convencerme de que nos casemos.

—¡Yuju! —exclamó Frances—. Os juro que me habría encantado estar delante cuando se produjo esa conversación.

Flo le lanzó una mirada de advertencia.

—Deberías estar de mi lado.

—Y lo estoy —le aseguró Liz—. Y eso es lo que hace que esto me resulte más divertido. Hacía mucho tiempo que no te veía tan nerviosa y eso me hace preguntarme a qué se deberá. Creo que es porque te estás quedando sin argumentos que aportar en contra del matrimonio.

—Nada de eso. Aún tengo el mejor de todos.

–¿Y cuál es? –preguntó Frances.

–Que no quiero –respondió Flo con énfasis–. Intenta rebatir eso.

–¿Sabes a quién te pareces? –bromeó Frances–. A esa nietecita tuya cuando le entra un berrinche.

Flo la miró.

–¿Lo dices porque tengo unas firmes convicciones?

–Porque estás siendo una testaruda –contestó Frances.

Flo miró a Liz.

–¿Tú estás de acuerdo?

Liz vaciló por un instante y sonrió.

–Creo que sí. Estás loca por Donnie y está claro que él está loco por ti, así que me parece que solo estás diciendo que no porque Helen está a favor de esa idea.

–Ya estaba en contra antes de que ella se involucrara –insistió Flo–. Podéis preguntarle a Donnie, si no me creéis.

–Si tú lo dices –dijo Liz.

–Sí –respondió Flo molesta y preguntándose de pronto si no sería mejor que se tomara ese margarita.

Capítulo 14

−¿Trabajas mañana en la boutique? −le preguntó Mitch a Lynn después de cenar. Le encantaban esas noches en su terraza con un vaso de limonada o té dulce y una conversación agradable. Esa noche la limonada estaba poco ácida y helada.

Ella le sonrió.

−¿De verdad tienes que preguntarlo? Creía que ya habías memorizado mi horario.

−Presto atención, eso es todo −respondió con aire de culpabilidad antes de añadir−: Lo cual significa que sé que a veces el horario cambia si Adelia o Raylene necesitan ir a algún sitio.

Aunque seguía sonriendo, Lynn preguntó:

−¿Existe alguna razón en particular por la que quieras saber lo de mañana?

−Era solo por hablar, aunque no sabía que fuera a ser para tanto.

Ahora era ella la que se sentía culpable.

−Lo siento. Solo estoy bromeando. Hace mucho tiempo que nadie se interesa por los planes que tengo. A Ed siempre le daba igual a menos que se me olvidara recoger su ropa del tinte. Sí, voy a trabajar por la mañana e imagino que estaré en casa sobre las dos y media.

Satisfecho, él asintió.

–Me alegra saberlo.

Lynn lo observó.

–Mira, sé que no es imaginación mía y que estás actuando de forma algo rara. Si pasa algo, tienes que contármelo –le ordenó en ese tono con el que les sacaba a sus hijos toda la verdad.

Mitch le lanzó la mirada más inocente que logró esbozar.

–Te juro que era solo por hablar.

Ella seguía algo escéptica.

–Creo que es tu coartada y te estás ciñendo a ella.

–Sí, señora –respondió él esperando que el brillo de sus ojos no lo delatara.

Ella sacudió la cabeza.

–Mentir se te da igual de mal que a mis hijos.

Lo cierto era que Mitch lo consideró un cumplido dado que era defensor de decir siempre la verdad, aunque dadas las circunstancias no era un tema de conversación que le apeteciera tratar. Por eso dijo con tono despreocupado:

–Qué noche tan agradable, ¿verdad? Ya se puede sentir el verano en el aire.

–¿Te refieres a la humedad y al calor? –preguntó Lynn con ironía–. Han llegado a punto, según las previsiones.

Dio un largo sorbo de limonada y suspiró con tanto placer que Mitch lamentó no poder llevarla a la cama y arrancarle de nuevo ese sonido.

–Ojalá se le pudiera poner aire acondicionado a una terraza.

Mitch, ansioso por sacar a su mente de terreno peligroso, se aferró al comentario como si fuera su tabla de salvación. Si había algo de lo que sabía y sobre lo que podía hablar sin fin, eso era la construcción.

–Se puede, pero tendrías que cerrarla.

–Pero eso acabaría con el propósito de tener una zona al aire libre, ¿no? –respondió Lynn no muy convencida.

–Básicamente –contestó mirando a su alrededor–. También le podrías poner un techo y convertirlo en un porche y colocar paneles de cristal durante los meses de verdadero calor y meter dentro un aire acondicionado portátil –le sonrió–. Pregúntale a cualquier constructor. Hay una solución prácticamente para casi todo y a un precio asequible.

Lynn lo miró divertida.

–A lo mejor sería más sencillo y menos caro adaptarme al calor.

Él se rio.

–Esa es otra opción o podría traer una hoja de palma enorme y abanicarte como si fuera un esclavo romano.

Para su sorpresa, a ella pareció interesarle la idea.

–¿Lo harías?

–Si eso te hiciera feliz, sí –respondió con solemnidad–. Ya te he dicho que me gusta verte sonreír –es más, últimamente esa se había convertido en su misión de vida y le hizo preguntarse si no se estaría obsesionando demasiado.

Lynn le sonrió.

–Si sigues hablando así, Mitch Franklin, me vas a volver loca.

–Eso espero.

Lynn desvió la mirada nerviosa, un claro signo de que no se encontraban en el mismo punto de la relación. Por otro lado, él cada vez estaba más seguro de que, al menos, Lynn empezaba a situarse en esa dirección.

–¿Cuándo vuelven los chicos de la universidad? –le preguntó decidida a cambiar de tema y pasar a uno más neutral.

–En un par de semanas –respondió–. Tienen los exámenes finales durante las dos primeras semanas de mayo, creo, y después habrán terminado.

–¿Tienen planes para el verano?

–Luke va a trabajar para mí. No le hace mucha gracia,

pero le gusta la idea de recibir un sueldo y tolera que vaya a mandarle. Nate no me ha dicho nada aún, pero creo que se quedará por allí después de licenciarse para estar cerca de su prometida. Me dijo que Jo dará una clase más durante el verano para concluir el máster. Él tiene un trabajo a tiempo parcial en un restaurante y, si quiere, podrá trabajar a jornada completa.

—Pero tú preferirías tenerlo en casa.

—No lo puedo negar —admitió—. Si su prometida se marcha al Oeste y se va con ella, podría ser el último verano que esté por aquí. Tal vez el último de todos.

Se encogió de hombros fingiendo una indiferencia que no sentía ni mucho menos. Sabía que era hora de que sus hijos abandonaran el nido para vivir sus vidas, pero no le gustaba.

—Sin embargo, no se trata de lo que yo quiera —añadió con fastidio.

Ella le lanzó una compasiva mirada.

—Dejarlos marchar debe de ser increíblemente duro.

—Es espantoso. Solo mandar a Nate a la universidad le partió el alma a Amy. Estuve tan ocupado consolándola que no me fijé en lo vacía que estaba la casa, ni siquiera con Luke aún en ella. Ahora que todos se han ido, doy vueltas por casa sin saber qué hacer y siempre me alegra tener algo de compañía y alboroto.

—¿Puedo preguntarte algo? —le dijo mirándolo fijamente—. ¿Vienes a casa solo porque te sientes solo?

A Mitch casi se le atragantó la limonada.

—¿Por qué me preguntas algo así? ¿Es que no he dejado bien claro lo que siento por ti?

—Claro. Sé que somos amigos y sé que creías que estabas molestando a Raylene y a Carter al ir allí a cenar, así que pensé que esta podía ser una buena alternativa. No pasa nada, a mí también me alegra tener compañía. Aunque tengo a Lexie y a Jeremy en casa, es agradable tener a un adulto con el que hablar al final de un día como este.

Mitch no sabía si reír o llorar ante su interpretación de lo que estaba pasando. Solo se le ocurrió un modo de aclararlo y al cabo de un instante de duda, se levantó y se situó delante.

—Ven aquí —dijo en voz baja apoyándose contra la baranda para darle espacio y dejarle decidir si quería o no hacerle caso.

Lynn se quedó atónita ante la intensidad de su voz.

—¿Por qué?

Él sonrió ante su repentino nerviosismo.

—Tú hazlo, Lynnie. Levántate.

Lentamente, se puso de pie y lo miró fijamente.

—Un poco más cerca —añadió queriendo que diera ese próximo paso siendo totalmente consciente de lo que estaba a punto de pasar—. Un paso más.

Cuando la tuvo cerca le acarició la mejilla y la sintió temblar. Deslizó el pulgar sobre su labio inferior sin apartar la mirada ni por un instante. Ella tragó saliva con dificultad, pero no se movió. Es más, se balanceó hacia él muy ligeramente.

Había pasado mucho tiempo desde que Mitch había besado a una mujer que no fuera su esposa, y más todavía desde que había querido hacerlo. Ahora le parecía que podría morir si no saboreaba los labios de Lynnie.

—He querido hacer esto desde que teníamos trece años —dijo con la voz quebrada al dar un paso más antes de agacharse para besarla.

Sus labios eran tan suaves como la seda y guardaban un ligero aroma a cítrico y azúcar de la limonada. Todos sus sentidos, privados de esa clase de cercanía durante demasiado tiempo, volvieron a la vida con un beso que primero fue delicado y luego más ardiente.

Ella bajó las manos antes de posarlas sobre sus hombros y colocarlas tras su cuello para agarrarlo con fuerza. Su respuesta lo animó a intensificar ese beso hasta que los dos empezaron a respirar con cierta dificultad y él se sintió algo temerario, como poco. Ese intenso deseo que lo invadió le dijo que era mejor echarse atrás. Un beso, se había prometido más de una vez, era lo máximo que se podía permitir hasta que el divorcio fuera un hecho, hasta que ella se encontrara fuerte emocionalmente y supiera sin ninguna duda qué quería. A quién quería. Rezó por que fuera a él.

Mientras tanto, sin embargo, «¡menudo beso!», pensó sonriéndole al soltarla.

–¿Quedan más claras mis intenciones ya?

Ella suspiró abriendo los ojos lentamente y con expresión de ligero aturdimiento.

–Clarísimas –susurró casi sin aliento.

–¿Y te parece bien?

–Ajá –murmuró aún algo atónita.

Mitch sonrió.

–Es bueno saberlo.

Una lenta sonrisa fue extendiéndose por el rostro de Lynn.

–Sin duda es bueno saberlo.

–Creo que debería irme ya –dijo ya que la sangre aún le zumbaba por las venas con demasiado anhelo por cosas que aún no se debían ni plantear.

–¿Ya? –preguntó ella con clara decepción.

–No me gustaría abusar de tu hospitalidad.

–Eso sería imposible –murmuró tocándose los labios mientras él se alejaba.

Mitch no pudo contener la satisfacción que lo recorrió ni pudo evitar silbar de camino a casa de Raylene para recoger la camioneta.

Por desgracia se encontró a su amiga allí junto a su cuatro por cuatro, con las manos en las caderas y gesto de preocupación.

–¿No estarás jugando con ella, no, Mitch Franklin? –le preguntó indignada como una mamá gallina.

–No sé de qué estás hablando –respondió esperando mentir mejor ahora que antes con Lynn.

–De besaros ahí fuera donde cualquiera ha podido veros.

–Tampoco es que estuviéramos en la plaza del pueblo –respondió irritado, ya que no servía de nada negar lo que había pasado.

–Pero yo lo he visto –explicó Raylene pacientemente–. Y probablemente también cualquiera del barrio que haya salido esta noche a su terraza. ¿No crees que para mañana por la mañana ya se habrá corrido la voz sobre algo así? ¿Cómo crees que va a reaccionar Ed?

–¡Me importa un comino! –murmuró Mitch.

Durante unos breves e increíbles instantes casi se había olvidado de Ed y de por qué era tan importante que contuviera lo que sentía por Lynn un poco más de tiempo. Lynn le había comentado si había estado pasando tiempo con ella porque le resultaba agradable y al momento, sin darse cuenta, se había visto decidido a demostrarle que eso no era lo único en lo que pensaba cuando estaba con ella.

–Exacto –respondió Raylene–. Sabes que no estoy criticando que tengas algo con ella, ¿verdad? Os apoyo. Pero me preocupa que Ed encuentre algún modo de utilizarlo en los tribunales.

–No eres la primera que me advierte al respecto –le dijo pensando en Terry– y la mayor parte del tiempo he tenido mucho cuidado, pero esta noche ha pasado algo. Supongo que he perdido la cabeza.

–¿Seguro que no ha sido el corazón?

–No. Ya lo perdí por ella hace mucho tiempo. Pero confía en mí, he escuchado lo que me has dicho y de ahora en adelante seré más discreto.

Ella asintió.

–Es lo único que digo –y guiñando un ojo añadió–: Por cierto, desde mi casa me ha parecido muy excitante.

Mitch le puso mala cara mientras intentaba ocultar la risa.

–No esperes que te dé los detalles, Raylene. Y vuelve adentro. Llama a tu marido y dile que te susurre cosas cariñosas al oído. Así te olvidarás de Lynn y de mí.

Ahora lo único que esperaba era que todos los vecinos que hubieran podido presenciar ese beso también se olvidaran de ellos.

Lynn sospechaba que probablemente aún le brillarían las mejillas cuando llegó al trabajo por la mañana. Sabía que no podía dejar de sonreír.

–¿Una noche interesante? –preguntó Raylene.

Lynn la miró con desconfianza.

–¿Qué sabes?

–Vi el beso –admitió su amiga–. Me pareció extraordinario, ¿lo fue?

–No pienso hablar de esto –dijo Lynn con determinación aunque aún seguía desconcertada por lo mágico que había sido. No podía haber imaginado que un beso pudiera generarle tanto calor, lo cual decía mucho de su matrimonio, si se detenía a pensarlo.

–Maldita sea –farfulló Raylene–. Mitch tampoco me contó nada.

Ahora Lynn sabía que sí que se estaba sonrojando de verdad.

–¿De verdad le preguntaste a Mitch por el beso?

–Pues claro –respondió Raylene sin arrepentirse lo más mínimo–. Justo después de advertirle que tal vez debía ser más discreto para que Ed no se entere de que las cosas están empezando a calentarse entre vosotros.

–Esto no es asunto de Ed –dijo ella a la defensiva.

–Claro que no, pero eso no significa que a Jimmy Bob no le fuera a encantar tener algo de munición que utilizar en tu contra en el juicio. La difamación es una de sus armas favoritas. Solo te diré eso.

Lynn se estremeció. Sabía que Raylene tenía razón. Es

más, se había pasado el resto de la mañana preocupada por el beso y había concluido que no habría más y que, tal vez, tampoco tendría ningún tipo de contacto con Mitch hasta que hubieran finalizado los trámites de divorcio. Probablemente se lo comunicaría esa tarde cuando lo viera.

Pero cuando llegó a casa se encontró en la puerta la camioneta de un jardinero local y mucha actividad en el patio trasero. Bordeó la casa y se quedó allí con la boca abierta.

Unas azaleas en flor habían convertido lo que había sido un patio abandonado y soso en la clase de jardín que siempre había soñado. Al caminar por un camino de baldosas recién instalado entre un césped recién plantado, oyó el murmullo del agua y al girarse vio una fuente en un pequeño estanque.

Se le saltaron las lágrimas mientras daba vueltas empapándose de esa increíble transformación. Era la pequeña porción de paraíso con la que había soñado.

Solo una persona sabía lo que había querido, solo un hombre era lo suficientemente dulce como para crearlo para ella. Se había girado para ir corriendo hacia la puerta cuando Mitch apareció tras ella.

—¿Qué te parece? —preguntó más nervioso de lo que lo había visto nunca.

A pesar de sus mejores intenciones, lo besó en la boca ante las miradas de todos los trabajadores que le estaban dando los últimos retoques al jardín.

Mitch se rio.

—Veo que te gusta.

—Es lo más maravilloso que alguien ha hecho por mí en toda mi vida —le dijo pletórica de alegría—. ¿Por qué, Mitch?

Él rozó su boca con un dedo.

—Para ver esto. Esta sonrisa me hace querer luchar contra todos esos dragones de los que me hablaste una vez.

–Por eso te preocupaba tanto mi horario de hoy.

–Quería asegurarme de que tendrían tiempo para terminarlo antes de que llegaras a casa. Quería que vieras todo el efecto en conjunto. Si quieres cambiar algo, no tienes más que decirlo.

–Nada –le aseguró–. Es perfecto –lo miró a los ojos–. Eres perfecto.

–¡Qué va! –respondió claramente avergonzado–. He pensado que a lo mejor querías colocar algún banco a lo largo del camino o tal vez uno de esos columpios para que dos personas puedan sentarse en él por la noche. No sabía qué te gustaría más, pero podemos ir a echar un vistazo un día de estos.

Lynn sacudió la cabeza.

–Mitch es más que suficiente tal cual está. Demasiado, de hecho. Sé cuánto ha debido de costar.

–No cuando eres muy amigo de un constructor que tiene una gran relación con un invernadero en particular. Me debían unos cuantos favores por unos trabajos muy importantes que les he hecho a lo largo de los años. Así que no empieces a ponerte nerviosa con el precio, ¿me oyes?

–Gracias –dijo aceptando el dulce gesto con agradecimiento–. No alcanzo a decir lo maravilloso que es y lo considerado y atento que estás siendo estos días. Recuerdo cuando Carter le hizo un jardín a Raylene porque ella no podía salir de casa. Qué envidia me dio, y no solo por el precioso jardín. Me pareció el gesto más dulce que podía tener un hombre y ahora tú vas y haces lo mismo por mí.

Mitch frunció el ceño.

–No sabía que Carter hubiera hecho algo así.

Lynn captó cierta decepción en su mirada.

–No te atrevas a pensar que eso hace que esto sea menos increíble. ¡Menuda cena voy a preparar para esta noche! ¿Cuál es tu tarta favorita? Porque voy a hornear hasta una tarta o un pastel. Lo que tú quieras.

–No le diría que no a una tarta de cereza –le dijo sonriendo ligeramente–. Pero lo que de verdad necesito es…
–volvió a tocarle la mejilla–. Esa mirada tuya y ese brillo
de tus ojos, para mí eso ya es agradecimiento suficiente.

Para su asombro, después de vivir con un hombre que
le había prestado muy poca atención a sus necesidades o
deseos, Mitch parecía hablarle con sinceridad. ¡Qué gran
revelación! Y, en ese momento, se sintió un poco enamorada.

Después de disfrutar de la agradable sensación de sentirse mimada, Lynn no estaba preparada para la animosi-
dad y la tensión que sintió al entrar en la sala del tribunal
el lunes.

Estaba a punto de sentarse con Helen cuando Ed la
agarró del brazo y la apartó a un lado con gesto de furia.

–¡Mi madre! ¿Tuviste que enfrentarte a mi madre en
un lugar público? ¿En qué estabas pensando?

–Estaba pensando en que estaba siendo una maleduca-
da e imposible de soportar –le respondió negándose a sentirse culpable–. Además, en ese momento no había nadie
más en la tienda –al menos no hasta que Raylene le había
hecho saber que estaba allí.

–Bueno, pues créeme si te digo que no le hizo ninguna
gracia tu actitud.

Lynn le sonrió.

–Lo mismo digo. La suya tampoco fue una maravilla.

Ed suspiró.

–No, seguro que no. ¿Qué te dijo? Me echó la bronca
por no haber pasado la pensión. ¿Por qué le tuviste que
decir eso precisamente a ella?

–Porque pensaba que solo estaba trabajando para hu-
millarte. Le expliqué que era una necesidad, pero que de-
jaría que tú le dieras los detalles. No quería ser yo la que
la desilusionara del todo.

Ed se pasó una mano por el pelo y parecía que llevaba toda la mañana haciéndolo porque ni un solo mechón estaba en el lugar donde solía estar.

–Esto está siendo un desastre –le dijo con tono de verdadero pesar–. Sé que soy yo el que quería dar por finalizado el matrimonio, pero pensé que podríamos hacerlo con algo de dignidad.

–Yo también, aunque está claro que ya es tarde para eso.

–Helen va a darle mucha importancia a lo de esos pagos, ¿verdad?

–Por supuesto. ¿De verdad pensabas que pasaría desapercibido?

–Eso esperaba, sobre todo después de haberlo solucionado.

–No todo. Aún no está claro por qué animaste a Jimmy Bob a posponer todas las citaciones. Te conozco, Ed. Estás tramando algo. ¿Es que fue a las Islas Caimán a ocultar tus bienes?

Él se quedó atónito ante la pregunta tan directa, pero también se mostró nervioso, lo cual la hizo preguntarse si no habría dado en el clavo por casualidad. Tal vez las habilidades de Ed para la interpretación no podrían soportar una mentira más.

–A lo mejor quieres pensarte la pregunta. Creo que va a surgir durante la vista y ahora mismo tu expresión es de lo más delatadora.

Pasó por delante de él y se sentó al lado de Helen antes de informarla sobre la conversación que acababan de tener. Helen abrió los ojos como platos al oírlo.

–¿En serio? ¿Crees que eso es lo que estaba tramando?

–No lo puedo jurar, por supuesto, ya que no me lo ha confesado, pero a mí me ha parecido culpable.

–Vaya, qué interesante –murmuró Helen haciendo unas anotaciones.

Para asombro de Lynn, Helen tardó menos de media

hora en conseguir la aprobación del juez para el informe financiero que habían solicitado. El hombre dijo mirando a Jimmy Bob muy seriamente:

–Quiero que lo tenga todo a su disposición. Quiero que se informe hasta del dinero que pueda tener metido en una hucha, ¿entendido?

–Sí, señor –dijo Jimmy Bob algo mareado.

Sin querer estar cerca para ver la reacción de Ed, Lynn salió disparada de la sala mientras él seguía pegándole gritos a Jimmy Bob. Helen la alcanzó fuera.

–No sé qué estarán tramando en realidad, pero está claro que los hemos pillado a los dos con las manos en la masa –dijo Helen complacida por los sucesos de la mañana–. En cuanto tengamos los informes, querré sentarme contigo para que me digas si crees que falta algo. Tengo la sensación de que, a pesar de la advertencia de Hal, no lo veremos todo, y menos aún lo que sea que Ed ha metido en las Islas Caimán. De todos modos, ¿crees que podrás ver si falta algo?

–Tal vez. Tengo alguna idea de lo que genera el negocio y de lo que tenemos en la cuenta común y en otras cuentas de ahorros, pero estoy segura de que Ed me ocultó muchas cosas, sobre todo en lo referente al negocio.

La expresión de Helen se tornó pensativa.

–Podría ser interesante traer a Jack para que colaborara.

–¿Quieres llamar a su padre como testigo? ¿Es necesario?

–Él debe de ser el experto en la compañía, ¿no? Si falta algo, lo sabrá enseguida.

–Pero jamás lo admitirá ante nosotras.

–Imagino que el dinero de su jubilación sale de la compañía. Si existe alguna discrepancia, decirlo acabará resultando beneficioso para él.

–¿Pero hablar en contra de Ed? Wilma le pegaría un tiro.

–O tal vez se quitaría por fin esas gafas de cristal rosa que utiliza para ver a su hijo. Bueno, supongo que ya veremos qué pasa.

A Lynn se le revolvió el estómago solo de pensarlo.

–Todo esto me está poniendo enferma. No estoy acostumbrada a pensar así.

–Por eso me tienes a tu lado. A mí se me da muy bien desterrar sucios secretos y utilizarlos a favor de mis clientes.

–¿Y no podríamos sentarnos y negociar un acuerdo? –preguntó Lynn con tono lastimoso.

–Esa siempre fue mi primera opción, pero después se pasaron de listillos, dejaron de pasarte la pensión y eso me dijo que aquí no habría juego limpio. Sé que esto va en contra de tu naturaleza, Lynn, pero el único modo de ocuparse de esto es peleando igual de sucio.

–Si tú lo dices –respondió sin hacerle ninguna gracia.

Mitch vio a Lynn regresar del juzgado con los hombros caídos y gesto de abatimiento. Dos segundos más tarde ya estaba en su puerta.

–¿Estás bien? –le preguntó cuando ella abrió la puerta.

–Mitch, no es el momento –le respondió cansinamente.

–Supongo que no ha ido bien.

–Ah, no, Helen ha ganado lo que quería, pero la cosa se va a poner muy fea. Lo puedo sentir. Y si a mí me resulta duro, ¿qué les supondrá a los niños? La relación de Lexie con su padre ya es bastante tensa. ¿O qué pasará si los dos empiezan a odiarme por acorralar a su padre?

–Eso no va a pasar. Esos niños te adoran y sé que los protegerás de esto todo lo que puedas –la observó fijamente–. ¿Qué te preocupa de verdad?

–Te lo acabo de decir –insistió, pero Mitch ya estaba sacudiendo la cabeza.

–Es más que eso –dijo con convicción.

–De acuerdo, sí –admitió con clara renuencia–. Existe la posibilidad de que Ed haya estado evadiendo dinero en las Islas Caimán. Ahora mismo no sabemos si es verdad o, en caso de serlo, si se trata de sus bienes personales o de fondos de la empresa. Si son nuestros ingresos lo que está intentando ocultarme, me parece fatal, pero si es dinero de la compañía... ¿Te puedes imaginar el escándalo que se armaría? Jamás podré proteger a los niños si presentan cargos contra su padre.

Mitch se quedó atónito. Por muy poco que le gustara ese hombre, le parecía algo muy extremo incluso tratándose de Ed.

–¿De verdad crees que Ed es capaz de robar a la empresa que fundó su padre?

–Sinceramente no sé qué le pasa últimamente. Solo sé que no es el hombre con el que me casé.

–¿Hay otra mujer? ¿Alguien a quién esté intentando impresionar?

Lynn sacudió la cabeza.

–Helen me lo preguntó hace poco, pero sinceramente no lo creo. No puedo decir que lo haya pillado nunca mirando demasiado a ninguna mujer y, por muy poco atento que fuera conmigo, no estaba teniendo una aventura. Estoy segura.

–Últimamente ha estado saliendo mucho del pueblo, ¿no? A Helen le resultaría muy sencillo averiguar si ha ido solo.

Lynn se estremeció, claramente incómoda con la idea de que se llevara a cabo semejante investigación.

–¿De verdad importa ahora? Lo que sea que está haciendo últimamente no tendría nada que ver con eso. ¿Por qué iba algo así a empeorar la situación? Y si empiezo a arrojar mierda ahora sobre una posible aventura, te arrastraré a ti también.

Mitch pensó que tenía razón e inmediatamente se echó

atrás, recordándose que no era su lucha. Lynn tenía que ocuparse del asunto como considerara.

–Es decisión tuya. Yo solo digo que es otra perspectiva que investigar si lo necesitas.

–Lo sé. Esperemos que no haga falta recurrir a eso.

Capítulo 15

Mitch captó la indirecta cuando ella le dijo que no le apetecía cenar. Incluso rechazó su oferta de ir a buscar algo a Sullivan's para que no tuviera que cocinar.

–Otra noche, ¿de acuerdo? Estoy agotada.

No soportaba la idea de dejarla sola cuando estaba tan hundida, pero ¿qué opción tenía? Si necesitaba asimilar lo que había sucedido en el juzgado, no podía culparla por ello.

–¿Qué te parece esto? Podría llevar a Lexie y a Jeremy a tomar una pizza y así te dejamos tranquila un rato. ¿Te ayudaría?

Lynn sonrió.

–Sé que les encantaría, pero ¿de verdad quieres pasar una noche de videojuegos y charlas interminables sobre el colegio?

–No me importaría en absoluto. Están en casa de Raylene ahora mismo. A lo mejor Mandy también quiere venir.

–Si les apetece, y Raylene está de acuerdo, por mí vale –le dirigió otra de esas desganadas sonrisas–. Gracias.

–De nada. Te llamaré para decirte qué han decidido. Si cambias de opinión mientras tanto, avísame.

Los tres niños no dudaron en aceptar la propuesta y, después de que Raylene también estuviera de acuerdo, los cuatro se subieron a la camioneta de Mitch en dirección a Rosalina's.

En cuanto los sentaron en una mesa, Jeremy corrió a la zona de videojuegos, pero Lexie y Mandy se quedaron con él. Las niñas se miraron y Mandy dijo:

—¿Estás saliendo con la señora Morrow? —le preguntó directamente—. ¿En serio, quiero decir?

«Oh, oh», pensó Mitch. No había pensado en que iba a estar con dos adolescentes entrometidas. Por primera vez en meses deseó una copa.

—Lo pasamos bien juntos —respondió con cautela—. Hace mucho tiempo que nos conocemos —miró a Lexie—. ¿Te molesta?

—Para nada. A Jeremy y a mí nos parece genial. Mamá ha estado mucho más contenta desde que has estado con nosotros.

—¿Crees que os casaréis? —preguntó Mandy que, claramente, había sido elegida para dirigir la conversación hacia un terreno más delicado.

—No hemos hablado de eso. Es demasiado pronto. Y, de todos modos, es una conversación totalmente inapropiada —o, al menos, eso le parecía, aunque en el mundo de las adolescentes tal vez no fuera así.

—Pero lo habéis pensado, ¿no? —insistió Mandy ignorando su respuesta por completo—. Esto no será una especie de juego. He oído que hay hombres a los que les gusta jugar. Carter nos ha advertido a Carrie y a mí sobre ellos.

Mitch suspiró.

—Puede que haya algunos hombres, pero no yo —les aseguró a las chicas aunque centró su atención en Lexie al decir—: Para mí no es un juego. Es una promesa.

Deliberadamente miró la carta que tenía en la mano y que agarraba cada vez con más fuerza.

—A lo mejor deberíamos hablar sobre qué clase de pizza queréis. ¿Lo habéis decidido? ¿U os apetece alguna otra cosa?

Mandy se mostró decepcionada con el cambio de tema, pero Lexie pareció agradecerlo casi tanto como Mitch.

–Pizza, eso seguro. Jeremy querrá de pepperoni, pero yo de verduras.

–Yo de verduras también –añadió Mandy.

Justo entonces, Mitch oyó a Jeremy dar un grito que se oyó por encima del sonido de fondo del abarrotado restaurante.

–Papá, ¿qué haces aquí? ¿Puedes cenar con nosotros?

Mitch frunció el ceño al ver a Ed mirando a su alrededor. Ed vio a Lexie antes de darse cuenta de con quién estaba e, inmediatamente, estrechó la mirada al ver a Mitch en la mesa.

–¿Dónde está tu madre? –le preguntó a Jeremy con aspecto de tener ganas de pelea.

Lexie reaccionó ante su tono de inmediato pegando un bote del asiento y cruzando la sala.

Mitch no pudo oír lo que dijo, pero fuera lo que fuera no hizo que Ed se calmara precisamente. Y a pesar de no tener ganas de enfrentamientos, Mitch se acercó.

–¿Ed, cómo estás? –preguntó intentando adoptar una postura civilizada por el bien de los niños. Jeremy estaba perplejo por la furia de su padre, pero Lexie estaba claramente molesta. Parecía que iba a echarse a llorar en cuestión de segundos.

–Pues estaba bien hasta hace unos minutos –respondió ignorando el estado de su hija–. Lexie, Jeremy, id a aquella mesa –añadió señalando al otro lado de la sala.

–¡Pero, papá! –protestó Jeremy–. Vamos a cenar con Mitch.

–No, ya no. Ya me habéis oído. Vamos, id –sin embargo, Lexie se mantuvo firme–. Hemos venido a cenar con Mitch, y yo voy a cenar con él y con Mandy.

Ed parecía más alterado a cada rato que pasaba y, al verlo, Mitch decidió intervenir.

–Lexie, no pasa nada. Seguro que a tu padre le gustaría pasar un rato con vosotros.

–¿Pero qué pasa con Mandy? Tiene permiso para estar aquí contigo, no con mi padre.

Mitch miró a Ed.

–¿Te importa si Mandy se queda con vosotros? –preguntó retando al otro hombre a negárselo.

Aunque al principio se quedó algo desconcertado, finalmente asintió.

–Claro. Los llevaré a todos a casa.

–Pues le diré a Mandy que llame a Raylene y, si a esta le parece bien, ahora mismo vendrá con vosotros.

–Voy contigo –dijo Lexie lanzándole a su padre una mirada desafiante antes de ir a hablar con su amiga.

Por suerte, Ed la dejó ir aparentemente satisfecho con su victoria. Aun así, se giró hacia Mitch.

–No quiero que te relaciones con mis hijos –dijo manteniendo la voz baja.

A Mitch le entraron ganas de soltarle un buen golpe, pero la idea era tan mala que tuvo que convencerse para contenerse.

–No voy a quedarme aquí a discutir contigo –dijo Mitch apretando los puños–. No es ni el momento ni el lugar. Jeremy y Lexie se llevarían un disgusto y ya les has causado demasiado dolor por ahora. No sé qué problema tienes conmigo, aparte del hecho de que he estado pasando un tiempo con Lynn, pero voy a esforzarme en hacer alguna que otra concesión porque ha sido un día muy estresante para ambos.

–¿Me estás amenazando?

–Es solo una advertencia –dijo Mitch con tono suave–. No me gusta cómo has tratado a Lynn. Provócame un poco y la emprenderé contigo.

Ed se rio, aunque sonó a risa forzada.

–¿Y cómo vas a hacerlo? –le preguntó con sorna.

–No creo que quieras descubrir de lo que soy capaz.

Puede que tú tengas ese enorme edificio en el centro del pueblo, pero soy yo el que tiene amigos y, créeme, no soy el único al que le ha molestado la forma tan mezquina en que has tratado a tu familia.

Por primera vez, Ed pareció algo afectado.

—Mantente alejado de mis hijos —le ordenó una última vez antes de marcharse.

Mitch volvió a la mesa donde las chicas estaban esperando.

—Lo siento muchísimo —dijo Lexie hundida—. No sé qué le habrá entrado.

—No tienes que disculparte por tu padre —le aseguró Mitch esbozando una sonrisa como pudo. Se giró hacia Mandy—. ¿Te ha dado tu madre permiso para que te quedes a cenar con ellos?

Mandy asintió, pero dijo:

—Preferiría quedarme a cenar contigo.

Mitch vio un brillo de dolor en la mirada de Lexie.

—Yo también —les dijo a los dos—. Pero no puedo elegir.

Al ver que Mandy estaba dividida, le facilitó las cosas.

—Quédate con Lexie, ¿vale? Yo pagaré las bebidas y pediré algo de comida para llevar.

—¿Vas a llevarla a nuestra casa? —preguntó Lexie esperanzada—. Seguro que mamá se estará muriendo de hambre.

—Esta noche no.

Lexie suspiró.

—Por papá. Nos va a dejar en casa.

—Creo que es mejor así. Y ahora id y pasadlo bien con vuestro padre —vio a Lexie tan triste que se vio obligado a añadir—: Sabes que te quiere y sé que tú lo quieres. No seas mala con él, ¿de acuerdo?

—Eres el mejor —le dijo la niña con los ojos brillantes de emoción. Por un minuto parecía como si fuera a lanzarse a darle un impulsivo abrazo, pero se lo pensó mejor—. Hasta luego, Mitch.

–Adiós, chicas.

Esperó hasta que estuvo en la camioneta para llamar a Lynn.

–Creo que deberías saber que Ed se ha presentado en Rosalina's, que se ha puesto un poco chulo y que los niños están cenando con él.

–¿Qué? –preguntó incrédula–. Por favor, dime que no ha montado ninguna escena.

–Ha estado a punto, pero no ha pasado nada. Los niños no se han quedado muy contentos, pero están bien. No me ha parecido que fuera a servir de nada provocar una pelea. Estaba en plan posesivo. Imagino que te los llevará a casa en una hora o así.

–Mitch, lo siento mucho.

–Tú no eres responsable de su comportamiento, pero es una señal más de que no le hace ninguna gracia que nos veamos ni que forme parte de las vidas de los chicos.

–Me importa un bledo si le hace gracia o no –respondió con rabia.

Mitch sonrió ante su actitud.

–Bueno, a mí tampoco me importa mucho, pero vamos a pensar un poco. Estás en mitad de un divorcio, Lynnie. ¿Por qué complicarlo?

–¿Qué estás diciendo? ¿Que deberíamos dejar de vernos? Creía que habíamos decidido que no lo haríamos. Sé que no tenemos una relación muy intensa, pero me gusta cómo estamos.

–A mí también, aunque tal vez sea momento de replantearnos nuestra decisión o, al menos, de ser mucho más cuidadosos con lo que hacemos y dónde nos vemos. No quiero causarte problemas y está claro que Ed está buscando pelea.

–Puede que tengas razón –admitió con un suspiro–. Pero no me gusta.

–A mí tampoco.

–Pues entonces hablemos de esto un poco más mañana. Tendré las nóminas preparadas por la mañana y me aseguraré de tener café listo, ¿de acuerdo?

Él sonrió.

—¿Y tarta de café?

—Ya está en el horno —admitió—. La repostería me relaja.

—A lo mejor debería decirte cuáles son mis pasteles favoritos —bromeó—. Así estarías relajada mucho rato.

—Tráeme una lista por la mañana.

Él sonrió ante su entusiasmo.

—Buenas noches, Lynnie.

—Buenas noches, Mitch.

—Llámame si me necesitas.

—¿Sí?

Pronunció esa palabra con suficiente insinuación como para hacer que le ardiera la sangre.

—Ya sabes lo que quiero decir… Si Ed te da algún problema.

—Ah, es por eso —respondió decepcionada—. Puedo encargarme de Ed.

Mitch deseó estar tan seguro de ello como lo estaba ella.

Lynn estaba esperando cuando Ed entró en casa con los niños demasiado serios. Los dos le dieron un beso en la mejilla, pero subieron corriendo a sus habitaciones.

Para cuando oyó sus respectivas puertas cerrarse de golpe, ya estaba de pie y diciéndole a Ed:

—No vuelvas a contradecir una decisión mía otra vez —le dijo enfrentándose a su futuro ex de un modo que él jamás se habría imaginado—. Cuando los niños están conmigo, pasarán el tiempo con quien yo quiera. Los has puesto en ridículo y has intentado tener una pelea con Mitch sin razón alguna.

Ed sonrió con satisfacción.

–¿Así que ha venido corriendo a contártelo? Debí de haberme imaginado que eso era lo que haría el muy llorica.

Ella lo miró con incredulidad.

–Ed, ¿qué demonios te ha pasado? Jamás me había dado cuenta de lo cruel e intolerante que eres. ¿Qué está pasando?

Él pareció quedarse perplejo con sus preguntas o tal vez fue su tono de verdadera preocupación lo que lo dejó impactado. Se la quedó mirando, suspiró y se sentó en el sofá.

–Te juro por Dios, Lynn, que no tengo ni idea. He entrado en Rosalina's, he visto a mis hijos con Mitch y me he puesto rabioso. Ya me cuesta aceptar que vaya detrás de ti y no quiero que se lleve también a mis hijos.

–Mitch no intenta quitarte nada. Tú me abandonaste, ¿lo recuerdas? Y los niños te quieren. Pero resulta que también aprecian a Mitch, aunque él ni es su padre ni pretende serlo. ¿A qué viene toda esta actitud territorial?

Lo miró intensamente, preguntándose si Helen habría tenido razón.

–Ed, ¿te estás arrepintiendo de haberme abandonado?

Él la miró con inconfundible dolor.

–En cierto modo, sí, claro. Sé lo que he perdido –le lanzó una mirada suplicante–. Pero tampoco es que tuviera alternativa.

–No lo entiendo –dijo Lynn absolutamente perpleja.

–Sé que no. Ojalá pudiera explicártelo, pero no puedo. No puedo.

–Bueno, ¿puedes al menos intentar recordar lo que sienten tus hijos por ti y no hacer nada más por alejarlos de tu lado?

–Sí, puedo intentarlo. Siento mucho haberos molestado esta noche. Y para que lo sepas, me he disculpado.

–¿También ante Mitch?

Él curvó los labios ligeramente.

–Me temo que aún no he evolucionado tanto.

A pesar de la tensión, Lynn sonrió también.

–Pues sigue trabajando en ello. Seguro que lo lograrás con el tiempo.

Lo acompañó hasta la puerta.

–Espero que puedas solucionar lo que sea que te está pasando. De verdad que sí.

–El hecho de que lo digas de verdad después de todo lo que he hecho… –sacudió la cabeza–. Significa mucho.

Ella creyó sus palabras aunque también se había vuelto demasiado suspicaz en los últimos meses como para saber que ni toda la sinceridad del mundo impediría que llevara a cabo la locura que fuera que había planeado para hacer el divorcio lo más complicado posible.

Flo solo había estado en casa de Donnie unas cuantas veces y, por la razón que fuera, ambos se habían sentido más cómodos en el piso de ella. Tal vez la casa aún guardaba demasiados recuerdos de su difunta esposa incluso después de tantos años, aunque eso era algo que no le preguntaría nunca.

Esa noche, sin embargo, él había insistido en que cenaran allí y cuando llegó encontró flores en la mesa junto a lo que parecía su mejor vajilla de porcelana y una cubertería de plata de verdad. También había velas encendidas.

–¿Qué es esto? –murmuró al ver las molestias que se había tomado para hacer que resultara una noche especial–. Donnie, es precioso.

–Quería demostrarte lo mucho que me importas y me cuesta hacerlo cuando siempre estamos en tu casa.

–Los desayunos en la cama me envían muy buenos mensajes –le recordó y sonrió–. Pero esto sí que lo lleva todo a otro nivel. ¿Entonces has cocinado tú?

Él se rio.

–Sí. O casi todo, al menos. Le he pedido a Erik una de esas tartas de chocolate que te encantan para el postre. Me la ha mandado con unas fresas bañadas en chocolate y champán.

Flo sintió que el corazón le latía algo más fuerte y se mareó un poco al darse cuenta de qué podía indicar todo ello.

–Donnie, no.

–Solo es una cena.

–No, no lo es. Lo veo muy claro. Te guardas algo bajo la manga.

–¿Y qué si es así? –le preguntó con cierto desafío–. No se puede decir que no llevemos tiempo hablando del futuro.

–Pero ya sabes lo que opino. Ni flores, ni velas, ni siquiera una tarta deliciosa, van a hacerme cambiar de opinión –dijo testarudamente.

–¿Y si cenamos antes de hablar de ello y estropear una cena perfecta?

Podía ver lo mucho que significaba para él, podía ver todo el esfuerzo que había hecho.

–De acuerdo, con tal de que entiendas que nada de esto va a hacerme cambiar de opinión.

Él asintió.

–Muy bien.

Su respuesta la sorprendió.

–¿Ya está? ¿Estás cediendo tan fácilmente?

Donnie sonrió ante su exasperación.

–Yo nunca cederé, solo he decidido dar un paso atrás para darte tiempo. Aprendí mucho de esos caballos que montaba en la granja de mi padre. Algo de persuasión y un poco de azúcar suelen funcionar mucho mejor que intentar forzar las cosas.

–¿Ahora me estás comparando con un caballo? –preguntó indignada.

Él se rio.

–Flo, a veces haces que amarte sea mucho más complicado de lo necesario.

La dulce sinceridad y esa pizca de frustración que se ocultaban tras sus palabras la conmovieron más que cualquiera de sus otros gestos. Hasta ese instante no estuvo segura de creer de verdad que un hombre pudiera amarla como parecía hacerlo Donnie, pero, aun así, él parecía verla tal como era y amarla de todos modos.

–Vamos a comer –se apresuró a decir Flo, nada preparada para admitir que tal vez él había ganado la batalla, si no también la maldita guerra entera–. Tanta discusión me ha abierto el apetito.

Claramente divertido, él dijo:

–Sabes que la discusión no ha hecho más que empezar, ¿verdad?

–Sí.

–Vale, pues entonces vamos a comer. Tenemos toda la noche para pensar en lo demás.

Flo imaginó que encontrarían el modo de aprovechar bien el tiempo y, si se salía con la suya, no terminarían hablando precisamente.

Lynn acababa de colgar el teléfono después de hablar con Mitch, que le había pedido que pospusieran su reunión hasta esa noche, cuando volvió a sonar.

–Necesito urgentemente una noche de margaritas –le dijo Helen–. Esta noche en mi casa, ¿vale?

La tensión en la voz de su abogada la alarmó.

–¿Ha pasado algo? ¿Has descubierto algo sobre la situación financiera de Ed?

–Lo siento, pero no es por el divorcio. Debería habértelo dicho desde el principio. Se trata de mi madre. Me ha llamado hace diez minutos y dice que tiene algo que anunciar.

–¿Donnie y ella van a casarse? –supuso Lynn intentando no mostrar demasiado entusiasmo ante la noticia porque estaba claro que a Helen no le hacía ninguna gracia.

–Eso es lo que he pensado yo. Me va a llevar a almorzar a Sullivan's y, contando con que nunca me ha invitado a almorzar, y menos a un sitio caro, imagino que debe de ser algo grande.

–¿Así que la noche de margaritas se está planeando de manera anticipada por si tienes un mal día y no porque ese mal día ya haya empezado? –preguntó Lynn con diversión–. ¿Van a venir esta noche las Senior Magnolias?

–No, si puedo evitarlo –respondió Helen con determinación–. Pero si conozco a la entrometida de mi amiga Maddie, seguro que se presentan aquí. Pensará que el mejor modo de suavizar las cosas entre mi madre y yo es meternos en la misma habitación con una jarra de margaritas. Bueno, puedes venir, ¿verdad?

–No me lo perdería –respondió. Ese baile entre su madre y ella prometía darle más entretenimiento en directo del que había tenido en semanas. Supondría posponer su charla con Mitch otra vez, pero tal vez era mejor así. De todos modos, no parecía que él tuviera más ganas que ella de hablar del tema.

Pensando en lo que había pasado la noche antes entre Ed y Mitch, dijo:

–Antes de que cuelgues, debería contarte algo –le describió la escena en Rosalina's–. Está claro que Ed tiene un problema con Mitch por la razón que sea. Mitch se ha ofrecido a retirarse y puede que tenga razón, pero no es lo que yo quiero. Esta noche íbamos a hablar de ello.

–Oh, cielo, no pretendía interrumpir tus planes. ¿Preferirías pasar la noche con Mitch y solucionar esto? Me parece bien si quieres hacerlo.

Lynn consideró la oferta.

–No. Creo que estará muy bien reunirme con las Dulces Magnolias y creo que así tendré más tiempo para reflexionar sobre ello. ¿Algún consejo?

—¿Qué sientes por Mitch?

—Me gusta —respondió y sonrió al pensar en ese ardiente beso que habían compartido. Había sido toda una revelación. De verdad que sí—. Mucho.

—Entonces la respuesta es sencilla. No dejes que nada se interponga entre vosotros, ni siquiera Ed.

—Pero no quiero que meta a Mitch en el asunto del divorcio.

—Deja que yo me preocupe por eso. Una semana más y te garantizo que podremos neutralizar todo lo que pretenda hacer.

Lynn se quedó impresionada por la convicción que captó en su voz.

—¿Lo dices porque ya estás tras la pista de algo?

—No, pero me lo dicen mi instinto y mi experiencia —dijo con confianza—. Todavía no le he fallado a ningún cliente. Y no es mi impresionante ego el que está hablando, por cierto. Tengo testimonios que lo corroboran.

Lynn se rio.

—No lo dudo ni por un instante. Gracias. Esta noche nos vemos.

Ahora solo tenía que llamar a Mitch y posponer su charla haciéndole creer que era por apoyar a su amiga y no por aplazar una conversación peligrosa y potencialmente incómoda.

Mitch oyó el nerviosismo en su voz cuando canceló los planes. Aunque su excusa le había parecido auténtica, no pudo evitar pensar si tal vez Ed le había dicho algo la noche anterior que le hubiera metido dudas o miedos en la cabeza.

Se estaba preguntando si ir o no a la casa de al lado cuando Carter entró en la nueva ampliación con un casco en la mano.

—Veo que esta noche te han dejado solo como a mí.

Todas las mujeres se han ido a casa de Helen para algo de las Dulces Magnolias.

Mitch levantó el móvil.

–Me acabo de enterar.

–¿Te apetece venir con Travis, Tom y algunos de los otros a jugar un poco al baloncesto y tomarnos unas cervezas?

–¿En serio? No he entrado en una cancha de baloncesto desde que estaba en el instituto.

–Eso apenas importa. Cal, Tom y Travis son muy competitivos, pero los demás solo nos preocupamos de no hacer demasiado el ridículo ni acabar en el hospital.

Mitch se rio.

–¿Y qué tal os funciona?

–Solo un labio partido que necesitó puntos, un tobillo torcido y algún que otro corte o magulladura por el momento. Por suerte, J.C. Fullerton juega y nos ha estado haciendo curas de emergencia como viejos bebés que somos. Eso es lo bueno de tener a un pediatra en la panda.

Mitch consideró la oferta. Llevaba un tiempo pensando que necesitaba unos amigos de verdad y ahí tenía la oportunidad. Lo de las cervezas al final de la noche fue lo que lo hizo dudar un poco, pero como le había dicho a Lynn, para él la bebida no suponía un problema gracias a que había sido lo suficientemente sensato como para verlo venir antes de que se hubiera convertido en ello.

–Claro, contad conmigo.

–¿Quieres que pase a recogerte de camino al parque?

–Sería genial –le dijo ya pensando en que no podían haber elegido un mejor conductor para la noche que el jefe de policía.

Carter asintió.

–Pues nos vemos en una hora.

Mitch se despidió y pasó a comprobar un problema sobre el que Terry lo había alertado antes de marcharse de la obra. Sonrió al ver cómo se había animado de pronto.

Aunque no fuera a pasar la noche con Lynn, tal como había esperado, la alternativa que le habían propuesto podía estar bien. Podría quemar un poco de tensiones y de la agresividad que había tenido que controlar la noche anterior durante su enfrentamiento con Ed y tal vez, solo tal vez, conseguiría esperar un poco más antes de apalear a ese cretino.

Capítulo 16

Lynn estaba segurísima de que nunca había visto a Helen tan alterada como cuando llegó a su casa para la reunión de las Dulces Magnolias.

–¿Estás bien?

Helen negó con la cabeza.

–Pero solo podré hablar de esto una vez, así que ¿te importa si espero a que llegue todo el mundo?

–Claro que no –respondió Lynn a pesar de morirse de la curiosidad. Dejó dos pasteles sobre la encimera de la cocina–. He traído algo de postre. Ahora que vuelvo a tener dinero para comprar comida me ha dado por hacer repostería. Los niños están encantados, pero si sigo así voy a acabar como un zeppelín

Helen le lanzó una desganada sonrisa.

–Tienes mucho camino por delante para llegar al estatus de zeppelín. Bueno, ¿has pensado algo más sobre Mitch?

Lynn suspiró y sacudió la cabeza.

–No, y me está volviendo loca. ¡Es tan considerado y bueno! ¿Te has enterado de que me ha hecho un jardín de azaleas? Le conté cómo me imaginaba el jardín de mi casa si alguna vez tenía la oportunidad de tenerlo y, antes de darme cuenta, lo había hecho mientras yo estaba en el trabajo. ¿No te parece una dulzura?

Para su sorpresa, en lugar de mostrarse impresionada, Helen frunció el ceño.

–¿Lo ha visto Ed?

Lynn se estremeció.

–¡Ay, Dios mío! –murmuró–. Se va a poner hecho una furia, ¿verdad?

–Si podemos guiarnos por experiencias pasadas, es más que probable –respondió, aunque añadió poniéndose derecha–: Pero déjalo. Lynn, no dejes que le ponga frenos a tu emoción. Ha sido un gesto increíblemente dulce y deberías disfrutarlo y dejar que yo me ocupe del resto. No quería arruinarte la ilusión –esbozó una sonrisa como pudo–. Es culpa de lo desanimada que estoy que hoy solo vea el lado negativo de las cosas.

–¿Tan mal ha ido el almuerzo con tu madre? –le preguntó Lynn preocupada.

–Ni te imaginas.

Antes de que Helen pudiera explicarse, las demás empezaron a llegar cargadas de más comida y sumidas en una animada conversación.

Lynn se fijó en que solo Flo parecía algo apagada al entrar e ir directa a sentarse entre Frances y Liz en el salón. Las tres mujeres inmediatamente acercaron las cabezas y empezaron a hablar.

–Sé que están conspirando para hacerme sentir como una idiota –murmuró Helen.

Maddie la oyó.

–¿Y por qué iban a hacer eso?

–Porque soy una idiota o, al menos, me comporto como tal –admitió ligeramente disgustada–. Y tengo que espabilar antes de que Erik se entere de cómo estoy reaccionando ante los últimos acontecimientos. No tiene paciencia conmigo cuando me pongo así, quejándome de mi madre como si ella fuera la hija y creyéndome con derecho a desaprobar sus elecciones.

Maddie sonrió.

–Creía que Erik tenía una paciencia infinita solo por el hecho de vivir contigo.

Helen la fulminó con la mirada.

–No tiene ni pizca de gracia.

–Bueno, ¿y cuándo vamos a oír la gran noticia? –le preguntó Dana Sue.

Helen se giró hacia su madre.

–Pregúntale a ella. Es su gran anuncio –agarró un margarita y se lo bebió de un trago antes de darle unos golpecitos a la copa con un cuchillo–. Bueno, mamá, ¿por qué no les cuentas a todas lo que está pasando?

Flo le dirigió una mirada que mostró todo su desagrado.

–Claro que sí, cielito.

El inconfundible sarcasmo de su voz hizo que Lynn sonriera nada más oírlo. Las dinámicas entre madre e hija siempre eran complicadas, o eso parecía, porque había oído el mismo tono en la voz de Lexie en alguna que otra ocasión.

–Donnie y yo hemos tomado una importante decisión. Es una que Helen no aprueba, claramente, pero con la que ambos estamos contentos –le lanzó a su hija una mirada desafiante antes de anunciar–: Nos vamos a vivir juntos.

Todas las cabezas se giraron para captar la reacción de Helen, que seguía con una expresión increíblemente neutral. Solo un tic en el rabillo del ojo delataba su enfado.

Frances rompió el incómodo silencio.

–¡Bien por vosotros! –dijo entusiasmada mientras Liz le daba un fuerte abrazo a Flo.

Las demás mujeres emitieron algún que otro grito contenido de aprobación, pero Lynn se fijó en que Dana Sue y Maddie seguían mirando a Helen preocupadas.

–No sé por qué no has podido ceder y casarte con ese hombre –dijo Helen incapaz de guardarse su opinión ni un segundo más–. Sé que es lo que él quería y ahora vas a dar todo un espectáculo. El pueblo entero hablará de ti. Serás una deshonra.

—Helen Decatur, debería darte vergüenza —dijo Frances con un tono que casi todas las presentes probablemente recordaron haber oído en clase—. Es tu madre a quien estás hablando. Deberías respetar su decisión. Sé que lo ha meditado mucho y esto es claramente lo que le conviene.

Helen se quedó aturdida un instante.

—¿De verdad lo apruebas? Creía que estabas fingiéndolo para intentar calmarme.

—No soy yo quien tiene que aprobarlo o no, ¿no te parece? Y tú tampoco.

—Vale, Frances —interpuso Flo con tono tranquilo—. Esta batalla es entre Helen y yo. Lo solucionaremos.

Pero Frances no había terminado y, sin dejar de mirar a Helen, añadió:

—La vida es corta y no hay que desperdiciarla con rencores y resentimientos entre las personas a las que queremos —le dio un pequeño empujoncito a Flo en dirección a Helen—. Ve y arreglad esto ahora mismo.

Flo le lanzó una mirada de resignación, aunque sí que cruzó la sala. Al cabo de un momento de vacilación, Helen finalmente la siguió hasta la cocina.

—Predigo o que saldrán sonriendo o que una de las dos acabará muerta —dijo Maddie bromeando solo en parte.

Dana Sue le dio un codazo.

—No digas esas cosas. A lo mejor deberíamos proponer un brindis.

Maddie frunció el ceño.

—¿Por qué exactamente?

—¿Por Flo y Donnie? —sugirió Dana Sue.

—¿No debería estar aquí Flo cuando lo hagamos? —preguntó Liz.

—Por supuesto —dijo Dana Sue con desazón—. Y ahora vamos a beber algo —agarró la jarra de margaritas y la levantó de la mesa de café—. ¿Quién quiere más?

Mientras Dana Sue servía las copas, Raylene se acercó a Lynn.

–¿Te sientes mejor ahora que no estamos todas hablando de ti?

Lynn se rio.

–Ni te lo imaginas. Aunque sí que lo siento por Flo y Helen. Puedo entender ambas posturas, pero sé que Helen está mucho más preocupada por su madre que por lo que la gente piense.

Raylene asintió.

–Yo también lo creo, aunque al parecer estas dos tienen problemas de comunicación que se remontan al pasado –puso los ojos en blanco–. ¡Ay, cuánto lo entiendo!

–¿Lo dices por tu madre y por ti? –preguntó Lynn.

–Ahora ya ni nos hablamos –confirmó Raylene encogiéndose de hombros–. Ya estoy resignada a ello.

Lynn asintió.

–A veces me gustaría que mi madre hubiera vivido lo suficiente para que hubiéramos arreglado nuestras diferencias, pero a lo mejor era iluso pensar que podríamos haberlo hecho. Ella tomó unas elecciones que yo no creo que pudiera comprender nunca.

Raylene le echó un brazo por los hombros y le dio un apretón.

–Al menos no tenemos el mismo problema con nuestras hijas. Lexie y tú os lleváis genial y mi relación con Carrie y Mandy es increíblemente tranquila a pesar de todas las complejidades de estar casada con su hermano mayor. Como ha sido su tutor desde que sus padres murieron, eso me pone en la situación de actuar como madre no oficial. Podría haber sido rarísimo e incómodo, pero son unas chicas tan geniales que ha resultado ser una de las mejores cosas de estar casada con Carter –esbozó una picarona sonrisa–. Aunque no la mejor, claro.

Lynn se rio.

–Un brindis por las adolescentes equilibradas.

Si lograba que Lexie, y también Jeremy, superaran el divorcio sin salir traumatizados, ¿qué más podía pedir?

–Helen, ¿qué es lo que te molesta exactamente de que viva con Donnie? –le preguntó Flo cuando su hija y ella estuvieron solas en la cocina.

–Que no me parece bien y punto –respondió con tirantez.

–¿Es esto alguna especie de lección moral? –le preguntó Flo planteándose si debía o no mencionar que Helen se quedó embarazada de Sarah Beth antes de que Erik y ella pensaran siquiera en casarse. Es más, si había oído bien la historia, hasta su amistad había sido polémica y por ello lo del bebé y la boda había resultado ser una sorpresa para mucha gente.

–No –respondió Helen con ironía–. Créeme, sé que no estoy en posición de emitir ninguna clase de juicio.

–¿Entonces qué es? –insistió Flo aunque le parecía saberlo–. ¿Es porque la idea de que tenga relaciones te vuelve un poco loca? Recuerdo la cara que pusiste cuando volvíamos de Florida y te mencioné lo de los preservativos que me había dejado en la mesilla de noche. Por un momento pensé que nos ibas a llevar hacia la cuneta.

–¡Mamá!

Flo se rio ante su reacción.

–Así que es eso, lo sabía. Cielo, ¿no crees que si Donnie y yo nos casamos también vamos a tener relaciones?

–Ni siquiera quiero pensarlo –dijo Helen con las mejillas encendidas.

–Pues no lo hagas. ¿No sería más fácil que fingieras que no somos más que compañeros de piso si nos vamos a vivir juntos? Puedes decirte a ti misma que lo hacemos para ahorrarnos el dinero de una hipoteca y otros gastos. Hasta puedes imaginar que dormimos en habitaciones separadas, si eso te ayuda.

Helen la miró en silencio y se rio por fin.

–Ni siquiera mi imaginación podría creer eso, aunque ya me gustaría. Ojalá pudiera volver a verte como mi madre y no como una mujer que tiene todo el derecho del mundo a tener una relación.

–¿Y lo dice una mujer que lleva años defendiendo a las mujeres?

–Créeme, entiendo lo ridícula que estoy siendo. Si se tratara de Frances o de Liz, las animaría. Pero eres tú.

–Donnie me hace feliz –dijo Flo en voz baja–. ¿No debería eso contar más que ninguna otra cosa?

Helen suspiró y abrazó a Flo.

–Claro que cuenta, y por eso me voy a aguantar todo esto, por el bien de los dos. Os deseo lo mejor y me esforzaré al máximo por lograr creerme ese escenario de unos compañeros de piso platónicos que me has pintado.

Flo se rio.

–¿Entonces ya no volverás a decir que soy una deshonra?

–No –le prometió Helen–. De verdad quiero que seas feliz y si estar con Donnie es lo que quieres, me acostumbraré a ello. Y, para que lo sepas, nada de esto tiene que ver con Donnie Leighton. Me habría puesto igual con cualquier otro hombre. Donnie me parece un buen tipo.

–Lo es. Es el mejor que podría haber encontrado desde que murió tu padre.

Helen la miró impactada.

–¿Por eso casi nunca salías con nadie? ¿Porque no podías olvidar a papá?

–Supongo, aunque bien sabe Dios que tu padre tenía muchos defectos. Eso siempre lo tuve muy claro, pero lo cierto es que estaba tan ocupada intentando tener un techo bajo el que vivir, comida en la mesa y algo de dinero para tu educación que salir con un hombre era lo último que se me pasaba por la cabeza. Creo que por eso he estado tan preocupada por Lynn. Me parecía que se encontraba en la misma situación.

–Ha estado a punto, pero creo que las cosas se han estabilizado un poco.

–Y además está viéndose con ese maravilloso Mitch Franklin. Además de Elliott Cruz del spa, no creo que haya otro hombre en Serenity al que le sienten tan bien unos pantalones vaqueros.

–¡Mamá!

–Bueno, me fijo en esas cosas –dijo Flo negándose a disculparse–. Puede que no haya tenido mucho tiempo para salir con hombres, pero tampoco he estado muerta. Y esos Levi's desgastados que lleva Donnie cuando vamos a bailar country... –agarró una servilleta y se dio aire con ella–. Es otro que ha nacido para llevar tela vaquera.

Helen sacudió la cabeza, aunque lo hizo con un brillo en la mirada.

Flo se agarró al brazo de su hija.

–¿Crees que cuando entremos ahí podrás fingir alegrarte un poquito por mí?

Helen se giró y le dio otro abrazo impulsivo, toda una sorpresa dada lo reservada que era con las muestras de afecto. Y, precisamente por eso, el gesto fue de lo más significativo.

–No tendré que fingir nada, mamá. Te juro que no –le aseguró.

A Flo se le saltaron las lágrimas.

–De acuerdo. Sabes que aunque esté viviendo con Donnie, Erik, Sara Beth y tú seguiréis siendo lo más importante para mí, ¿verdad?

–Lo sé –respondió Helen emocionada.

Flo dio un paso atrás y vio el sorprendente brillo de unas lágrimas en los ojos de su hija.

–No empieces a llorar –le ordenó–. Ya estoy lloriqueando yo bastante por las dos. Y ahora será mejor que volvamos ahí dentro antes de que alguien llame a Carter para ver si nos hemos acabado matando la una a la otra.

–¡Seguro que eso no les preocupa! –dijo Helen alzando la voz–. Imagino que en cuanto abramos la puerta, nos encontraremos a Maddie y a Dana Sue escuchando al otro lado.

Helen empujó la puerta rápidamente y, en efecto, sus mejores amigas dieron un salto hacia atrás. Helen se dirigió a su madre.

–Te lo había dicho.

–Te quieren.

Helen asintió con las mejillas salpicadas de lágrimas.

–Sí, supongo que sí.

–Sabes que sí –la corrigió Maddie.

Flo vio la preocupación de sus miradas disiparse y quedar sustituida rápidamente por una expresión de afecto. Al mirarlas dio gracias a Dios por que las tres se tuvieran las unas a las otras en lo bueno y en lo malo. No se había dado cuenta de lo valiosas que eran las amigas hasta que había establecido un vínculo tan estrecho con Frances y Liz.

–¿Qué os parece otro margarita? De pronto estoy seca.

–¿Y qué tal un margarita virgen? –contestó Helen sirviéndole un vaso de limonada–. Creía que habíamos quedado en que tu límite era uno.

–Aguafiestas –farfulló Flo, aunque aceptó el vaso agradecidamente y guiñándoles un ojo a Liz y a Frances–. Después de todo, quiero estar lo más sobria posible cuando mi hija brinde por mi nueva vida.

Helen la miró atónita y se rio.

–Por mamá y por Donnie –dijo alzando su copa bien cargada–. Y por el compañero de piso ¡con el que estoy segura que se acostará!

Un estallido de carcajadas acompañaron al brindis.

–Lo digo en serio –dijo Helen dirigiéndose a Flo–. ¿A que sí, mamá?

–Haces bien en pensar así, hija. Me aseguraré de dejar un camisón en la habitación de invitados para cuando vengas. De todos modos, yo no lo voy a necesitar –añadió guiñándoles un ojo a sus amigas.

Mitch siempre había pensado que se mantenía en muy buena forma, pero comparado con el entrenador Cal Maddox y algunos de los otros, estaba claro que había estado engañándose. Se pasó gran parte de la noche en la cancha agachado y con la respiración entrecortada.

–Creía que habías dicho que no eran competitivos –se quejó a Carter después de recibir un codazo en las costillas cuando había intentado bloquear un lanzamiento.

–Bueno, no suelen empezar así, pero cuando ven que pueden perder se motivan –observó a Mitch mientras bebía agua durante un descanso–. ¿Estás bien?

–Si me preguntas si voy a sobrevivir, la respuesta es sí. ¿Que si seré el mismo? De eso no estoy tan seguro. Creo que cuando mi hijo vuelva de la universidad voy a venir aquí a practicar con él antes de volver a juntarme con vosotros.

–Has marcado tres tantos –señaló Carter–. Eso es más de lo que han hecho algunos de los otros.

–Ha sido pura suerte –insistió Mitch.

–Suerte, ¡ya! –farfulló Ronnie al unirse a ellos–. Eres el primero en jugar que me podía alcanzar tan rápido –dio un buen trago de agua–. Juro por Dios que creo que me estoy haciendo demasiado viejo para esto.

Ty Townsend, que había hecho un viaje de un día para volver a casa antes de que los Braves dieran comienzo a la serie de partidos que jugarían en Atlanta, le dio una palmada a su suegro en la espalda.

–Ya eras demasiado viejo para esto cuando tenías diez años.

Ronnie respondió a la broma con una fría mirada.

–Listillo.

Ty sonrió.

–¿Te vas a chivar a Annie?

–No. Se lo voy a contar a mi mujer. Dana Sue tiene cuchillos y varias sartenes de hierro fundido en la cocina de Sullivan's. Dicen las malas lenguas que es muy hábil con ambos.

Ty se rio.

–Sé que es verdad. Recuerdo cuando te persiguió con una sartén antes de que os divorciarais. Esa escenita fue el cotilleo del pueblo durante semanas.

–No es un recuerdo feliz –dijo Ronnie poniéndose serio–. Gracias a Dios que lo olvidó todo antes de volver a casarnos. Bueno, ¿quién está listo para volver a esa cancha?

–Yo no –respondió Carter–. Aunque sí que estoy listo para un trago. Como esta noche me toca conducir a mí, me tomaré un refresco, pero os invitaré a la primera ronda de cervezas.

–No hay que pagar nada –dijo Ronnie–. Antes de venir he cargado la nevera. Vamos a mi casa.

Unos minutos después estaban todos en la terraza de Ronnie con sus cervezas en la mano. Mitch dio un trago a la suya y suspiró. No había nada mejor en una noche de calor y, sobre todo, después de haber hecho tanto ejercicio. Por mucho que le encantaban la limonada y el té helado que había estado tomando en casa de Lynn, eso era mucho mejor.

Cuando Ronnie les ofreció una segunda ronda, sin embargo, la declinó.

–Mañana tengo que levantarme pronto –dijo decidido a estar en casa de Lynn a primera hora para tener esa conversación que ya habían pospuesto dos veces.

Para su alivio, Ronnie no insistió y lo mejor de todo fue que Mitch no sintió ninguna tentación de tomarse una segunda. Con suerte eso significaba que la costumbre que había adquirido tras la muerte de Amy había sido una reacción al dolor y nada más. No es que tuviera pensado probar esa teoría muy a menudo, pero ¿qué habría de malo en tomarse una cerveza después de un partido o mientras veía uno en el estadio o por la tele?

Cuando Raylene aparcó en casa sacudió la cabeza.

–Parece que hemos terminado antes que los chicos –le dijo a Lynn.

Lynn la miró con curiosidad.

–¿Es que los chicos habían quedado hoy también?

–Iban a jugar al baloncesto en el parque y después iban a tomarse unas cervezas a casa de Ronnie y Dana Sue. Me sorprende que no lo supieras porque Carter tenía pensado invitar a Mitch.

–¿En serio? –dijo Lynn nerviosa al oír lo de las cervezas–. Mitch no me ha dicho nada.

Seguro que no se habría ido con los chicos y, menos aún, a tomar unas cervezas. No después de la conversación que habían tenido sobre lo de su bebida. ¿Es que no había aprendido la lección? Sabía que para los alcohólicos la tentación siempre estaba a la vuelta de la esquina.

–¿Te apetece venir a tomar un café?

–No, debería irme a casa para asegurarme de que los niños han hecho los deberes para mañana, aunque imagino que Lexie se habrá pasado casi toda la noche hablando por teléfono con Mandy.

–Creo que puedes estar segura de eso. Pues nada, nos vemos mañana en el trabajo –vaciló y añadió–: Oye, ¿crees que podrías abrir por mí? Me gustaría pasarme por Sullivan's y ver a Karen. Hoy no ha ido a casa de Helen y hace mucho que no la veo. Quiero asegurarme de que todo va bien.

Lynn la miró asombrada.

−¿Estás segura? Me refiero a lo de abrir. Nunca antes lo he hecho.

−Tú solo tienes que preocuparte de abrir la puerta −le aseguró Raylene−. Si me das un minuto, entraré a por la llave de la caja registradora. Siempre prefiero traérmela a casa y así tengo una cosa menos de la que preocuparme por si entran a robar.

−Vale. Si a ti te parece bien, abriré la tienda encantada.

−Genial. Y no tardaré mucho. Pero si Karen necesita hablar, tampoco quiero meterle prisa.

Lynn esperó mientras entraba corriendo en la casa y salía con la llave.

−Muchas gracias.

−De nada. Allí estaré puntual.

−Me vale con que sea a las diez. No me gusta abrir más tarde, aunque lo cierto es que nunca tenemos mucho jaleo antes de media mañana.

Lynn asintió.

−Te llamaré al móvil si necesito algo.

Una vez en casa comprobó los deberes de los niños y los mandó a la cama. Se preparó para irse a dormir, pero ni siquiera después de haberse metido debajo de las sábanas pudo desconectar y dejar de darle vueltas a la cabeza. No dejaba de pensar en el comentario que había hecho Raylene sobre las cervezas y, por mucho que intentaba convencerse de que estaba dándole demasiada importancia a un comentario inocente, no podía deshacerse del nudo de temor que se le había formado en la boca del estómago.

Eran más de las nueve cuando Mitch por fin terminó de comprobar sus distintas obras por la ciudad y llegó a casa de Raylene. Aparcó en la entrada, habló con Terry y el resto de la cuadrilla, y fue a la casa de al lado.

Lynn abrió con pinta de tener prisa.

—¿Va todo bien?

—Hoy tengo que abrir por Raylene, se me ha roto el secador y todas las medias que me he puesto tenían carreras
—se quedó extrañada—. ¿Qué haces aquí? Después de que
canceláramos lo de ayer le dejé los cheques a Terry. ¿No
te los ha dado?

—Claro que sí, pero es que teníamos un asunto pendiente.

Ella se señaló el pelo mojado.

—Este es el único asunto pendiente que tengo esta mañana, Mitch. ¿Puede esperar eso que se te está pasando
por la cabeza?

Algo en su voz lo alertó y le dijo que ese mal humor
no se debía únicamente a un secador roto o a unas medias
con carreras.

—¿Hasta cuándo?

Ella frunció el ceño.

—¿Qué?

—¿Que cuándo crees que estarás lista para esa conversación?

—Luego. Tengo que irme.

—Lynn —protestó solo para ver cómo le daba con la puerta en las narices. Se quedó ahí plantado sin poder creérselo.

Su primera intención fue volver a llamar y seguir llamando hasta que abriera para hablar con él, pero el sentido común le dijo que en ese momento, Lynn no estaba de
humor para mantener una conversación racional. Tal vez
estaba enfadada con él, o tal vez solo estaba teniendo una
mañana complicada. Fuera lo que fuera, no llegarían a
ninguna parte hasta que ella se calmara.

Y, mientras tanto, él podría encontrar el modo de controlar la furia por el hecho de que le hubieran dado con la
puerta en las narices.

Capítulo 17

Lynn sabía que habría enfadado a Mitch al cerrarle la puerta, pero ni había estado de humor ni había tenido ganas para esa conversación que, claramente, a él no se le iba de la cabeza.

Por fin logró encontrar el secador de Lexie, que su hija tenía la costumbre de usar y dejar en el primer lugar que se le ocurría, y aunque el resultado no fue perfecto, al menos ya no parecía una rata empapada. Desistió de buscar unas medias, se puso un par de sandalias y a punto estaba de salir por la puerta cuando sonó el teléfono.

–Señora Morrow, soy Lucille del banco –dijo una voz cuando respondió.

–Hola, Lucille, ¿cómo está?

–Bien, ¿y usted?

–Bien –respondió Lynn y esperó con el corazón acelerado. No podían ser malas noticias, la última vez que la había consultado, su cuenta seguía en buen estado.

–Lamento llamarla para esto, pero hay un problema con su cuenta.

Lynn se sentó de golpe.

–No lo entiendo. ¿Qué clase de problema? La consulté la semana pasada y todo parecía en orden.

–Por desgracia se han producido varios descubiertos desde entonces. Sé que está protegida al respecto, pero nos gusta avisar a los clientes cuando surgen estos problemas, sobre todo cuando hay tantos pagos.

–Ahora sí que no lo entiendo –dijo Lynn cada vez más alterada–. Cuando recibí el extracto había dinero suficiente para cubrir todos los gastos que he hecho.

–Posiblemente, pero el señor Morrow emitió un cheque para una cantidad bastante grande y modificó el saldo que usted había consultado antes de que empezaran a cobrarse los demás pagos a los que se refiere.

La furia que la invadió por poco la dejó sin aliento.

–Tiene que estar de broma. Ed no puede emitir cheques desde esa cuenta –¿o había dado por hecho que no podía? Estaba claro que era un error.

–Su nombre sigue en la cuenta y no tuvimos más opción que efectuar el pago del cheque que emitió.

–¿Y para quién era? –preguntó Lynn con tono gélido–. ¿Y a cuánto ascendía la suma?

–Era para retirarlo en metálico y por una suma de cinco mil dólares, lo cual deja la cuenta con solo unos pocos dólares. Diecisiete con treinta y siete centavos para ser exactos.

Lynn sintió una náusea. Helen le había recomendado que moviera algunos papeles, pero ella había confiado en Ed. Y lo peor de todo era que no solo se había llevado el dinero que le había pasado por la manutención, sino el dinero que ella había depositado de sus miserables sueldos.

–Gracias por avisarme, Lucille. Me ocuparé de esto antes de que acabe el día.

Aturdida colgó el teléfono y miró el reloj viendo que solo tenía diez minutos para llegar a la tienda. Agarró el bolso, el dinero para la caja registradora y caminó hasta Main Street en tiempo récord.

En cuanto encendió las luces y metió el dinero en la caja registradora, llamó a Helen.

Después de describirle la llamada de Lucille y de escuchar algunos improperios dirigidos a Ed, le preguntó:

–Helen, ¿qué voy a hacer? Era todo el dinero que tenía.

–Yo me ocupo –le prometió–. ¿Estás en la boutique?

–Sí.

–Dame una hora. O te llamo o me paso por allí.

–Gracias, Helen. ¿Debería llamar a Ed?

–Rotundamente no. Deja que yo me ocupe de él. Imagino que para Hal Cantor esto va a ser la gota que colme el vaso. Creo que puedo convencerlo para celebrar una vista de emergencia mañana.

–¿Y mientras tanto?

–Te devolveré ese dinero como sea, Lynn. Te lo prometo.

Lynn colgó aliviada de poder dejarlo todo en las capaces manos de Helen, pero temblando de furia de todos modos. Aunque Helen ya le había aconsejado que no lo hiciera, marcó la línea privada de la oficina de Ed.

–¿Cómo has podido? –le preguntó en cuanto respondió–. ¿Qué clase de hombre deja en bancarrota a su mujer y a sus hijos?

–Deja de exagerar –dijo aunque parecía afectado por su furia–. No estás en bancarrota ni mucho menos.

–Diecisiete dólares, Ed. Eso es lo que me has dejado en esa cuenta. No solo te has llevado el dinero de la manutención, sino que también me has robado.

–¿Robado?

–Sí –respondió con rotundidad–. He trabajado para ganarlo. Podrían habernos devuelto todos los cheques que he emitido para pagar las facturas, menos mal que teníamos contratada la protección en caso de descubierto. Lo que no sé es cómo voy a devolverle ahora al banco todo ese dinero.

–Mira, ha sido un problemilla temporal. Volveré a ingresar el dinero en la cuenta.

–¿Cuándo? Estaría muy bien tenerlo al mediodía.

–Imposible, pero pronto.

–No me vale. Y dudo que el juez lo vaya a ver bien. Y ni se te ocurra que vas a poder volver a hacer esto porque voy a abrir una cuenta nueva y tu nombre no estará asociado. Es más, ya que tu nombre sigue en esa cuenta, imagino que Helen podría demostrar que eres tú el responsable de tener que devolver todos los pagos. Lo añadiremos a tu lista de pecados cuando volvamos al juzgado.

Él seguía intentando protestar cuando ella colgó de golpe.

¿Pero qué le pasaba?, se preguntó cuando por fin se calmó lo suficiente para pensar racionalmente.

Por suerte, antes de poder derrumbarse y dejarse llevar por las lágrimas, varias clientas entraron e hizo un par de ventas buenas que la animaron para cuando Raylene volvió.

–¿Va todo bien? –le preguntó mirándola preocupada–. Estás terriblemente pálida.

–Es solo que he pasado una mañana frustrante –dijo Lynn incapaz de revelar lo bajo que había caído su marido. Sabía que Raylene no contaría nada y que incluso la reconfortaría, pero tenía miedo de ponerse a llorar y no poder parar después al mínimo gesto compasivo.

Mitch no estaba seguro de cómo lo hacía Lynn, pero siempre lograba evitar quedarse un segundo a solas con él. Aunque respondía a sus llamadas siempre colgaba inmediatamente con alguna excusa y cuando se pasaba por casa, nunca estaba.

–Está trabajando unas horas extras en la boutique –le explicó Lexie aunque hasta ella parecía pensar que había algo más detrás de las frecuentes ausencias de su madre.

–Gracias. ¿Estás bien? No te he visto en casa de Raylene últimamente.

Lexie se encogió de hombros.

–Tengo muchos exámenes, así que estoy estudiando.

–¿Y también Jeremy? No se ha pasado a echarme una mano.

Lexie se encogió de hombros.

–A saber qué está haciendo –dijo como si su hermano fuera un completo misterio y uno que ella no tenía ningún interés en resolver.

Mitch forzó una sonrisa.

–Dile a tu madre que he pasado por aquí, ¿vale?

–Claro. ¿Algo más? –le preguntó esperanzada.

Nada que pretendiera comunicarle mediante su hija, pensó sacudiendo la cabeza.

–Hasta pronto –le dijo a Lexie–. Iremos a tomar una pizza alguna noche.

A Lexie se le iluminó la cara.

–Eso sería genial.

Era el primer signo de alegría que había visto en ella desde que había llegado.

–Pues ya tenemos un plan. Cuídate, peque.

–Tú también, Mitch.

Volvió caminando despacio hasta la casa de Raylene. La cuadrilla ya se había marchado y no quedaba nada por hacer que no pudiera esperar al día siguiente. En lugar de entrar en la obra, fue a la cocina y, tal como esperaba, encontró a Raylene junto al fuego. Ella le sonrió.

–¿Te quedas a cenar? –le preguntó de inmediato–. Pollo asado con puré de patatas y jugo de carne.

–Añádele algo de información al menú y puede que me quede.

Ella lo miró con curiosidad.

–¿Qué clase de información?

–¿Qué le pasa a Lynn? Parece decidida a evitarme. Lexie dice que está trabajando horas extra en la boutique.

La mano de Raylene se detuvo sobre la salsa de carne que había estado removiendo.

–Sinceramente no sé qué le pasa. Me pidió más horas

y he intentado dárselas, pero había algo en su mirada que me preocupó, Mitch.

—¿Qué?

—Auténtica desesperación. No me ha contado nada y tampoco quiero fisgonear, pero sabía que tenía que hacer algo para ayudarla. Esas horas extra es lo que me pidió y eso es lo que le di. Me he estado inventando excusas para no ir a la boutique y justificarlo así.

Mitch dio un puñetazo a la mesa deseando haber podido apuntar a la cara de Ed.

—Es por ese cretino de su marido. Me apuesto lo que sea.

Raylene asintió.

—Yo también lo creo. La he invitado a venir con los niños un par de veces, pero tiene demasiado orgullo. No solo ha dicho que no, sino que ahora Lexie y Jeremy tampoco vienen por aquí. Mandy está disgustada, sabe que pasa algo, pero Lexie tampoco le cuenta nada.

—Sí, a mí también me ha hablado con evasivas hace un momento. ¿Cómo podemos ayudar si no sabemos lo que está pasando?

Raylene se encogió de hombros con impotencia.

—Lo único que se me ocurre es ir haciendo lo que ella nos diga. Tenemos que hacerle saber que nos tiene a su lado, para todo lo que necesite —lo miró—. Aunque seré sincera, la situación me aterra un poco. Tengo pesadillas con que están ahí al lado sin comida suficiente igual que antes, pero tampoco puedo ir a llevarle comida porque se sentiría humillada.

Mitch murmuró un sentido improperio.

—Si la situación es tan mala como crees, me sorprende que no haya más cotilleos por el pueblo. Grace siempre tiene algo que decir sobre cualquier cosa, pero ha sido muy discreta con el tema de Lynn y su divorcio.

—Lo sé. Y tampoco he oído a nadie más decir nada.

Mitch se levantó.

–Bueno, tenemos que llegar al fondo de este asunto –dijo con decisión. Ninguna mujer que le importara sufriría ante sus ojos, no si podía evitarlo.

–¿Adónde vas? –preguntó Raylene alarmada–. No irás a ver a Ed, ¿verdad?

–No. Lexie me ha dicho que Lynn está trabajando y supongo que estará en la boutique a menos que haya aceptado otro trabajo por horas.

Raylene sacudió la cabeza.

–La boutique ha cerrado hace una hora. Si está trabajando, tiene que ser en algún otro sitio.

–¿Y dónde más podía estar trabajando a estas horas? ¿Sirviendo mesas en algún sitio?

–¿En alguna tienda de ultramarinos o en algún centro comercial? –sugirió Raylene.

Mitch pensó en el día que la encontró en el aparcamiento de un pequeño supermercado en la peor zona del pueblo.

–Esperemos que sea en un centro comercial –dijo con determinación.

–Pero tiene el coche en la puerta. ¿Cómo habría llegado hasta allí?

Una pizca de alivio lo invadió. Si no podía conducir hasta uno de los centros comerciales, tampoco podría haber llegado al supermercado. Esa era la buena noticia. La mala era que no tenía ni idea de dónde más buscarla.

Dos días después, totalmente perdido y aún frustrado por no poder pillar a Lynn, se vio entrando en el mejor pub del pueblo, un lugar con unas hamburguesas decentes y gran variedad de cervezas. Ese lugar le había aportado mucho consuelo durante aquel duro período que había seguido a la muerte de Amy.

Esa noche se acomodó en un banco evitando la tentación de sentarse en la barra. Miró la carta y después vio el gesto de espanto de Lynn.

—¿Aquí? —le preguntó con incredulidad—. ¿Estás sirviendo mesas aquí?

A ella se le encendieron las mejillas, bien de humillación o de indignación; no podía estar seguro.

—Es un lugar absolutamente respetable. Tú deberías saberlo. Supongo que debías de ser uno de los habituales.

Ese golpe bajo fue toda una sorpresa, aunque sabía que Lynn lo había hecho para salir del paso.

—Pues sí, pero esa no es la cuestión.

—¿Entonces cuál es? —le preguntó desafiante—. No es asunto tuyo dónde trabaje.

Mitch contuvo la respuesta que tenía en la punta de la lengua.

—¿Por qué, Lynnie? ¿Por qué has aceptado un tercer empleo? ¿Qué ha hecho Ed ahora?

Por un minuto le pareció que iba a responder, pero entonces le dijo con determinación.

—¿Ya sabes lo que quieres pedir o necesitas un minuto?

—Necesito respuestas —dijo apenas conteniendo la exasperación.

—Aquí no.

Él asintió.

—Me parece bien. ¿A qué hora sales?

—Esta noche no, Mitch. Tengo que volver a casa con los niños. No me gusta que estén solos tan tarde.

—¿A qué hora, Lynnie? —preguntó negándose a echarse atrás—. Te llevaré a casa y así llegarás mucho más rápido.

Ella miró a todos lados menos a él.

—Tengo que llevarle la cuenta a esa mesa y ya tengo lista la comanda para la mesa de allí.

Salió corriendo sin que él pudiera decir nada más. Suspiró al verla marchar.

Lo bueno de todo eso era que Mitch podía ser paciente

si hacía falta. Lynn cedería tarde o temprano y entonces él estaría ahí mismo.

En cuanto había visto a Mitch, Lynn no pudo evitar desear que se abriera el suelo del bar y se la tragara. Después de que le hubiera dicho que ya no bebía, se había imaginado que ese sería el último sitio que volvería a pisar.

Y no es que viera nada malo en ese trabajo, que era tan respetable como otro, pero lo que le preocupaba era que dedujera de ello que volvía a necesitar dinero desesperadamente. Y, de hecho, así había sido, ya que en un instante había sacado la conclusión de que Ed era el responsable de que hubiera necesitado ese tercer empleo.

Había ido buscando un trabajo adicional en cuanto había hablado con Helen la misma noche que se había enterado de la última traición económica de Ed. Su amiga le había advertido que iba a llevar más tiempo del anticipado solucionar ese desastre.

—Es peor de lo que pensábamos —había admitido su abogada muy a su pesar.

—¿Cómo puede ser peor?

—¿Sabías que hace unos meses, Ed pidió una línea de crédito hipotecaria?

—¿Qué? —Lynn no se lo había podido creer—. Claro que no lo sabía. ¿No debería haber hecho falta mi firma para eso?

—En teoría, sí, pero estamos hablando de Ed y de sus amigotes del banco —dijo Helen disgustada—. ¿Una línea de crédito para un viejo amigo? No es para tanto. Claro que, eso fue antes de que fallara con esos pagos. Ahora dudo que fueran a concedérsela. Lo que importa en este momento es que el banco vuelve a hablar de ejecutar la hipoteca.

Lynn había recibido la noticia con la sensación de estar atrapada en una pesadilla interminable. Cuando terminó la llamada, y decidiendo que jamás se permitiría volver a encontrarse en esa situación, había hablado con Raylene por si podía trabajar más horas y se había ido a buscar otro empleo a tiempo parcial al día siguiente. Por suerte, el bar tenía una vacante; no habría sido su primera elección, pero podía compaginar el horario con su otro trabajo.

Tomó nota a los clientes de la mesa del fondo, dejó la cuenta en otra de las mesas, se llevó la tarjeta de crédito a la barra y volvió con el recibo. Se detuvo para rellenarle la bebida a otro grupo antes de finalmente admitir que no podía seguir posponiendo el momento de volver a la mesa de Mitch.

–¿Ya te has decidido?

–La hamburguesa mediana con patatas –dijo cerrando la carta y colocándola detrás de los botes de condimentos.

–¿Algo para beber? –le preguntó con tono desafiante a pesar de su intento por enmascararlo.

–Una Coca-Cola grande –respondió él mirándola fijamente a los ojos como si hubiera captado su intención tras lo que había parecido una pregunta inocente.

Ella asintió aliviada por su respuesta.

–Ahora mismo vuelvo.

En lugar de llevarle la comida, Lynn se las apañó para evitar a Mitch gran parte de la noche, aunque podía sentirlo observándola mientras trabajaba. Estaba claro que no tenía ninguna intención de marcharse hasta que se marchara ella y pidió varios refrescos más como si estuviera dispuesto a esperar toda la noche si hacía falta.

–Esto es una locura –murmuró ella–. No tienes que esperarme.

–Lo siento, pero creo que sí –le respondió mirándola fijamente.

Eran más de las once y casi su hora de salida cuando Ed entró. Lynn miró a su marido impactada. Él nunca iba por allí. Es más, rara vez entraba en los establecimientos del pueblo aparte de Sullivan's por su gran reputación. No le gustaba estar en ningún sitio que considerara de clase baja. El club de campo era su lugar de ocio de elección.

Y por si con eso no se había quedado lo suficientemente impactada, vio que Jimmy Bob se reunió allí con él.

Con reticencia, fue hacia su mesa.

—¿Qué puedo serviros? —preguntó y cada palabra educada que pronunció le dejó un amargo sabor de boca.

—¿Por qué estás trabajando aquí? —preguntó Ed—. ¿Es que quieres humillarme más?

Lynn lo miró con la boca abierta.

—No quieras preguntarme —le respondió en voz baja—. Porque, me creas o no, una vez empiece te va a caer un buen sermón.

—Déjalo, Ed —le ordenó Jimmy Bob al mismo tiempo.

Justo entonces, Mitch se levantó y fue hacia allí. Lynn le lanzó una mirada de advertencia, pero él siguió avanzando.

—¿Algún problema? —preguntó Mitch con un tono aparentemente suave. Lynn podía ver la tensión contenida en su cuerpo.

Ed empezó a levantarse, pero Jimmy le chistó otra orden que hizo que volviera a sentarse.

—Mandaré a otra camarera —dijo Lynn marchándose antes de que se montara una escena.

Por suerte, Mitch volvió a su banco, al parecer satisfecho de que ella fuera a mantener las distancias y que Ed no fuera a armar nada.

—Betty Lou, ¿podrías encargarte de la mesa nueve por mí? —le preguntó Lynn a su compañera.

Betty Lou asintió al comprender la situación de inmediato.

—Entendido, cielo. ¿Por qué no te marchas ya? Mañana te paso tus propinas.

Lynn la miró con agradecimiento.

–Gracias. Eres un ángel.

La mujer se rio.

–Lo dudo, pero reconozco un problema cuando lo veo.

Lynn habló con su jefe, que le dio permiso para marcharse, y fue a recoger su bolso a la trastienda.

Cuando salió de allí respiró hondo y se dio por afortunada por el hecho de que las cosas no hubieran ido peor.

–¿Estás bien? –le preguntó Mitch apartándose de la pared donde había estado apoyado.

Lynn se sobresaltó.

–Me has dado un susto de muerte.

–Creía que te imaginarías que te estaría esperando aquí.

–Pues no.

–Pasaré por alto esa mentirijilla piadosa. Tengo la camioneta al final de la calle.

–No quiero que te desvíes. Puedo ir caminando –insistió haciendo un último intento de posponer la conversación.

–No lo creo.

Ella le lanzó una mirada de exasperación.

–Por Dios, mira que eres testarudo.

Mitch sonrió.

–Y no deberías olvidarlo.

Le sujetó la puerta de la camioneta y posó una mano bajo su codo para ayudarla a subir. Lynn tuvo que admitir que sentarse en el cómodo asiento de piel fue muy agradable; aún no estaba acostumbrada a pasarse todo el día de pie, primero en la tienda y luego en el bar.

–Pareces agotada –dijo Mitch mirándola.

–Qué halagador –murmuró.

–Si buscas halagos, puedo hacer una lista de todas las facetas en las que te encuentro maravillosa, pero creía que te gustaría más una sincera observación.

–No la necesito, gracias –respondió con ironía–. Estoy agotada y no puedo fingir lo contrario.

–¿Entonces por qué estás haciendo esto? Necesitas dinero.

–¿Por qué, si no, tiene alguien tres trabajos banales? –respondió furiosa antes de darse cuenta de que uno de esos empleos banales se lo había dado él–. Lo siento, no te ofendas.

–No me ofendo –le aseguró.

–Solo quería decir que si estuviera trabajando solo por satisfacción profesional me buscaría otros empleos, algo más interesante y que me supusiera algún tipo de reto.

–Lo sé –Mitch se detuvo antes de preguntar–: ¿Qué ha hecho Ed ahora?

Ella desvió la mirada de la compasión que vio en sus ojos.

–No puedo hablar de ello. Estoy demasiado agotada como para tener esta conversación ahora, Mitch. Además, es humillante.

–Somos amigos, Lynnie. Y mucho más, o eso creía. Entre nosotros no hay humillaciones.

Hubo tanta sinceridad y delicadeza tras esas palabras que se le saltaron las lágrimas y tuvo que mirar a otro lado. Ahí estaba un hombre maravilloso dispuesto a hacer lo que fuera por ayudarla y ella lo único que quería era irse a casa y esconderse bajo las sábanas para lamer sus heridas… sola.

–La humillación va mano a mano con tener que admitir lo estúpida que fui por enamorarme de un hombre o confiar en él –se giró hacia él y le preguntó con auténtico desconcierto–: ¿Cómo me ha podido engañar tanto mi juicio?

–El amor y el buen juicio no siempre van juntos –respondió él simplemente. Esperó, pero cuando ella no ofreció ningún detalle más, se encogió de hombros–. De acuerdo, si no quieres contarme qué ha hecho Ed esta vez, ¿qué te parece esto? Dime qué puedo hacer para ayudarte.

Ella sacudió la cabeza de inmediato.

–Ya has hecho más que suficiente.

–Está claro que no, si tienes tres empleos para salir adelante.

–Esto no es para salir adelante. Es para sacarme de un agujero tan profundo que este maldito pueblo entero podría estar enterrado en él –sabía que la amargura de su voz volvería a provocar a Mitch, pero no logró ocultarlo. La invadía en oleadas.

Tal como esperaba, Mitch la miró con verdadero impacto.

–¿Tan malo es?

Ella asintió mientras las lágrimas le caían por las mejillas.

–Tan malo.

–Entonces te lo volveré a preguntar. ¿Qué puedo hacer para ayudar?

Ella dejó que su ofrecimiento quedara pendiendo en el aire mientras absorbía como una esponja la amabilidad que había en la actitud de él.

–Que me quieras ayudar ya me basta.

Él paró en su puerta, apagó el motor y se giró hacia ella. Un brillo de furia iluminó su mirada al verla llorar.

–No, si estás llorando. No basta con eso. Ven aquí.

La tomó en sus brazos y la dejó llorar y desahogarse, liberarse de todas esas lágrimas de rabia, frustración y miedo que llevaba días conteniendo.

Cuando terminó, Lynn soltó una débil carcajada.

–Te he empapado la camisa. Lo siento.

–No lo sientas –contestó él con brusquedad y secándole las mejillas con el pulgar–. Me estás matando, Lynnie. Quiero ayudar, pero no sé cómo hacerlo. Tengo la sensación de que si te ofrezco dinero, aunque sea un préstamo, lo rechazarás en rotundo.

Ella sonrió.

–Me conoces demasiado bien.

–Ten en cuenta que la oferta sigue en pie. Si necesitas

dinero en metálico, es tuyo. Si necesitas que haga entrar en razón a Ed a base de palos, dalo por hecho también.

Lynn sonrió y respiró hondo disfrutando de lo reconfortada que se sentía en sus brazos.

–Por ahora con esto me vale.

Con sus brazos fuertes rodeándola y el firme latido de su corazón contra su mejilla, se sintió segura por primera vez en días.

Por muy aterradora que fuera su actual situación económica, lo que más secuelas la había dejado había sido tener que afrontarlo todo sola a la vez que intentaba no transmitirles sus miedos a sus hijos. Por eso, saber que tenía el apoyo de Mitch lo significaba todo para ella.

Por mucho que supiera que jamás se permitiría aprovecharse de él de ese modo.

Capítulo 18

Como Donnie colaboraba con la patrulla de rescate de voluntarios tenía una emisora de policía en casa. Desde que se había mudado allí hacía dos días, Flo la había estado escuchando cada vez que se había quedado sola.

Mientras planchaba una camisa para ponérsela para ir al centro de mayores pensó en cuántas blusas había tenido que plancharles a otras personas durante años. De pronto, la mención de una dirección que le resultaba familiar llamó su atención y, asustada, escuchó con atención. Decían algo sobre un incendio y posibles heridos.

–Por favor que no sea Frances –rezó mientras desenchufaba la plancha, agarraba el bolso y el móvil y salía corriendo al coche. Llamó a Liz de camino y le contó lo que había oído.

–¿Quieres que te recoja? Ya estoy de camino.

–No. Travis está en casa –dijo Liz sonando tan asustada como Flo–. Le diré que me lleve allí. Así tardarás menos si no tienes que desviarte para venir a por mí.

–De acuerdo, entonces nos vemos allí.

Cinco minutos después, Flo frenó en seco a una manzana del apartamento de Frances, incapaz de acercarse más dados los camiones de bomberos y los vehículos de emergencia que llenaban la calle. Por poco olvidó apagar el motor al salir corriendo.

Una vecina y antigua colega del colegio de Frances la vio.

–Está allí con los paramédicos –dijo Naomi con calma–. Está nerviosa, pero bien por lo demás.

–¿Qué ha pasado?

–No estoy muy segura. Me vino olor a humo, abrí la puerta y el humo salía de su apartamento al pasillo. He llamado a los bomberos mientras aporreaba su puerta. Por suerte me había dado una llave. Uno de los bomberos voluntarios ha llegado antes que los camiones y ha entrado y la ha sacado.

Flo le dio a la profesora jubilada un fuerte abrazo.

–Gracias a Dios que estabas en casa y has reaccionado tan rápidamente. Tengo que ir a verla.

Naomi la sujetó del brazo.

–Espera un segundo –dijo mirándola a los ojos–. Está empeorando, cielo. Sé que Liz y tú debéis de haberlo visto también.

Flo respiró hondo y asintió muy a su pesar. Había llegado el momento de llamar a los hijos de Frances, a menos que lo hiciera ella misma. Y probablemente también había llegado el momento de que recibiera asistencia en casa. Solo de pensarlo se le saltaron las lágrimas.

De camino a la ambulancia se detuvo y se recompuso secándose las mejillas y esperando no tener los ojos demasiado rojos de llorar. Por suerte, justo en ese momento vio a Liz y a Travis que acababan de llegar.

Travis ayudaba a Liz a subir la calle; parecía como si desde la llamada de Flo hubiera envejecido de pronto.

–¿Está bien? –preguntó Liz mirando a su alrededor con expresión aterrorizada.

–Me han dicho que está con los paramédicos. Aún no la he visto.

–¿El fuego se ha producido en su casa? –preguntó Travis.

Flo asintió.

–Pero no estoy segura de cómo ha empezado.

–Bueno, eso no importa, ¿no? Tenemos que hacer algo –dijo Liz apesadumbrada.

–Lo sé –respondió Flo secándose los ojos de nuevo.

–Id con ella –les dijo Travis con delicadeza–. Yo voy a llamar a Karen y a Elliott Cruz. Son como su familia, a lo mejor puede quedarse con ellos hasta que alguien se ponga en contacto con sus hijos.

Flo asintió.

–Gracias, Travis.

Cuando agarró a Liz del brazo, Flo se dio cuenta de que su amiga estaba temblando y de que estaba completamente pálida. Frances y ella habían vivido muchas cosas juntas y eso tenía que estar siendo mucho más duro para ella que para Flo.

–Liz, ¿estás bien? –le preguntó preocupada–. A lo mejor deberías sentarte un momento.

–Después de que hayamos visto a Frances –respondió Liz con determinación–. Estaré bien en cuanto vea que está bien.

–No lo está y lo sabes –dijo Flo con pesar–. Puede que el incendio no le haya causado lesiones, pero no está bien.

Los ojos de Liz estaban cargados de dolor.

–Lo sé. Sabíamos que este día llegaría.

Flo asintió.

–Solo esperaba que no fuera tan pronto.

–Yo también –contestó Liz antes de recomponerse–. Bueno, estoy lista.

Encontraron a Frances sentada en una camilla en la calle detrás de una ambulancia y sujetándose una mascarilla de oxígeno sobre la nariz. Se quedó asombrada al verlas y se quitó la mascarilla.

–¿Qué estáis haciendo aquí? –les preguntó como si se tratara de una visita casual.

–Me he enterado de lo del incendio por la emisora de

Donnie. Esa cosa es mejor que Wharton's para enterarte de lo que pasa por el pueblo.

Frances puso los ojos en blanco.

–Creo que Grace está especializada en secretos, no en emergencias.

Liz se sentó en la camilla a su lado.

–Bueno, se te ve muy animada –dijo recuperando un poco el tono–. ¿Qué ha pasado?

–He puesto la tetera –respondió encogiéndose de hombros–. Y he decidido descansar un poco la vista mientras hervía el agua. Al parecer, me he quedado dormida y no lo he oído. Todo el apartamento se ha llenado de humo. El bombero ha dicho que el humo ha causado algunos daños y que puede que tenga que cambiar la cocina, pero que por lo demás podría volver a casa en un par de días.

Flo miró a Liz, que asintió. Fue Liz la que tomó la iniciativa.

–Frances, hasta aquí hemos llegado –le dijo con delicadeza.

Frances parecía desconcertada.

–¿De qué estás hablando? Ha sido un accidente tonto. Os podría haber pasado a cualquiera y nadie le daría más vueltas.

–Puede –dijo Flo–, pero te ha pasado a ti y podemos sumarlo a otras cosas que de manera individual pueden no significar mucho. Pero si lo juntamos todo creemos que ya es hora de que se lo digas a tu familia. Después podréis decidir juntos qué queréis hacer.

–Lo que quiero es quedarme aquí mismo, en mi apartamento –respondió con firmeza aunque con lágrimas en los ojos a medida que parecía darse cuenta de que no sería muy probable.

–Nos lo prometiste –le recordó Liz–. Ha llegado el momento. Dijiste que cuando te lo pidiéramos, harías esa llamada.

Frances las miró.

—Supongo que haréis la llamada aunque no la haga yo
—dijo resignada.

—No tendríamos elección —le confirmó Flo odiando
que hubiera llegado el momento de dar el siguiente paso.

Justo en ese momento llegaron Elliott y Karen con aspecto de estar muy afectados. Karen se sentó al otro lado
de Frances y la abrazó con fuerza.

—Nos has dado un susto de muerte —le dijo a la mujer a
la que veía como a una madre. Las lágrimas le caían por
las mejillas.

Elliott se llevó a Flo a un lado.

—¿De verdad está bien?

—Parece que físicamente sí, pero Liz y yo acabamos de
decirle que tiene que explicarles a sus hijos lo que está
pasando. Hasta su vecina cree que no podemos retrasarlo
más.

—Me temía que llegara este momento. Le va a partir el
corazón a Karen. Frances ha desempeñado un gran papel
en la vida de mi mujer. Fue el único apoyo que tuvo cuando su vida se descontroló después del divorcio.

—Frances siempre ha intervenido cuando ha creído que
hacía falta —dijo Flo mirando a su amiga con admiración.

Elliott asintió.

—Le he dicho a Karen que Frances podría venirse a vivir con nosotros, pero sinceramente no sé si sería una
buena idea. Sería algo complicado con los niños y no me
sentiría tranquilo dejándola sola con Daisy y Mack, por
mucho que ya sean algo mayores para cuidarse solos hasta cierto punto. Y, además, con Karen embarazada…

—No podéis correr ese riesgo —terminó Flo por él.

Elliott asintió con tristeza.

Flo y él volvieron al lado de Frances y oyeron a Karen
hablando con ella.

—Vas a quedarte con nosotros hasta que todo esto se
solucione —insistió la joven—. ¿Verdad que sí, Elliott?

Él sonrió a Frances.

–¿Es que no sabes a estas alturas que no sirve de nada discutir con mi mujer una vez toma una decisión?

Frances lo miró detenidamente, como intentando deducir si él de verdad estaba de acuerdo con su mujer o si tenía alguna reserva al respecto.

–Si los dos estáis seguros –dijo por fin–, me encantaría pasar un par de días con vosotros.

–Estamos seguros –le confirmó Karen–. Y te ayudaré a llamar a tu familia para que sepan lo que está pasando. Invítalos a venir este fin de semana. Les prepararemos una gran comida el domingo. Hablaré con Dana Sue para asegurarme de que me dé el día libre y pueda cocinar para vosotros.

Flo la miró y vocalizó en silencio un:

–Gracias.

Liz se levantó.

–¿Por qué no lleváis a Frances a vuestra casa para que se instale? –propuso–. Flo y yo recogeremos algunas de sus cosas si los bomberos consideran seguro que entremos. Si aún no nos dejan, iremos a la tienda y le compraremos lo más necesario hasta que podamos entrar –se giró hacia Travis–. ¿Podrías ir a hablar con los bomberos a ver qué piensan?

–Claro.

Elliott habló con los paramédicos que le confirmaron que Frances estaba bien como para marcharse.

–Te vemos en casa de Elliott y Karen –le dijo Flo dándole un abrazo–. No tardaremos.

–Solo una cosa –le dijo Frances–. Si tenéis que ir a comprar, Liz, quiero que me prometas que tú vas a elegir la ropa interior. Seguro que Flo escogería cosas de encaje que son demasiado sexys para una mujer de mi edad.

–Imagina lo que un puñado de prendas de ropa interior sexys podrían hacer por tu vida social. Está claro que mantienen vivo el interés de Donnie.

–¡Flo Decatur, qué escándalo! –dijo Frances, aunque con un brillo en la mirada.

Por muy terrible que había sido la mañana, Flo pensó que Frances la había superado mucho mejor de lo que cualquiera habría imaginado y con su buen humor y sus agallas intactos. Qué lástima que hubiera tan pocas esperanzas de que pudiera volver a ser la misma de siempre.

Mitch estaba repasando la lista de Raylene y asegurándose de que la ampliación tenía todos los detalles terminados. La cuadrilla de limpieza que había contratado había aspirado y recogido todo el polvo y escombros, había encerado los suelos y dejado las ventanas impolutas.

Estaba a punto de entrar en la cocina cuando Raylene entró en la sala.

Se quedó allí parada, primero mirando la chimenea y luego las resplandecientes ventanas que iban desde el suelo al techo abovedado.

—Mitch, creo que puede que sea la sala más maravillosa que he visto en mi vida. Puede que ahora tengamos que pedirte que remodeles toda la casa para que esté a la altura de lo que has hecho aquí. Ahora todo lo demás parece terriblemente pasado de moda.

Él sonrió ante su reacción.

—Pues tienes mi número. Llámame cuando estéis listos.

Cruzó la sala para ponerse a su lado.

—Está terminada del todo, ¿verdad? No me puedo creer lo perfecta que es, tal cual me la había imaginado.

Él sonrió ante su entusiasmo.

—Me alegra que te guste.

—Decir que me gusta no alcanza a describir lo que me parece. Estoy deseando que Carter llegue a casa esta noche y vea que todo está listo a falta de los muebles —sonrió con un brillo en la mirada—. Ahora que lo pienso, me pregunto si podrá tomarse un descanso para el almuerzo un poco más largo de lo habitual…

Mitch alzó las manos.

–No necesito saber nada de los planes que se te ocurran con tu marido y que te hayan despertado ese brillo en la mirada.

Raylene se rio.

–Te estás poniendo colorado.

Él se estremeció.

–Es una maldición que viene con el pelo rojo.

Raylene lo agarró del brazo y lo miró.

–No eres ningún extraño por aquí, ¿lo sabes? Que la ampliación esté acabada no significa que no te esperemos para cenar al menos una vez por semana.

–No te diré que no a eso.

La expresión de Raylene se tornó más seria.

–¿Te marchas corriendo o tienes un minuto? He venido a buscarte para hablar de una cosa.

–Claro, siempre puedo sacar algo de tiempo para mi clienta favorita.

En la cocina, ella le sirvió una taza de café.

–He estado pensando mucho en Lynn desde la última vez que hablamos. ¿Y tú?

–Esa es una pregunta capciosa –respondió Mitch con ironía.

–Vale, piensas en ella todo el tiempo. Lo pillo –dijo sonriendo–. Pero me refería más a su situación. Tener tres empleos no va a solucionarle el problema y la está agotando.

–De eso no hay duda.

–Pero no quiere aceptar ayuda.

–Ninguna.

–Lo que necesita es tener su propio negocio. Lo sé porque para mí fue perfecto abrir la boutique. Fue exactamente el nuevo comienzo que necesitaba, algo mío que sería un excitante desafío.

Mitch la miraba con incredulidad.

–Raylene, sé que hablas con buena intención, pero

abrir un negocio requiere un capital y, por lo que sé, Lynn apenas puede hacer la compra.

—Es verdad —dijo y añadió emocionada—, pero existen préstamos para pequeños negocios, sobre todo para mujeres. Y también puede tener inversores. Cualquiera de las dos opciones impediría que tuviera que reunir un gran capital por adelantado.

Mitch seguía con dudas.

—Pero necesitaría tener su economía personal en orden y no creo que sea el caso.

Estaba claro que Raylene no se sentía intimidada por los obstáculos que él iba lanzándole.

—No, si los inversores fueran gente que conociera la situación.

—Te refieres a gente como tú y yo —concluyó Mitch.

—Y a otras Dulces Magnolias que se encuentran en posición de ayudar. Creo que puedo convencerla de que esto es lo que debemos hacer, ayudar a nuestros amigos cuando lo necesitan, necesiten lo que necesiten. Eso es lo que Helen y Dana Sue hicieron para ayudar a Maddie al abrir el The Corner Spa, y algunos de los chicos hicieron lo mismo con Elliott al respaldarlo como socios para el Fit for Anything.

—Pero Lynn nunca ha expresado su deseo de abrir un negocio de ningún tipo —protestó Mitch a pesar de que la idea iba convenciéndolo poco a poco—. ¿Qué podría hacer?

Raylene se levantó, agarró una libreta de la encimera y se sentó.

—Esperaba que al menos estuvieras lo suficientemente intrigado como para preguntar. Sarah, Annie y yo anotamos algunas ideas la otra noche.

—¿Mientras os tomabais los margaritas? —preguntó escéptico—. ¿Y podéis fiaros de algo que se os ocurrió mientras bebíais esas cosas?

—Estábamos perfectamente sobrias —le informó Raylene con altanería–. Las tres estamos intentando quedarnos embarazadas así que nos comportamos.

Él volvió a sonrojarse.

–Ya estás otra vez dándome demasiada información.

Ella se rio.

–La cuestión es que hicimos una lista de negocios que el pueblo necesita. Sarah se ha pasado por el despacho de Tom McDonald para discutir las propuestas con él. Como administrador municipal una de sus prioridades ha sido llevar más negocios al centro de Serenity y cree que tenemos unas ideas fantásticas.

–¿Como por ejemplo?

–Una heladería.

Mitch frunció el ceño.

–¿Para hacerle la competencia a Wharton's?

–Los helados son lo que menos sirve Grace. Creo que le parecería bien con tal de quitárselos de encima.

–A lo mejor –admitió él pensando en lo abarrotado que estaba siempre el lugar con los desayunos y los almuerzos y por las noches con montones de adolescentes yendo a tomar hamburguesas–. ¿Qué más?

–Una librería, una pastelería, una tienda de hilos y lanas, una de costura...

Mitch la interrumpió.

–Espera un momento. Has mencionado una pastelería. ¿Has comido alguna de las tartas de Lynn? Son una pasada, tan buenas como las de Erik, aunque eso no se lo diría nunca a él.

A Raylene se le iluminaron los ojos.

–A mí también me pareció que una pastelería era lo mejor. Lo supe en cuanto lo comentamos –sonrió–. Y el local que hay pegado a mi tienda está libre. Lleva un par de años vacío. No sé hasta qué punto es inteligente tener a la gente comiendo todos esos pasteles justo antes de ir a comprar ropa, pero por otro lado si engordan un poco, van a necesitar todo un armario nuevo. O también podría aplicarse al contrario. Terminan cansadas de comprar ropa y al salir se meten en la pastelería a recargar las pilas. De cualquier modo salimos ganando.

A Mitch no dejaba de sorprenderle cómo funcionaba su cabeza.

−¿Le has dado muchas vueltas a esto, verdad?

Ella asintió.

−Todas estamos emocionadas con la idea y creo que es la solución perfecta para ella. Los *cupcakes* están muy de moda ahora mismo y la gente siempre necesita tartas de cumpleaños especiales y, como has dicho, sus tartas de estación con las frutas locales son increíbles. ¿Estás de acuerdo?

Mitch asintió lentamente.

−Pero vamos a tener que planteárselo con mucho tacto. Lynn podría creer que lo hacemos por caridad y rechazar la propuesta.

−Puedo ser muy ladina cuando hace falta −dijo Raylene orgullosa−. Es más, ya se me ha ocurrido una idea.

−¿Y cuál es? −le preguntó con cautela, no muy seguro de qué pensar de ese brillo que tenía en la mirada.

−Se me ha ocurrido que tal vez podría comprar ese local y que alguien hiciera la reforma, así, por nuestra cuenta. Como para darle un empujoncito al asunto, no sé si me entiendes. Mientras tanto, empezaría a preparar el terreno con Lynn, decirle lo mucho que este pueblo necesita una pastelería, hacer que los demás le mencionen lo mismo y ¡bingo! Se nos enciende la bombillita y le preguntamos por qué no lo hace ella.

Mitch se rio ante la ingenuidad de que pensara que podría hacer todo eso sin que Lynn llegara a sospechar nada.

−Es una mujer lista y te verá venir.

Raylene se encogió de hombros.

−A lo mejor, pero ¿qué es lo peor que podría pasar? Que Lynn se eche atrás y que nosotros hayamos creado un local en Main Street listo para alquilar o vender.

Mitch tenía que admitir que la idea era interesante. Había otros locales vacíos en Main Street que necesitaban una reforma, pero en los últimos años había estado tan ocupado haciendo obras para los demás que jamás se le había pasado por la cabeza comprar unos cuantos a modo de inversión y reformarlos para venderlos o alquilarlos para crear los nuevos negocios que Tom estaba fomentando en Serenity. Muchos de esos negocios no llegaban a buen puerto por el lamentable estado en que se encontraban los locales actuales. Y con Tom tan ansioso por que se abrieran nuevos negocios podía ser el momento perfecto para hacerlo.

—También hay otros locales en Main Street a la venta. A lo mejor deberíamos pensar más a lo grande.

Ahora fue Raylene la que lo miró sorprendida. Estaba claro que había logrado subir su nivel de interés un escalón más.

—Tienes razón, podríamos hacer más además del de Lynn. Así vería que no solo se trata de ella.

—¿Te interesa que seamos socios? Elegimos tres o cuatro de los locales más atractivos, hablamos con Mary Vaughn Lewis sobre un trato para comprarlos juntos en lote y vamos a por ello. Puedo reunir algo de dinero.

—Yo también. Tengo dinero de mi exmarido que nunca he querido tocar porque me pone enferma solo pensar en él, pero invertirlo en Serenity sería un modo fantástico de sacar una cosa buena de algo terrible.

Mitch asintió.

—¿Qué te parece si quedo con Mary Vaughn? Además, si decidimos que queremos seguir adelante, puedes hablar con Helen para que se encargue de los aspectos legales. Y después podrás hablar con Lynn. A ver adónde nos lleva esto.

Apenas se había levantado cuando, antes de poder ver venir sus intenciones, Raylene lo abrazó.

—Sabía que esta idea tenía potencial. Estoy emocionada, Mitch. Esto va a funcionar. ¡Sí!

Él asintió. Era fácil creer que el proyecto tenía un enorme potencial, pero era mucho más complicado imaginarse a Lynn accediendo de inmediato a su plan.

Lynn se había acostumbrado a que Mitch apareciera por el bar cuando terminaba su turno. Casualmente siempre estaba allí justo a tiempo para llevarla a casa y, de vez en cuando, hasta la convencía para que sentara a comer algo con él antes de marcharse. Se había vuelto adicta a las hamburguesas y las patatas fritas de Monty's y probablemente tenía algo que ver con la parrilla que tenían en la cocina.

–Para ser tan pequeñita tienes un gran apetito –bromeó Mitch una noche después de que ella se hubiera terminado hasta la última miga del plato.

–Creo que por fin lo he recuperado. Durante mucho tiempo he estado tan preocupada por que los niños tuvieran suficiente para comer que yo apenas probaba nada en casa. Doy gracias por esas cenas en casa de Raylene y las sobras que insistía que nos lleváramos a casa. Creo que han sido mi salvación.

Por alguna razón, Mitch pareció furioso con su comentario.

–A Ed deberían ahorcarlo –murmuró.

–No te lo voy a discutir. Pero tarde o temprano las cosas se arreglarán o, al menos, eso es lo que me ha prometido Helen.

–¿Tenéis fecha definitiva para la vista?

–En un par de semanas. Helen no ha querido presionar mucho porque ha preferido que su investigador tenga tiempo suficiente para descubrir qué ha estado tramando Ed. Deberíamos saber algo la semana que viene. De momento, gracias a ti, a Raylene y al trabajo que tengo aquí, vamos tirando.

–¿Y después qué, Lynn? Puedes estar haciendo malabares con tres trabajos a un corto plazo, pero no puedes hacerlo para siempre. Y tú misma me has dicho que lo haces por el dinero, no porque te apasione lo que haces.

–Es verdad. La pasión no entra aquí.

Él se apoyó en el asiento.

–¿Y qué te apasiona? –le preguntó con un brillo en la mirada que ella no estuvo segura de cómo interpretar.

–He de decir que estoy un poco encaprichada de ti –bromeó, básicamente porque hablar del futuro le parecía inútil cuando estaba haciendo todo lo posible por superar cada día.

–Me alegra saberlo –respondió él riendo–. Pero estaba pensando más en términos de trabajo, un trabajo que podría apasionarte. ¿O crees que con lo que tienes ahora los niños y tú podréis vivir desahogadamente?

Ella sacudió la cabeza inmediatamente.

–No, ya he aprendido la lección. Jamás volveré a fiarme tanto de un hombre. No solo es una tontería, sino que con ello le he dado un ejemplo terrible a Lexie. Quiero que sepa cómo ser una mujer independiente. Toda esta situación habría sido mucho menos aterradora si hubiera aprendido esa lección a su edad.

Mitch asintió, extrañamente complacido por su respuesta.

–¿Y tienes algún trabajo de ensueño en mente? ¿Qué es lo que te hace más feliz?

–En mi cocina es donde estoy más feliz, pero abrir un restaurante es algo que descarto. No querría competir con los que ya están aquí, y me exigiría mucho mientras los niños siguen viviendo en casa. Sé cuánto trabaja Dana Sue.

–Pues haces unos pasteles increíbles –le dijo así, como si nada–. Y tus galletas y tartas también están genial.

Lynn lo miró con suspicacia.

–Raylene me ha dicho algo parecido hace poco. ¿Es que habéis estado hablando?

–Claro que sí –respondió inocentemente–. La semana pasada repasamos la lista final de detalles para la ampliación.

Ella frunció el ceño.

–Me refería a si habéis estado hablando de mí.

Él se encogió de hombros.

–Bueno, imagino que tu nombre salió en algún momento, suele pasar. Ya sabes cómo es. No es mejor que Grace cuando se trata de hacer de casamentera.

–No te creo –dijo y vio ese inmediato rubor en sus mejillas que le indicó que no se había equivocado al ser escéptica.

Mitch levantó las manos.

–Ey, soy un tipo sincero. ¿Has visto que te haya mentido alguna vez?

–No, pero eso no significa que seas incapaz de hacerlo.

–Olvidémonos de mí y volvamos a hablar del futuro. ¿Alguna vez has pensado en trabajar en repostería?

Lynn decidió dejar que se saliera con la suya. No era un hombre complicado y, tarde o temprano, lo que fuera que se le estaba pasando por la cabeza quedaría revelado. Sacudió la cabeza.

–No he estudiado para ello.

–Pero tienes unas cuantas recetas, ¿no?

Ella se rio.

–Mitch, tengo recetas que se remontan a mi bisabuela. Todas las mujeres de mi familia hacían los pasteles tradicionales sureños, las galletas e incluso los donuts.

–Bueno, pues me parece que tienes todo lo necesario para abrir una pastelería, al menos si es algo que te despierta interés. ¿No lo habías pensado nunca?

–En realidad no, al menos no últimamente.

–Pues yo sé que sería un cliente habitual para el café de la mañana con esa tarta que has hecho un par de veces.

Desde que Raylene se lo había insinuado hacía unos

días, Lynn había estado dándole vueltas a la idea de la pastelería. Tenía que admitir que le gustaba eso de poder compartir todas sus viejas recetas familiares con el pueblo entero. ¿Pero podría dirigir un negocio así? ¿De dónde iba a sacar el dinero necesario para empezar? No había duda de que últimamente no gozaba de muy buena reputación en el banco.

Sacudió la cabeza.

—Es una locura —le dijo a Mitch—. Es imposible que pueda crear ningún negocio. Si tuviéramos una pastelería probablemente me gustaría mucho trabajar en ella, pero no la tenemos.

—Creía que querías darle un buen ejemplo a Lexie.

Lynn frunció el ceño.

—Claro que quiero.

—¿Entonces quieres que te vea derrotada antes siquiera de haberlo intentado?

—Estoy siendo realista.

—¿Sin estudiar ni una sola opción? Cielo, eso no es ser realista. Eso es ser autodestructiva. Jamás triunfarás en este mundo si no crees en ti misma. ¿Piensas que la gente del pueblo compraría tus productos?

Ella asintió.

—Siempre era la primera que lo vendía todo en las ventas de pasteles del colegio.

Él sonrió.

—Pues ahí lo tienes. Ya eres un éxito. Tienes una reputación sobre la que apoyarte.

—Y ni un solo centavo a mi nombre para invertir en este negocio —le recordó intentando no dejarse llevar por la emoción que él le había despertado. No estaba en posición de aferrarse a sueños locos en ese momento de su vida.

—¿Cómo llamarías a tu negocio? —le preguntó ignorando sus dudas.

—Sweet Things —respondió de inmediato—. Es un nombre sencillo y claro y suena como algunas de esas expresiones cariñosas sureñas «¡eh, dulzura!» –lo miró vacilante–. ¿Qué opinas?

–Apúntame para ir a tomar el café todos los días a las ocho. Tendrías mesas y sillas, ¿verdad?

–Algunas –respondió permitiéndose soñar aunque a regañadientes–. Y cortinas de cuadros azules en las ventanas y flores sobre las mesas. Creo que las mesas y las sillas deberían ser de estilo retro, desparejadas y pintadas en colores bonitos. Y me gustaría tener cuadros por las paredes.

–¿Qué clase de cuadros? –le preguntó animándola claramente.

–Grabados botánicos de Paula Vreeland si me los pudiera permitir. Son preciosos.

–Imagino que te haría un precio especial.

Lynn suspiró. Era maravilloso poder soñar despierta, pero había llegado el momento de volver a la realidad.

–Bueno, ya basta de levantar castillos en el aire. Debería irme a casa. Lexie lleva toda la noche en casa de Mandy aprovechando que mañana no hay colegio. Me fío de ella, pero no quiero que abuse de su hospitalidad.

–¿Y dónde está Jeremy?

–Con su padre –se encogió de hombros ante la mirada de sorpresa de Mitch–. Me está costando un gran esfuerzo intentar no interferir en su relación. Jeremy no sabe las cosas que ha hecho Ed y me gustaría que siguiera así.

–¿Lo sabe Lexie?

–Cuando me ha preguntado directamente por algo, no le he mentido, pero me esfuerzo por no asustarla ni hacerle pensar peor aún de su padre. Es su padre. Deberían tener algún tipo de relación, pero a ella no le interesa. He intentado interceder por Ed, aunque tampoco quiero forzarla a pasar tiempo con él.

–Me parece razonable.

–Ojalá Ed pensara lo mismo. Me culpa por su actitud.

No puede ver que es demasiado lista como para que la engañe haciendo creer que se preocupa por ellos cuando en realidad sus actos han demostrado lo contrario.

–Imagino que es algo más de lo que se tendrá que arrepentir cuando empiece a pensar detenidamente en lo que ha hecho. Bueno, pues vamos a tu casa.

Unos minutos más tarde, aparcados en la puerta, se giró hacia ella con las manos aferradas al volante.

–Un día de estos –le dijo mirándola fijamente a los ojos– tus hijos se quedarán a dormir en casa de sus amigos y yo no tendré que despedirme en tu puerta.

Ella sonrió ante la intensidad de su voz.

–Lo estoy deseando –respondió con el corazón golpeándole contra el pecho. Había olvidado lo que era sentir esa clase de ilusión y expectación.

Aun agarrando el volante como para evitar hacer algo que no fuera apropiado, se inclinó para besarla en la boca. Lynn hizo lo mismo, rezó por que él se dejara llevar, pero Mitch demostró un destacable control. ¡Maldita sea!

–Buenas noches, dulzura –le dijo con acento marcado y guiñándole un ojo mientras la acompañaba a la puerta–. Hasta mañana.

Lynn lo vio marcharse y suspiró. Aunque de vez en cuando resurgían las dudas y no podía evitar preguntarse si habría superado el problema con la bebida y cómo reaccionaría si descubría que no era así, cada vez se sentía más enamorada del hombre más bueno y sexy con el que se había topado en su vida.

Capítulo 19

Incluso antes de ir a casa de Raylene el Día de los Caídos, Lynn podía oler el aroma de las hamburguesas y los perritos en la barbacoa y oír las risas de los niños más pequeños mientras correteaban por el gran patio trasero. Los pequeños estaban salpicándose agua en una pequeña piscina bajo la supervisión de los adolescentes.

La música salía por las ventanas de la nueva ampliación de la casa y, por lo que podía captar, se trataba del buen Jimmy Buffet. Esa era la única celebración en la que solían alejarse de la música country y Buffet era el complemento perfecto para una fiesta de comienzo de verano.

Mitch bordeó la valla justo cuando ella estaba saliendo por su puerta trasera con la variedad de pasteles que había cocinado para la ocasión. Cuando vio la cesta de picnic, olfateó el aire con gesto de agrado.

—Manzana y arándanos —dijo con los ojos cerrados mientras captaba los aromas—. ¿Qué más? Cereza tal vez.

—Y ruibarbo de fresa —añadió ella sonriendo ante su reacción—. Ya puedes dejar de babear por ellos. Lo pillo. Raylene y tú queréis que abra una pastelería. Hace unos días hasta Helen me lo dejó caer. Tendría que ser tonta perdida para no captar el mensaje.

—¿Y? ¿Nos vas a hacer caso?

—Me lo estoy planteando. Y hasta podría pensármelo

seriamente, pero lo del aplazamiento del juicio la semana pasada fue otro impacto. No puedo hacer nada hasta que el tema del divorcio esté resuelto y sepa en qué situación me encuentro económicamente.

—Me parece normal —respondió él intentando quitarle la cesta de picnic.

Ella la apartó.

—No estoy segura de poder fiarme de que los lleves a la casa de al lado sin meterles mano.

—Pues entonces creo que tendrás que ir pegada a mí y protegerlos —bromeó intentando quitarle la cesta.

Por primera vez, cuando Lynn entró en aquella fiesta no se sintió como una intrusa. Se había acercado más a esas mujeres durante el invierno y la primavera y, para ser sincera, se sentía más cómoda porque Mitch estaba a su lado. A diferencia de Ed, que habría visto la celebración en el patio demasiado vulgar en comparación con los eventos estirados y formales del club, Mitch parecía sentirse muy a gusto allí y contento.

Le pidió que se encargara de llevar los pasteles y lo siguió hasta dentro. Ni una sola de las mujeres allí reunidas tuvo la más mínima sutileza con sus especulativas miradas cuando los vieron entrar juntos.

—Ya has cumplido con tu deber —le dijo sonrojándose bajo tanto escrutinio—. Seguro que no quieres quedarte aquí con las mujeres.

—Preferiría quedarme con una sola mujer —le susurró al oído y le guiñó un ojo—. Pero puedo esperar a más tarde.

En cuanto se hubo marchado, Dana Sue agarró un paño de cocina y se abanicó con él.

—Ese hombre está loquito por ti. Me recuerda a los buenos tiempos en los que Ronnie estaba intentando recuperarme. Me miraba así.

—Ronnie sigue mirándote así —le recordó Maddie—. ¿Tienes idea de cuántas veces he querido deciros a los dos que os vayáis a una habitación?

–¿Y crees que Cal no se comporta del mismo modo contigo? –bromeó Helen–. Cada vez que os veo juntos, tengo que irme corriendo a casa con mi marido. Ha tenido suerte en más de una ocasión gracias a ti, a Cal y a esas ondas de pasión que desprendéis.

–Vale, vale, ya basta –dijo Raylene–. Estamos avergonzando a Lynn. Vamos a hablar mejor de los pasteles que ha traído. ¿No huelen genial? Y fijaos en la costra que tienen, son de un color marrón perfecto. ¿Habéis visto alguna vez algo más bonito?

Lynn sacudió la cabeza.

–Sé un poco más sutil, Raylene. Sé lo que tramas.

Maddie miró a Raylene y a Lynn.

–¿Qué trama?

–Quiero que abra una pastelería en Main Street –respondió Raylene al instante–. En el local que hay al lado de mi boutique.

–¡Qué idea tan fantástica! –contestó Dana Sue.

Aunque su sorpresa sonó fingida, al menos su entusiasmo sí que sonó auténtico. Sin embargo, Lynn quería estar segura. Si se decidía a abrir ese negocio, no quería perjudicar a ninguno de los propietarios existentes.

–¿Te parecería bien?

–¿Por qué no? Erik hace unos postres deliciosos, pero no se los solemos vender a nadie más que a los que vienen a cenar a Sullivan's. Mucha gente quiere una tarta entera o un pastel para llevarse a casa o un *cupcake* con un café después de una tarde de compras –su expresión se iluminó–. Razón por la que quieres que esté al lado de tu tienda, ¿eh, Raylene?

–Precisamente.

–¿De verdad te lo estás planteando? –preguntó Maddie con entusiasmo–. Podría ayudarte a diseñar un plan de negocio. Preparé el del The Corner Spa y ayudé a los chicos con el del gimnasio.

–A mí también me ayudó con el mío –apuntó Raylene–. Maddie tiene un don para los números y sabe cómo darle forma a algo que convenza al banco o a los inversores.

Lynn se giró hacia Maddie.

–¿En serio? ¿Lo harías?

–Claro. Sería divertido. El spa prácticamente se dirige solo últimamente y así tendría un nuevo desafío.

–Si necesitas un socio capitalista, aquí me tienes –dijo Dana Sue.

Jeanette McDonald entró en la cocina justo a tiempo de oírlo.

–¿Es que alguien va a abrir un nuevo negocio? Contad conmigo. Llenar todos esos escaparates vacíos en Main Street hace muy feliz a mi marido. Así que si puedo ayudar, me gustaría hacerlo.

Lynn miró a su alrededor.

–¿Lo teníais todo planeado?

–¿Planeado qué? –preguntó Maddie con inocencia.

–Todo este apoyo tan inesperado sin ni siquiera solicitarlo.

–Claro que no –respondió Dana Sue–. Es lo primero que oigo sobre la posibilidad de que puedas abrir una pastelería. Es una gran idea. Si puedo ayudar, me gustaría hacerlo. Todo lo que sea bueno para Serenity es bueno para mi negocio también.

Raylene echó un brazo sobre los hombros de Lynn.

–Ya te dije que era una idea increíble, ¿no? Escúchalas. Son unas auténticas mujeres de negocios.

Aunque tenía la sospecha de que esas ladinas Dulces Magnolias lo habían preparado todo, Lynn no pudo evitar la expectación que le hizo querer ir corriendo a casa y empezar a redactar ese plan de negocios para que Maddie lo estudiara. Y no, precisamente, porque supiera por dónde empezar.

–Me lo pensaré –prometió–. Y Maddie, puede que te llame si no te importa.

–Cuando quieras. Será muy divertido ayudarte a planificarlo todo.

–Y yo puedo enseñarte el local mañana –dijo Raylene.

Las sospechas de Lynn se reavivaron.

–¿Puedes?

Raylene se encogió de hombros.

–La verdad es que he comprado el local y ya se está llevando a cabo la reforma. Te prometo un alquiler a muy buen precio.

Lynn sacudió la cabeza con incredulidad.

–No sé si estás loca o si confías increíblemente en tu poder de persuasión.

–Las dos cosas –respondió Sarah al unirse a ellas–. Los chicos se están impacientando, por cierto. Erik dice que las hamburguesas y los perritos están casi listos y se pregunta qué pasa con el resto de la comida.

–No queremos enfadar al cocinero del día –dijo Raylene–. Vamos a sacar estas ensaladas a la mesa. Si todas llevamos algo, puede que lo hagamos en un solo viaje. Helen, en la nevera están las jarras de té y limonada para los niños. Los refrescos están en una nevera portátil fuera. Este año me he acordado de ponerla lejos de la de las cervezas después de que el año pasado los niños estuvieran a punto de sacar las bebidas equivocadas.

Fuera hacía mucho calor, pero la brisa que corría evitaba que resultara agobiante. Los niños fueron los primeros a los que sirvieron y sentaron en colchas que se habían extendido por todo el jardín.

Lynn se llenó el plato y fue a sentarse a una tumbona de la terraza. No le sorprendió que Mitch se sentara a su lado con un plato en una mano y dos cervezas en la otra. Se tensó un poco al verlas.

–¿Lo estás pasando bien? –le preguntó y le pasó una–. Están heladas. Son perfectas para este clima.

Cuando ella no aceptó la oferta de inmediato, él la miró con curiosidad.

–¿Es que no quieres una?

Lynn negó con la cabeza.

–Tengo té helado.

La miró fijamente.

–Y no apruebas que me tome una cerveza –concluyó Mitch.

–No es mi papel aprobarlo o no. Solo creía que... –se encogió de hombros–. No importa.

–Dilo, Lynnie. Creías que había dejado de beber.

Ella asintió desafiándolo con su expresión.

–Eso es lo que me dijiste.

–Una cerveza no me va a convertir en un borracho –contestó a la defensiva–. Te dije que incluso cuando estaba sufriendo tanto, reconocí que podía llegar a tener un problema y paré.

–Pero está claro que no de forma permanente –dijo conteniendo las lágrimas–. ¿Tienes un problema con la bebida o no, Mitch?

–Mira, entiendo por qué te importaría que tuviera un problema con el alcohol.

–No, no puedes saber por qué.

–Pues entonces será mejor que me lo expliques.

–Crecí con un alcohólico, Mitch. Vivía cada segundo con incertidumbre, sin saber de qué humor llegaría mi padre al volver a casa o incluso sin saber si vendría –le lanzó una mirada desafiante–. No volveré a vivir eso. Ni yo, ni mucho menos mis hijos.

Mitch se quedó atónito ante la vehemencia de su voz, o tal vez fue directamente la revelación lo que lo impactó. Del modo que fuera, parecía afectado.

–No tenía ni idea.

–Claro que no. Nadie lo sabe. Después de mudarnos aquí jamás invité a nadie a venir a casa, pero te prometo que convivo con esas cicatrices cada día de mi vida.

–De acuerdo, te entiendo. ¿Pero te molesta que casi todo el mundo aquí esté bebiendo?

–No –respondió consciente de que intentaba hacerle ver algo.

–Y en esas fiestas de las Dulces Magnolias, la gente bebe margaritas. ¿Eso no te irrita?

Negó con la cabeza.

–Porque sé que lo pueden controlar. Nunca he visto a ninguna caerse redonda. Y no creas que eres la única persona con la que he reaccionado de esta forma. Mientras no sé cómo alguien controla o no el alcohol, siempre tengo un nudo en el estómago al verlos beber.

–¿Alguna vez me has visto caerme redondo por estar borracho? ¿Hasta esta noche me habías visto con una bebida en la mano?

–No, pero eso es lo que me asusta. Me enteré de que empezaste a beber tras la muerte de Amy y después admitiste que tuviste un problema. Hace poco, Raylene me dijo que todos los chicos habíais quedado para tomar unas cervezas después del baloncesto y he de admitir que eso disparó las alarmas. Y ahora verte con esta cerveza me ha aterrorizado. Los alcohólicos no se conforman con una por mucho que intenten engañarse.

–Sinceramente, no creo que sea un alcohólico ni mucho menos. Me apoyé en la bebida para mitigar el dolor después de que Amy muriera, me di cuenta de que no era el modo de solucionarlo y paré. Antes de aquello nunca me había atiborrado a cervezas y tampoco desde entonces –la miró a los ojos–. Pero si tanto te asusta verme con una bebida en la mano, pues la soltaré. Te prefiero antes que a una cerveza o a un camión lleno.

Se levantó, fue a la baranda y, después de mirar que no hubiera nadie debajo, vertió el contenido de ambas al suelo.

–Ya está. Fuera.

Le sonrió.

–Claro que ahora vas a tener que compartir conmigo tu té.

Lynn se rio, rompiendo así la tensión.

–Te traeré una jarra solo para ti.

Mitch sonrió.

–Así mejor. Odio verte disgustada y no quiero ser el responsable.

–Siento haber reaccionado tan exageradamente.

–No creo que lo hayas hecho. Creo que estabas metiendo una experiencia pasada y terrible en nuestra relación. Y ahora que lo sé, puedo entenderlo.

–Pero no estaba siendo justa contigo. Tú has sido sincero conmigo desde el principio y nunca has hecho nada para hacerme desconfiar.

–Diría que ahora mismo tienes muchos dilemas de confianza abiertos. Puede que no sea responsable de ninguno de ellos, pero puedo entender que acaben salpicándome. Puedes confiar en mí, Lynnie, pero no pienso ir a ninguna parte mientras llegas a aceptarlo.

Ahí estaba otra vez, esa estabilidad que tanto había anhelado, ese inquebrantable compromiso. Quería aferrarse a él de por vida, pero incluso ahora seguía afectada por ese instante de duda que la había invadido al ver esas dos cervezas. Sabía que un instante sopesado contra todo lo demás no debería importar.

Pero, aun así, importaba.

Mitch por fin había convencido a Lynn para bailar en la terraza después de la cena junto a algunas otras parejas, pero entonces miró al otro lado del jardín y vio a Luke allí de pie, boquiabierto. Se le paró el corazón ante la obvia consternación de su hijo.

–Lynn, tengo que irme –dijo, apartándose de ella.

Lo miró sorprendida y algo aturdida, aunque en cuanto vio su expresión supo que algo iba mal.

–¿Qué pasa?

Él asintió hacia donde había visto a su hijo.

–Luke acaba de presentarse aquí.

–Y me ha visto en tus brazos. ¡Oh, Mitch, ve a buscarlo!

–¿Estarás bien?

–Claro.

–Volveré y, si no puedo, luego te llamo –le prometió.

–De acuerdo, pero ve.

Mitch buscó por el jardín maldiciéndose por haber sido tan descuidado. Había dejado una nota en casa para Luke diciéndole que se pasara por la fiesta, pero lo cierto era que no se había esperado que lo hiciera. Y, por supuesto, no se había imaginado las consecuencias de que Luke lo viera con otra mujer en sus brazos.

–¿Has visto a Luke? –le preguntó a Kyle Townsend, el hijo de Maddie, que era de la misma edad que Luke.

–Ha estado aquí un par de minutos, pero se ha ido –respondió Kyle–. ¿Ha pasado algo? Parecía disgustado.

–Es culpa mía. Gracias, Kyle.

Se subió a su camioneta y se dirigió a casa rezando por que Luke hubiera ido directamente hacia allí en lugar de ir a darse una vuelta por el pueblo. No debía estar conduciendo estando tan dolido y, probablemente, furioso.

Al doblar la esquina, vio el Mini Cooper de su hijo en la puerta y respiró aliviado. Después de apagar el motor de su camioneta, respiró hondo e intentó pensar en qué decirle para solucionar las cosas.

Lo encontró en la cocina; tenía una cerveza sin abrir sobre la encimera y se estaba preparando un sándwich de fiambre con suficiente mayonesa como para hacer ensalada de patata para veinte. Apenas miró a su padre cuando este entró, pero no había duda de que tenía cara de enfado.

–Lo siento –dijo Mitch sucintamente.

Luke levantó la mirada al oírlo.

–¿Por qué? ¿Por haber engañado a mamá?

Mitch le sostuvo la mirada hasta que su hijo parpadeó y suspiró.

–De acuerdo, sé que ha sido un golpe bajo –dijo Luke con expresión apenada–. Pero es que no me lo esperaba.

–Lo sé. Debería haberte preparado.

–Solo tendrías que hacerlo si fuera algo serio. ¿Lo es, papá? ¿De verdad tienes una relación con la señora Morrow? Porque es así como se llama, ¿no?

Mitch asintió.

–Lynn y yo fuimos juntos al colegio y nos conocemos de toda la vida.

–Creía que estaba casada con ese pez gordo de los seguros.

–Lo estaba. Se van a divorciar.

Luke frunció el ceño.

–¿Por ti?

–No, ya estaban en proceso mucho antes de que yo apareciera en escena. Es vecina de Raylene y Carter Rollins.

–Donde has estado esta noche –dijo Luke relacionándolo todo–. Así que la tenías muy a mano.

A Mitch no le gustó el tono de su hijo, pero decidió pasarlo por esa vez.

–No fue así en absoluto. Nos volvimos a encontrar, éramos simplemente un par de viejos amigos atravesando un mal momento.

–Papá, puede que no sea un genio, pero tampoco es que sea lelo. Lo que he visto esta noche no era una relación platónica entre un par de viejos amigos.

Mitch asintió.

–Es verdad. Es más que eso, pero su vida sigue siendo muy complicada. Nos movemos despacio. Muy, muy, despacio.

–Pues dada la pasión que he visto, no lo parecía.

Mitch sonrió.

–Así es cada minuto que estoy con ella.

–¿Entonces es serio? –repitió Luke.

–Lo será, si me salgo con la mía –respondió Mitch sinceramente.

Luke apartó a un lado su cerveza aún sin abrir y se sirvió un vaso de té helado con gesto pensativo mientras aparentemente intentaba asimilar lo que acababa de oír. Mitch esperó.

–¿Por qué no nos lo habías contado ni a Nate ni a mí? –le preguntó al cabo de un momento.

–Porque sabía que podría ser duro para vosotros y no estaba seguro de que hubiera algo que contar.

–Oh, claro que hay algo que contar –contestó Luke con ironía–. Y no te preocupes por que Nate lo descubra. Ya lo he llamado y estará en casa por la mañana.

Mitch lo miró con incredulidad.

–¿Para qué? ¿Para encerrarme en mi cuarto?

Su hijo sonrió.

–Mamá y tú nos hacíais eso cuando os parecía que nos estábamos pasando con algo –le recordó a Mitch.

–Erais niños. Pero, que yo sepa, sigo siendo vuestro padre.

Luke se encogió de hombros.

–Puede que haya reaccionado exageradamente –dijo avergonzado–. Me parecía que estabas actuando como un adolescente descontrolado.

–Gracias por tener una opinión tan alta de mi buen juicio –dijo Mitch sin poder evitar reírse–. ¿De verdad has llamado a tu hermano para que venga a casa y me regañéis?

–Sí.

Mitch le dio un gran abrazo a su hijo.

–¿Tienes idea de cuánto os quiero?

–Sí, sí, vale –dijo Luke apartándose–. Pero no vayas a ponerte sentimetalón conmigo.

Terminó de prepararse el sándwich, lo miró con ganas, y le pasó el plato a su padre.

–¿Quieres uno?

Mitch no tenía nada de hambre, pero aceptó la oferta de paz.

–Gracias.

Luke se preparó otro sándwich, este el doble de grueso, y miró a Mitch con gesto pensativo.

–¿Y cuándo vamos a conocerla un poco mejor Nate y yo? Si la cosa se está poniendo seria, vas a necesitar nuestro sello de aprobación.

–No lo necesito –le corrigió Mitch–. Pero sin duda me gustaría que me lo dierais.

–Pues mañana podría estar bien. No es necesario hacer que Nate malgaste el viaje.

Mitch quería diferir, darle a Lynn tiempo para hacerse a la idea de conocer a sus hijos, dejar que ellos asimilaran el hecho de que tenía una relación, pero la inflexible mirada de Luke indicaba que estaría malgastando saliva si le proponía retrasar el encuentro.

–Veré qué puedo hacer –acabó diciéndole.

Luke sonrió al captar su inquietud.

–Lo estoy deseando –dijo con un brillo de diversión en la mirada.

Mitch vaciló y preguntó:

–¿De verdad te parece bien?

La expresión de Luke se tornó pensativa.

–¿Que estés saliendo con ella? Supongo que sí. Nate y yo hablamos de ello. Sabíamos que con el tiempo querrías tener a alguien nuevo en tu vida. En cuanto a la señora Morrow, supongo que tendré que reservarme la opinión hasta que hayamos pasado algo de tiempo con ella.

–Os va a encantar.

Por primera vez, un brillo de dolor cruzó el rostro de Luke.

–¿Se parece a mamá?

–Es dulce y fuerte como tu madre, pero no es que sea una réplica exacta. Nadie podría sustituir a mamá, Luke.

Vio un ligero resplandor de lágrimas en los ojos de su hijo mientras este le decía:

–Era única, ¿verdad?

Mitch asintió.

–Única –confirmó.

Y le había dado dos hijos geniales. Era imposible que pudiera olvidar todo lo que le había dado en la vida.

Pero ahora estaba Lynn y toda una nueva fase en su vida. Nunca había estado más seguro de que la vida de cada persona pasaba por distintas épocas y que cada una de ellas había que vivirla al máximo.

Capítulo 20

Eran casi las once cuando sonó el teléfono de Lynn.

–¿Mitch? –preguntó nerviosa. Desde que se había ido de casa de Raylene, no había dejado de pensar en él y en la reacción de su hijo al verlos juntos. ¡Pobre Luke! Debía de haberle supuesto un gran impacto ver a su padre con alguien por primera vez desde la muerte de su madre.

–Siento que sea tan tarde –se disculpó–. Esto me ha llevado más tiempo del que pensaba.

–¿Está bien Luke?

–Al principio no, pero te juro, Lynn, que a veces me asombra su madurez.

–¿Por qué te asombra? Es tu hijo después de todo.

–No puedo llevarme el mérito por eso. Todo es gracias a Amy. A pesar del impacto del principio, ha podido entenderlo desde mi punto de vista y ha mantenido una mente abierta.

Se rio aunque a Lynn le pareció oír una pizca de nerviosismo bajo todo ese humor.

–¿Qué? –preguntó ella.

–Por desgracia, aún falta por ver cómo se ha tomado Nate la noticia de que he seguido adelante con mi vida.

–¿Lo sabe también? –le preguntó sorprendida–. ¿Lo has llamado?

–No, claro que no. Podemos darle las gracias a Luke

por haber corrido la voz. Creo que habló por teléfono con su hermano antes de marcharse de casa de Raylene. Nate llega a casa mañana –añadió con tono compungido.

–¡Ay, Dios mío! –exclamó con diversión a pesar de la seriedad de la situación–. Dime, ¿crees que papá se ha metido en líos?

–Cuesta decirlo todavía. Depende de cuánto estés dispuesta a acercarte.

Lynn se quedó paralizada.

–¿Cómo acercarme? –preguntó con cautela.

–Luke cree que es necesaria una reunión familiar, una inspección, por así decirlo.

A Lynn le dio un vuelco el estómago.

–¡Estás de broma! ¿Y le vas a seguir el rollo?

–No me ha parecido que tenga mucha elección. Quiero que se vuelvan tan locos por ti como yo –vaciló–. Bueno, ¿lo vas a hacer? Sé que es pedir mucho, pero ¿vendrás a almorzar o a cenar con nosotros? Incluso propondría un desayuno, ya que es mucho más informal y podrías ganártelos a los dos con tu pastel de café, pero no estoy seguro de a qué hora va a llegar Nate.

–Mañana es laborable, ¿recuerdas? Estaré en la boutique toda la mañana y a primera hora de la tarde, y después me tengo que ir directa al bar. Mañana Monty me necesita temprano. Es mi oportunidad de hacer un turno entero por una vez.

–Pues entonces cenaremos allí –decidió Mitch–. Así puedes sentarte con nosotros cuando pares a descansar y no resultará un encuentro tan formal.

–¿De verdad quieres que la primera vez que vea a tus hijos esté atendiendo mesas en un bar? –no podía imaginarse que eso les fuera a generar una primera impresión demasiado fantástica.

–Como me dijiste muy claramente, es un trabajo muy honrado. Les pondré al corriente de por qué lo estás haciendo si te preocupa lo que puedan pensar. Y no es que crea que vayan a censurarte de ningún modo. Te los vas a ganar, Lynn. No tengo ni una sola duda.

—¿Es que hace falta que me los gane? —le preguntó preocupada—. ¿Luke está en realidad más molesto de lo que me has contado?

—No, te lo juro, ha entrado en razón en cuanto hemos hablado.

—Pero no estás tan seguro de Nate, ¿verdad?

—Supongo que eso depende de lo enfadado que estuviera Luke cuando lo llamó desde casa de Raylene. En ese momento no estaba pensando con claridad. Los dos estaban muy unidos a Amy, pero creo que su muerte golpeó a Nate más fuerte que a Luke. Durante mucho tiempo no pudo aceptar que ella no fuera a sobrevivir al accidente. Juro por Dios que fue la semana más larga de mi vida tener que estar en esa habitación de hospital sabiendo que las cosas no iban a cambiar, pero intentando dejar que Nate fuera adaptándose a la verdad.

—¡Debió de ser terrible para todos! —dijo Lynn sintiendo un gran dolor—. No sabía que no murió en el acto.

Mitch suspiró.

—En cierto sentido habría sido más sencillo que hubiera sido así. Al menos eso lo pienso ahora, pero en ese momento di gracias por tener ese poco de tiempo para acostumbrarme a la idea de perderla.

—Mitch, ¿no crees que a lo mejor es muy pronto para presentarme a tus hijos? —preguntó queriendo posponer el encuentro que, probablemente, sería duro para todos ellos.

—Lo siento, cielo, pero ya es tarde para eso. Luke quiere que suceda y, para serte sincero, yo también.

Lynn se resignó a verse en una situación incómoda, sobre todo si, tal vez, Nate resultaba ser complicado.

—Si esto es lo que quieres… Mitch, sé que en cierto modo estás imaginando una gran y alegre reunión familiar, pero no quiero que Lexie y Jeremy se vean metidos en esto. Seguro que habrá mucha tensión, al menos al principio.

—Estoy de acuerdo. Creo que ellos se lo pueden ahorrar.

A Lynn seguía pareciéndole una idea pésima.

—Mitch, ¿no hay modo de que lo pospongamos? —preguntó una vez más–. ¿No deberíamos saber tú y yo adónde nos dirigimos en esta relación antes de que me presentes a tus hijos?

—Ya sé adónde nos dirigimos —dijo con mucha seguridad–. Y creo que tú también. Lo único que te pasa es que te está costando un poco más que a mí aceptar la idea.

—Sabes que no es tan sencillo.

—Lo sencillo nunca ha entrado aquí, Lynnie. En cuanto a lo de posponerlo, créeme, también se me ha pasado por la cabeza, pero si Nate ya tiene pensado venir por la mañana y Luke insiste tanto en que nos reunamos, no creo que podamos esperar, no sin complicar las cosas más de lo necesario. No quiero que piensen que tenemos algo que esconder.

—De acuerdo, pero espero que prepares el terreno para que yo no acabe pareciendo una camarera de clase baja que quiere atrapar a su padre, un hombre de éxito.

Mitch tuvo el atrevimiento de soltar una carcajada.

—Lynnie, tú jamás podrías parecer una mujer de clase baja. Creo que esa preocupación puedes quitártela de la cabeza. Mañana te vemos sobre las siete, ¿te parece? ¿Sueles tomarte un descanso sobre las siete y media, verdad?

—De acuerdo —respondió con renuencia–. Si no me gustaras tanto, Mitch Franklin, creo que ahora mismo te estaría odiando por haberme puesto en esta situación.

—Cielo, son las hormonas las que nos han puesto en esta situación. Si no hubiera estado deseando estar a tu lado y abrazarte fuerte mientras bailábamos, Luke no se habría puesto así desde un principio y no tendríamos que estar dando explicaciones como un par de adolescentes excitados.

Ella se rio ante la imagen y se relajó por primera vez desde que la había llamado.

–Qué pena que no hayas podido quedarte más rato para habernos enrollado en la oscuridad –le dijo con atrevimiento.

Él contuvo el aliento ante la provocación.

–Sí, sí que es una pena. Pero ya llegará ese día, Lynnie. Cuento con ello.

Y lo cierto era que, la mayor parte del tiempo, ella también.

Si lo comparaba con el cine, era como una mezcla de *Ponte en mi lugar* y *Los padres de ella,* pensó Mitch al entrar en el bar seguido por sus hijos. Pero en lugar de ser Nate o Luke los que llevaban a casa a su novia, eran Lynn y él los expuestos, los que buscaban la aprobación de su relación. A juzgar por la actitud negativa de Nate durante toda la tarde, la cosa no iba a ser fácil.

Justo al entrar, Mitch agarró a su hijo mayor del brazo.

–Compórtate –le ordenó–. No me pongas en ridículo ni te pongas tú, ¿entendido? Tu madre te educó mucho mejor que eso.

Su mención a Amy le granjeó una mirada de rencor.

–No metas a mamá en esto. Todo esto trata de ti.

–Calma –le ordenó Luke a su hermano mayor–. Si llego a saber que ibas a cabrearte tanto no te habría llamado.

–Eras tú el que estaba cabreado cuando me llamó –le recordó Nate.

–Pero al menos escuché lo que papá me dijo. Lo único que has hecho tú ha sido reaccionar mal y no dejar de mencionar a mamá como si la estuviera traicionando.

–Bueno, es que es lo que está haciendo –insistió Nate.

–Vale, basta –declaró Mitch preparado para sacarlos a los dos por la puerta de atrás–. Vamos.

Nate se puso más serio todavía.

–Ya que estamos aquí, vamos a comer algo.

–¿Pero vais a ser educados? –preguntó Mitch.

–Me aseguraré de ello, papá –le prometió Luke lanzándole una mirada de advertencia a su hermano.

–De acuerdo –dijo Mitch dirigiéndose con cierta renuencia hacia una mesa al fondo. Al menos si estallaba la guerra, allí no estarían a plena vista del resto de clientes.

Para su sorpresa, fue Betty Lou quien se acercó para atenderlos. Le guiñó un ojo a Mitch.

–Me ha parecido mejor así –le dijo en voz baja, acercándose–. Vendrá cuando tenga el descanso.

Se puso recta y sonrió.

–¿Qué puedo traerles, caballeros?

Cuando Nate pidió una cerveza, Mitch lamentó no poder acompañarlo y, así, Luke y él se conformaron con una Coca-Cola.

–En un segundo os lo traigo –prometió ella.

–Bueno, ¿dónde está? –preguntó Nate mirando a su alrededor–. Escondiéndose en la cocina, seguro.

Justo en ese momento, Lynn salió de la cocina cargada con una bandeja llena de platos y desvió la mirada cuando pasó delante de ellos.

–Es ella –dijo Luke dándole un codazo a Nate al reconocerla después de haberla visto en casa de Raylene.

Mitch vio el gesto de sorpresa de Nate.

–No es la buscona que te esperabas, ¿eh? –le preguntó en voz baja.

Nate se estremeció.

–Lo siento. Cuando me has dicho que trabajaba aquí, no he sabido qué pensar. No es que Monty's sea un antro, pero tampoco es el Sullivan's –se encogió de hombros–.

Además, no podría recordarla de antes. La verdad es que ni siquiera la reconozco, creo que nunca la he visto por el pueblo.

–Puede que no. Somos de la misma edad, pero sus hijos son más pequeños que vosotros. No vamos a la misma iglesia ni vivimos en el mismo barrio, así que dudo que mamá y ella coincidieran en las mismas actividades.

–No se parece a mamá –observó Nate cuando Lynn pasó corriendo por delante de vuelta a la cocina.

–En nada.

–Pero es guapa –añadió Luke intentando interceder–. Aunque parece un poco cansada.

–Tres trabajos –dijo Mitch sucintamente.

Incluso la escéptica expresión de Nate cambió en ese momento y a Mitch le pareció como si ella hubiera subido un escalón en la estima de su hijo.

–¿De verdad tiene tres empleos? –preguntó Nate.

–Es una larga historia. Su divorcio no está siendo muy tranquilo.

–Pero si está casada con Ed Morrow. ¿No está forrado?

–Sinceramente, no conozco los detalles de qué pasó, aunque sí que sé que él no se ha estado portando bien –dijo con tono encendido–. Pero ya basta de hablar de eso. No pienso compartir mis opiniones al respecto. Además, por ahí viene. Sed amables.

–Hola –dijo Lynn sentándose en el sitio que le había dejado Mitch a su lado–. Ahora mismo no puedo pararme un rato, no sé por qué esta noche estamos abarrotados. Pensaba que todo el mundo se quedaría en su casa después del día de fiesta, pero está claro que no.

–Lynn, te presento a mis hijos, Luke y Nate.

–Me alegro mucho de conoceros –dijo, aunque sus buenos modales sureños no lograron ocultar su nerviosismo–. Vuestro padre me ha hablado mucho sobre vosotros y vuestra madre. Ojalá hubiera podido conocerla.

Mitch contuvo una sonrisa al ver la expresión de Nate cuando ella sacó el tema de Amy.

—Mamá era increíble —dijo Luke.

—Y por todo lo que me ha contado vuestro padre, es la responsable de que vosotros dos seáis unos jovencitos fantásticos. Yo espero hacerlo la mitad de bien con mis hijos.

—¿Cuántos tienes? —preguntó Nate.

Su tono sonó algo forzado, pero al menos estaba haciendo un esfuerzo, pensó Mitch orgulloso de él.

—Un niño, Jeremy, que tiene diez y una hija, Lexie, que tiene catorce.

—Doy fe de que son unos niños fantásticos —dijo Mitch—. Creo que Jeremy está destinado a ser constructor o arquitecto. Nunca un niño me había hecho tantas preguntas.

Luke se quedó impactado.

—¿Ese es el niño del que me ha hablado Terry, no? ¿El que te seguía a todas partes en casa de Carter y Raylene?

Mitch se rio.

—El mismo.

—Vuestro padre ha sido muy paciente con él —dijo Lynn levantándose—. Lo siento. Tengo que ir a atender mis mesas. Volveré en cuanto pueda.

En cuanto se marchó, Mitch miró a Nate.

—¿Y bien?

—No es lo que me esperaba en absoluto —admitió.

—Parece simpática —añadió Luke—. Me ha gustado que haya hablado de mamá. No todo el mundo lo hace. Evitan mencionarla, y sé que lo hacen para que no nos pongamos tristes, pero estamos tristes de todos modos. Además, no hablar de ella hace que parezca como si no hubiera existido nunca o algo así.

Nate asintió.

—A mí también me ha gustado eso. Me ha gustado que haya reconocido lo importante que ha sido mamá para nosotros.

–Porque eso es algo que no se puede negar. Ninguno vamos a olvidar nunca a vuestra madre, Nate y Lynn lo entiende. Jamás intentará competir con los recuerdos que tenemos de ella. Ella no es esa clase de mujer. Tiene un corazón cálido y generoso, igual que lo tenía vuestra madre.

Luke la miró cuando pasó por delante con otra bandeja y sacudió la cabeza.

–Cada vez que la veo con una de esas bandejas me entran ganas de ir corriendo a quitársela. Esas cosas deben de pesar una tonelada.

–Sí, a mí también me despierta un fuerte instinto de protección –dijo Mitch–, pero hacedme caso, si lo intentaras, te soltaría un guantazo por tonto.

–Ya sé que dijiste que no necesitabas mi bendición, papá, pero la tienes –dijo Luke.

–Gracias, Luke –y mirando a Nate preguntó–: ¿Y tú?

Nate parecía incómodo.

–No estoy listo del todo para subirme al carro y menos si vais a hacer algo precipitado. Creo que es demasiado pronto –siguió mirando fijamente a su padre–. Pero me guardaré la opinión, papá. Si te hace feliz, te prometo que le daré una oportunidad.

Mitch asintió.

–Eso es todo lo que pido, hijo.

Y después del modo en que Nate había reaccionado al principio, eso era mucho más de lo que se había permitido esperar.

Para cuando Lynn pudo por fin tomarse un descanso de verdad, Mitch y sus hijos ya habían terminado de cenar. En cierto modo fue un alivio no tener que sentarse allí e intentar tragar comida con el nudo que se le había formado en la garganta ante su sincero escrutinio. Había podido ver que Nate no parecía siquiera resignado a verla en la vida de su padre.

Al volver a sentarse en el banco, se fijó en que había tres botellas de cerveza entre Mitch y Nate. Ya que no había prestado atención a quién se las había estado bebiendo, el corazón le dio otro pequeño vuelco.

Al parecer, Mitch vio su expresión y la interpretó correctamente. Señaló con el dedo su vaso de refresco y, aunque se quedó aliviada, su inquietud no desapareció del todo ya que la primera reacción que había tenido le decía que pasaría mucho tiempo antes de que creyera de verdad que había dejado atrás la bebida.

—Papá dice que tienes tres trabajos —dijo Luke—. ¿Cómo puedes compaginarlos? A mí me cuesta solo con uno.

—Imagino que el trabajo que haces para tu padre es mucho más exigente físicamente que los míos.

—¿Estás de broma? Esas bandejas que llevas tienen que pesar mucho.

Ella se rio.

—No, aunque me ha costado un poco acostumbrarme. Los dos primeros días me aterraba tirarle algún plato encima a los clientes —sonrió—. Me enorgullece decir que aún no me ha pasado.

—¿Y dónde más trabajas? —preguntó Luke.

—A tiempo parcial en la boutique de Raylene y para tu padre.

Nate inmediatamente se puso recto.

—¿Te paga? ¿Por hacer qué? —preguntó con desconfianza.

Mitch inmediatamente lo miró mal.

—Cuidado con ese tono, hijo.

—Solo pregunto qué clase de trabajo hace para ti —le contestó negándose a recular—. Dudo que levante muros de yeso.

—Me ocupo de la facturación y las nóminas —dijo decidida a no ofenderse.

—Pero papá siempre… —comenzó a decir Nate antes de parar y mirar a su padre con gesto de confusión—: ¿Qué?

–En invierno y verano no puedo hacerlo con todo el trabajo que tengo.

Nate no se quedó muy convencido, aunque no dijo más. Lynn, sin embargo, había captado el mensaje. Contratar a alguien para encargarse de esas tareas no era algo que Mitch hiciera siempre. Estaba claro que lo había hecho para ayudarla y decidió que aclararía ese tema con él a la mínima oportunidad que tuviera.

–Será mejor que vuelva al trabajo –dijo levantándose–. Me alegro mucho de haber tenido la oportunidad de conoceros. Seguro que volvemos a vernos.

Se marchó de la mesa sin esperar a que ninguno de los dos respondiera. Era bien consciente de que la noche no había ido bien y lo sentía por Mitch, porque, sin duda, él había contado con que se ganara el favor de sus hijos. Sin embargo, a juzgar sobre todo por la reacción de Nate, esa aprobación no tenía pinta de ir a llegar muy pronto.

No por primera vez se preguntó si Mitch y ella no se estaban engañando al pensar que su relación tenía una mínima oportunidad de salir bien. Su vida era demasiado complicada en ese momento como para pasar mucho tiempo preocupándose por el futuro cuando ni siquiera podía estar segura de qué le depararía el resto del día. Tal vez era el momento de echarse atrás y darles a los dos un respiro.

Pero mientras se decidía a hacerlo, recordó que Mitch estaba seguro de que lo que tenían era importante y real, y tenía la sensación de que no iba a dejarla marchar tan fácilmente.

Mitch sabía que la cena con sus hijos había sido lo más desastroso que había hecho últimamente a pesar de que, finalmente, no hubiera estallado todo por los aires. Pero eso combinado con las dudas de Lynn sobre su problema con la bebida hacía que supiera que tenía mucho trabajo por delante antes de que la relación pudiera avanzar. Lo que no se había esperado era que Lynn fuera a hacer todo lo posible por evitarlo.

Solo durante la última semana había rechazado todas las invitaciones que le había propuesto y, cuando se había negado a la cuarta, le había preguntado al respecto.

–¿Qué está pasando, Lynn? Solo es una cena. ¿Todo esto es por lo que pasó en la barbacoa el Día de los Caídos? Creía que teníamos zanjado el tema del alcohol. ¿Es por Luke y Nate? ¿Estás preocupada de que puedan meterse entre los dos? Porque eso no va a pasar.

Ella suspiró y sus mejillas se encendieron.

–Mira, las dudas no se disipan solo porque queramos que así sea. En cuanto a tus hijos, no les hace tanta gracia como a nosotros. Eso es así y tenemos que afrontarlo. Nate, en especial, puede que nunca llegue a aceptar lo que está pasando.

–Nate entrará en razón –le dijo decidido a ser optimista–. Y Luke ya me ha dado su bendición. Le gustaste, Lynn. Me lo dijo.

–Me sorprende –le contestó algo complacida–. Y está claro que conoces a Nate mejor que yo, así que si dices que con el tiempo se acostumbrará a vernos juntos, tengo que aceptarlo. Pero esos no son los únicos obstáculos, Mitch. Creo que tenemos que dar un paso atrás.

–De acuerdo –dijo lentamente–. Pero antes de acceder, me vendría bien que me aclararas eso un poco.

A ella le asombró que la hubiera retado a eso, pero finalmente asintió.

–De acuerdo, ahí va. Mi vida es un follón ahora mismo. Me encanta tu compañía, probablemente demasiado. Me siento atraída por ti y créeme cuando te digo que no me esperaba que me pasara esto hasta dentro de mucho, mucho, tiempo.

–Hasta el momento no entiendo cuál es el problema. A mí todo eso me parece positivo.

–Porque eres un hombre –le respondió con ironía–. Si el sexo o la posibilidad de sexo entra en la ecuación, para vosotros todo está bien.

Mitch frunció el ceño ante el comentario.

–¿Y crees que soy así? Me estás subestimando, ¿no crees? Solo te he besado un par de veces y me he mantenido al margen por respeto a tu situación. He querido hacer mucho más que eso, pero estoy siendo todo lo paciente y comprensivo que se puede ser dadas las circunstancias.

En sus ojos había verdadera pena mientras hablaba.

–Todo eso lo sé –le dijo Lynn con voz suave.

–Pues entonces estás poniendo excusas, Lynn. ¿Qué te ha asustado de verdad?

–Supongo que la incertidumbre.

–¿Incertidumbre? ¿Sobre nosotros?

Ella esbozó una sonrisa que desapareció al instante.

–No, has sido muy claro al respecto. Pero no tengo ni idea de cuándo se va a cerrar mi divorcio y, admitámoslo, independientemente de lo que quieras creer, aún estás superando la muerte de Amy. Somos como dos almas solitarias a la deriva y es un momento pésimo para que pensemos en tener una relación.

Él comprendía lo que estaba diciendo y algunas de sus palabras eran increíblemente alentadoras. Sus conclusiones, sin embargo, no tanto.

–Como te he dicho, cielo, es solo una cena.

Ella frunció el ceño.

–Sé que los dos sabemos muy bien que no es así, a menos que algo haya cambiado para ti.

Mitch se rio.

–Mi testosterona está perfectamente bien, gracias, así que nada ha cambiado. Sin duda, quiero mucho más que una cena. Te quiero en mi cama, Lynn –la miró fijamente–. ¿Te queda lo suficientemente claro? Te quiero en mi vida a largo plazo.

Él le sonrió.

–Y dicho esto, también soy un hombre paciente y, como imagino que habrás notado, tengo mi propio bagaje. En el pasado meterme en la cama enseguida era lo que me atraía, ahora entiendo el valor y la recompensa de un buen y extenso preámbulo.

Ella se quedó asombrada con el comentario, pero al momento se rio.

–¿Extenso preámbulo, eh?

Mitch asintió.

–A mí me funciona. ¿No podrías arriesgarte a eso aunque sea? Te dará tiempo para decidir si se puede confiar en mí o no –sonrió–. Y podrás disfrutar sabiendo que para mí será una tortura estar en esa situación y estar cerca de ti al mismo tiempo. Las duchas frías y las noches en vela se han convertido en parte de mi rutina.

Sabía que ella estaba sopesando la insinuante oferta desde todo ángulo posible y, probablemente, intentando decidir si se atrevía a tomarle la palabra o incluso si confiaba en sí misma lo suficiente para ceñirse a las reglas. Finalmente, una sonrisa se extendió por su rostro y con ella dejó muy claro lo que pensaba.

–¿Entonces vamos a hacer pública la relación? –preguntó más intrigada de lo que él había esperado, dadas las dudas que había expresado.

–Ese es el plan. A menos que pienses que Ed se va a volver a poner hecho una furia si nos ven juntos por el pueblo. ¿Quieres consultárselo a Helen? Lo último que quiero es causarte problemas.

Lynn vaciló y sacudió la cabeza.

–No es necesario –respondió con firmeza–. Es decisión mía, ni de Helen ni de Ed –extendió la mano–. De acuerdo, trato hecho.

En ese momento, él se permitió una amplia sonrisa.

–Oh, no, así no, Lynn. Cualquier trato tan importante como este merece que se selle con un beso.

–Pero si has dicho…

La protesta murió en sus labios cuando él cubrió su boca por un instante lo suficientemente largo como para dejar claro una vez más que un beso nunca sería suficiente. Para su alivio, cuando un suave gemido se escapó de los labios de Lynn y ella se aferró a él, pudo ver que para ella tampoco sería suficiente.

Capítulo 21

La tensión dentro de la casa de Karen Cruz se podía cortar con cuchillo, pensó Flo cuando Liz y ella llegaron a la cena que se había organizado con Frances y su familia para hablar del futuro de la anciana.

Frances estaba sentada sola en un gran sillón con gesto impasible mientras la conversación se desataba a su alrededor. Parecía algo perdida y demasiado triste. Instintivamente, Flo y Liz se sentaron en los brazos del sillón y cada una le tomó una mano dándole un fuerte y alentador apretón.

—¿Estás bien? —le preguntó Liz preocupada.

—No, no lo estoy. Todos están actuando como si ya hubiera perdido la cabeza, hablando a mi alrededor sobre mí. Ni uno solo me ha mirado y me ha preguntado qué quiero.

Flo lo sentía por su amiga, pero también se sentía muy mal por sus hijos y los esposos de estos por verse en esa inesperada situación. Liz, Frances y ella habían tenido tiempo para asumir la noticia, pero para su familia era algo completamente nuevo. No solo estaban debatiéndose con su propia angustia, sino que también estaban intentando encontrar una solución para uno de los problemas más difíciles a los que se puede enfrentar una familia: cómo ayudar a un padre anciano.

Flo miró a la hija de Frances. Jennifer rondaba los cincuenta. Su marido y ella eran profesores y con sus dos hijas ya en la universidad y otra más a punto de entrar en otoño, no se encontraban en la mejor situación económica.

Jeff, el hijo de Frances, tenía una mujer a la que nunca le había interesado especialmente su familia política. Estaba muy unida a su madre y a sus hermanas y se había mantenido alejada de Frances durante años. Flo tenía la sensación de que no le hacía ninguna gracia estar en esa habitación manteniendo esa conversación.

—Está claro que mamá no puede vivir sola —dijo Jeff—. Supongo que podría estar con nosotros un tiempo y el resto contigo, Jen.

Martha, su mujer, se quedó horrorizada ante la propuesta. Y también Jennifer.

—Eso no funcionará —dijo Martha lanzándole a su marido una mirada desafiante—. No tenemos sitio.

Dave, el marido de Jen, les lanzó a su cuñada, e incluso a su mujer, una dura mirada.

—Podríamos hacer que funcionara. De todos modos, las chicas están fuera la mayor parte del tiempo.

—Pero los dos tenemos trabajos —protestó Jennifer—. Alguien tendría que quedarse en casa o tendríamos que solicitar ayuda.

Flo ya había oído suficiente. Miró a Liz, que asintió. Habían quedado en que se implicarían solo si la conversación parecía ir mal. No querían que Frances estuviera ahí sentada escuchando cómo sus hijos dejaban ver que era una carga para ellos.

—¿Puedo decir algo? —dijo Flo dándole a Frances otro apretón de manos—. Liz y yo hemos pasado más tiempo con vuestra madre que cualquiera de vosotros últimamente —cuando Jen empezó a protestar, Flo alzó una mano—. No lo he dicho para juzgaros, pero es así. Aunque es verdad que últimamente se han producido unos cuantos incidentes, no creo que la decisión haya que tomarla hoy. También conozco a vuestra madre lo suficientemente bien como para entender que lo último que quiere es ser una carga para cualquiera de vosotros.

–Bueno, ¿y qué otra elección hay? –preguntó Jeff con clara frustración–. No puede seguir viviendo sola en ese apartamento. El casero nos llamó después del incendio y quiere que se vaya.

Aunque la noticia la encendió de rabia, Flo entendía que Ned Kildare sintiera que tenía que velar por la seguridad del resto de inquilinos también.

–Lo entendemos –dijo Liz–, pero hemos estado hablando sobre buscar un complejo para mayores donde las tres podríamos estar cómodas, uno de esos que ofrecen distintos tipos de cuidado y ayuda con viviendas independientes durante el tiempo que podamos y con asistencia cuando lo necesitemos. Las circunstancias de Flo han cambiado últimamente y también las mías, pero sigo pensando que es la solución viable.

–Mamá no puede permitirse un complejo así de caro –dijo Jeff–. Y como poco debería vivir cerca de alguno de nosotros.

–¿De verdad queréis separarla de la comunidad donde ha pasado toda su vida? –preguntó Flo y girándose hacia Frances añadió–: Cielo, no quiero hablar de más. Esto depende de ti. ¿Por qué no nos cuentas lo que quieres?

A Frances se le llenaron los ojos de lágrimas.

–Quiero quedarme en casa con Lester –dijo en un susurro apenas audible.

Al oírla, Jennifer se echó a llorar y cruzó la habitación para darle un abrazo a su madre.

–Mamá, sabes que papá se fue hace mucho, mucho, tiempo.

Frances se quedó atónita.

–¿Que Lester se ha ido?

Jen le secó las lágrimas a su madre.

–Sí, mamá, se ha ido. Y hace un par de años vendiste la casa por eso. Has estado viviendo en un apartamento, ¿recuerdas?

Frances frunció el ceño y pareció regresar al presente.

–Sí, claro que lo recuerdo –dijo irritada–. Y sé que debería haber buscado una residencia cuando me dieron el diagnóstico, pero supongo que no he querido admitirlo y que pensaba que sería uno de los pocos afortunados que nunca pasan de un leve desorden cognitivo. He sido una idiota.

–Mamá, tú nunca has sido idiota –dijo Jeff–. Y no importa que te lo hayas estado negando. Todos estamos afrontándolo ahora y lo haremos juntos –al hablar, le lanzó a su esposa una mirada desafiante.

Karen, que había estado callada hasta ese momento, se levantó y se arrodilló al lado de Frances.

–Decidas lo que decidas, sabes que Elliott y yo queremos que te quedes aquí hasta que encuentres la solución correcta. No hay ninguna prisa, ¿de acuerdo? –y mirando con decepción a Jeff y a Jennifer, añadió–: A Daisy, a Mack, a Elliott y a mí nos encanta tenerte en casa. Tú siempre estuviste a mi lado y estoy más que feliz de poder hacer todo lo que pueda por ti ahora.

A Jen no pareció hacerle mucha gracia que esa chica más joven que no tenía ningún vínculo familiar con su madre se hubiera implicado de un modo que no había hecho ella. Aun así, se agarró a sus palabras como a un clavo ardiendo.

–Karen, ¿estás segura de que estás dispuesta a hacer eso? Esperas un bebé y tienes un trabajo en el que pensar.

–Queremos hacerlo –insistió Karen–. Si Elliott estuviera aquí, él mismo os lo diría también, pero hemos decidido que era mejor que se fuera con los niños a casa de su madre para que todos pudierais hablar más tranquilos.

–Sería solo hasta que pudiéramos encontrar un lugar donde mamá se sienta cómoda –dijo Jeff aliviado–. Insistiría en que se viniera conmigo, pero sé lo mucho que adora a Daisy y a Mack y a este pueblo. Estará mucho más feliz aquí contigo y con sus amigas cerca.

—Y la llevaremos a visitar todas las residencias de la zona —se ofreció Flo—. Cuando hayamos seleccionado algunas, os lo diremos y así podréis ir a echar un vistazo a las que más le gusten a vuestra madre.

Jen miró a su alrededor agradecida.

—No os imagináis cuánto significa para mí saber que mamá está rodeada de tanta gente que se preocupa por ella.

—Más que mis propios hijos, por lo que veo —espetó Frances con tristeza. Se levantó—. Creo que me voy a mi cuarto a descansar.

Se marchó acompañada de Liz.

Flo miró a Jen y vio lágrimas cayéndole por las mejillas.

—Tiene razón —dijo Jen—. Sois los únicos que habéis hecho algo. Yo solo podía pensar en cómo demonios íbamos a hacer esto.

—Habría sido muy complicado —dijo Jeff mirando directamente a su mujer mientras hablaba—, pero podríamos haber hecho que funcionara. Aun así, agradezco que haya una alternativa.

—Y no tenéis por qué sentiros culpables por ello —le dijo Flo.

Aunque la decepcionó que la familia de Frances hubiera reaccionado así, después de haber estado viviendo con Helen, Erik y Sara Beth durante la convalecencia de su operación de cadera entendía lo complicado que solía ser tener a tres generaciones viviendo bajo un mismo techo. Y tener que ajustarse a eso de la noche a la mañana debía de ser increíblemente difícil.

—E intentad que lo que ha dicho vuestra madre no os afecte demasiado —les advirtió Flo—. Lo está pasando fatal intentando aceptar que necesita ayuda. Es una mujer orgullosa y ha podido vivir de forma independiente durante años. Esto va a suponer un gran cambio para ella y tiene derecho a enfadarse de vez en cuando.

Jen esbozó una temblorosa sonrisa.

–Después de las broncas que me echaba de adolescente, creo que lo de hoy no ha estado demasiado mal. Y a pesar de lo que podáis pensar de nosotros ahora mismo, vamos a estar a su lado. Os lo prometo.

Karen abrazó a Jen.

–Tuvisteis mucha suerte de tenerla como madre. Yo solo la he tenido en mi vida unos años. A lo mejor os ayuda saber cuánto la quiero. No va a enfrentarse a esto sola.

–No, claro que no –dijo Flo con énfasis. Total, a lo mejor en un par de años, Donnie y ella ya estarían listos para irse a una residencia, ¡sobre todo a una donde celebraran bailes con frecuencia!

–¿Por qué estamos aquí? –preguntó Lynn cuando se reunió con Helen en la puerta del juzgado solo dos días después de aquella incómoda cena con los hijos de Mitch–. ¿Es que por fin el juez va a dar el veredicto sobre el divorcio?

Helen sacudió la cabeza.

–Al parecer, Jimmy Bob ha presentado una nueva moción y Hal quiere que se celebre una vista antes de tenerla en cuenta.

–¿Una moción? ¿Y no sabes qué es?

Helen puso los ojos en blanco.

–Jimmy Bob es un gran aficionado a pillar por sorpresa al abogado contrario –dijo, claramente disgustada con sus tácticas–. El juzgado no lo aprueba y eso significa que no puede haber ningún fallo porque no hemos tenido tiempo para responder, pero para él es un gran juego. Me sorprende que el consejo de abogados no lo haya sancionado por hacer este truco demasiadas veces.

Helen la miró.

—¿Sabes a qué se podría deber? ¿Te ha dicho algo Ed últimamente que pueda darte alguna pista?

Lynn sacudió la cabeza.

—Últimamente me ha estado evitando, no quiere oír cómo me quejo de que no esté pasándome el dinero que me debe. Gracias a Dios ahora estoy ganando suficiente para salir adelante, al menos para comida y los gastos de la casa. Aun así, me da miedo que podamos terminar perdiendo la casa.

Helen sonrió.

—No creo que sea probable, a pesar de que ha dejado de pagar la hipoteca sistemáticamente. Creo que vamos a lograr que esa situación se rectifique.

—¿Tienes noticias del investigador?

Helen asintió complacida.

—Esas cuentas en las Islas Caimán sí que existen. No puedo demostrar cuánto dinero hay en ellas porque de momento es confidencial, pero su mera existencia va a poner a Hal hecho una furia. Le sacará cada centavo que pueda para asegurarse de que tú recibes lo que mereces.

Lynn sacudió la cabeza.

—¿Ha reconocido su padre que también ha estado robando dinero de la empresa?

—A mí no. Como ya dijiste, va a proteger a Ed hasta el final. Una vez lo suba al estrado y lo declare testigo desfavorable, imagino que podremos sacar suficiente información como para que Hal la tenga en cuenta.

—¿Crees que estamos hablando de mucho dinero?

—No tendría cuentas secretas fuera del país si no fuera así.

—¿Pero por qué? —preguntó Lynn aún perpleja—. ¿Es por pura codicia?

—Eso podría explicar algo, pero yo tengo dos teorías distintas.

—¿En serio?

–La primera, es posible que haya estado metido en el juego y haya sufrido algunas pérdidas.

Lynn se quedó impactada.

–Eso no me lo imagino. Nunca quería jugar al póquer ni al blackjack cuando en el club se celebraban las noches de las Vegas. No le interesaba. ¿Cuál es tu otra teoría?

–Que lo estén chantajeando.

Lynn abrió la boca de par en par.

–¿Chantajeando? Imposible. ¿Quién? ¿Por qué?

–¿No se te ocurre nada?

–Nada. Me asombraría que hubiera hecho alguna vez algo que se pudiera utilizar en su contra.

–¿Quieres decir algo más aparte de robaros a ti y a la empresa? –preguntó Helen con ironía.

–Sí, eso también es sorprendente. Imagino que nunca se conocen a las personas tanto como uno cree –miró a Helen desconcertada–. Pero si le está pasando todo eso, ¿por qué no tiene más ganas de dejar zanjado el tema del divorcio? Podría solucionar esto y centrarse en las demás locuras.

–A lo mejor no le queda dinero para un acuerdo. O a lo mejor esta moción que ha solicitado es un último esfuerzo para evitar que el juzgado te conceda nada.

Lynn la miró preocupada.

–¿Eso es posible?

–Cualquier cosa es posible. Puede intentarlo, pero no se saldrá con la suya, Lynn. No tienes que preocuparte por eso.

–Ojalá supiera qué trama. No me gusta entrar ahí sin saber nada.

–¿Y no se te ocurre ni una sola cosa? –insistió Helen.

Lynn pensó en las últimas conversaciones que había mantenido con Ed, básicamente breves y algo polémicas; tanto, que no había querido darle vueltas al tema.

–Creo que sus padres han estado presionándolo con el tema de los niños. ¿Podría ser eso?

–¿Qué clase de presión?

–Quieren verlos y están furiosos porque Lexie no ha querido ir a su casa. Por supuesto, me culpan a mí, aunque fueron unos comentarios de Wilma los que hicieron que Lexie se molestara.

Helen asintió.

–Podría ser eso. Esperemos, porque eso podríamos resolverlo muy rápidamente. Los niños son lo suficientemente mayores como para poder decidir cuánto tiempo quieren pasar con sus abuelos, y si podemos documentar que Wilma ha estado hablando mal de ti delante de ellos, eso sin duda debilitará sus argumentos.

Lynn la miró alarmada.

–¿Significa eso que Lexie tendría que testificar? No quiero meterla en medio de esto.

–No nos adelantemos a los acontecimientos. Puede que no tenga nada que ver con esto. Vamos a entrar ahí y a ver qué pasa.

Lynn asintió y la siguió hasta la sala de juicios. Ed ya estaba sentado con Jimmy Bob y se fijó en que ni siquiera la miró cuando se sentó. Además, sus padres estaban sentados justo detrás de él con gesto petulante.

Una vez Hal Cantor había tomado asiento, Jimmy Bob se levantó.

–Su Señoría, hemos solicitado una moción para enmendar la custodia compartida que buscábamos en un principio.

Lynn se quedó mirándolo impactada y se giró hacia Helen.

–¿Pueden hacerlo?

Helen le dio una palmadita en la mano.

–No te preocupes, vamos a ver por dónde salen.

La expresión de Jimmy Bob se volvió casi tan petulante como la de Wilma Morrow al anunciar:

–A Ed le gustaría solicitar la custodia absoluta de Alexis y Jeremy.

Al oírlo, Lynn sacudió la cabeza y Helen se puso en pie.

–Eso es absurdo. ¿Basándose en qué?

–Todo está en la moción.

–La cual, sorprendentemente, aún no he recibido en mi despacho –contestó Helen fulminándolo con la mirada–. Su Señoría, esto es escandaloso, incluso viniendo del señor West. Solicito un aplazamiento inmediato y una orden para que una copia de la moción esté en mis manos en menos de una hora.

–Concedido –dijo el juez Cantor mirando a Jimmy Bob con desdén–. Abogado, ya debería saber cómo funcionan las cosas.

–Esto es una emergencia, Su Señoría –insistió Jimmy Bob–. Seguro que el cartero ya ha hecho la entrega.

El juez ni se inmutó.

–Si yo tuve mi copia ayer para poder programar esta vista de emergencia, como usted dice, entonces la señora Decatur-Whitney también debería haberla tenido ayer. Solo se me ocurre que se trate de una omisión deliberada por su parte. Y eso no lo tolero, señor West.

Los padres de Ed se mostraron algo inquietos ante la obvia furia del juez. Estaba claro que habían llegado allí esperando salir victoriosos de la sala.

–Helen, tenemos que saber de qué trata todo esto –le dijo Lynn–. Tengo que entenderlo ahora.

Helen asintió.

–Su Señoría, antes de que nos marchemos, tal vez al señor West le gustaría resumirnos las bases de este cambio de emergencia en el acuerdo de custodia compartida previamente aprobado.

Jimmy Bob se levantó de un brinco.

–Acabamos de saber que ahora la señora Morrow trabaja en un bar y que tiene una relación con un alcohólico. Con unos hijos que se encuentran en edad impresionable, este ya no es un entorno apropiado para ellos. El señor Morrow, cuyos padres están más que dispuestos a ayudarlo a ocuparse de ellos, solicita la custodia absoluta con visitas de la señora Morrow supervisadas. Creo que no hay duda de que los Morrow son una familia respetable, personas que les proporcionarán un entorno seguro a Alexis y Jeremy.

Lynn escuchó esas palabras con un impacto y una rabia cada vez mayores. Se puso de pie antes de que Helen pudiera agarrarla.

–¿Estás loco? –preguntó mirando a Ed y a los santurrones de los Morrow–. Es lo más escandaloso que he oído en mi vida. Lo vas a lamentar, Ed. Cuenta con ello –se giró hacia Helen–. Vámonos de aquí. Este olor me está revolviendo el estómago.

Helen le lanzó una mirada de compasión.

–Espera un segundo. Deja que el juez se marche –murmuró–. Él también parece estar a punto de vomitar.

–Se levanta la sesión –dijo el alguacil una vez Hal hubo salido de la sala.

Lynn fue hacia la puerta seguida por Helen. No podía soportar mirar a Ed. Cuando todo el proceso había comenzado se había jurado hacer lo posible por adoptar una postura civilizada por el bien de sus hijos. Pero dejar que Ed difamara a un hombre como Mitch para obtener la custodia de sus hijos, no porque fuera lo correcto, ni siquiera porque quisiera hacerlo, sino para complacer a sus padres, era pasarse de la raya. Y que se atreviera a atacarla por aceptar un trabajo al que él la había obligado con su comportamiento irresponsable era aún peor.

Se giró hacia Helen.

–A por todas. Dile a ese investigador que rebusque por todos los rincones hasta que sepamos exactamente qué trama Ed. Si esconde algo, sacadlo a la luz. Mis hijos no vivirán con un hombre que recurriría a algo así.

–La cosa se podría poner muy fea –la advirtió Helen–. Si tengo razón y resulta que ha tenido problemas con el juego o, peor, que lo han chantajeado, todo saldrá a la luz y es posible que los niños acaben enterándose, sobre todo si se ha cometido alguna ilegalidad.

La advertencia hizo que Lynn se detuviera. Quería hacer todo lo posible por proteger a sus hijos, pero el mejor modo de hacerlo sería mantenerlos alejados de ese hombre y de sus padres, que eran los que la habían hecho acabar en esa situación.

–No me importa que la cosa se ponga fea –dijo Lynn con hastío–. Solo quiero que mis hijos estén a salvo de gente como esa. El infierno se tendría que helar antes de que Wilma Morrow se acerque a mis hijos.

A Mitch le daba vueltas la cabeza mientras Lynn caminaba de un lado a otro de su cocina, claramente furiosa, pero hasta el momento sin decir ni una palabra que tuviera mucho sentido. Se había pasado por allí poco después de que ella hubiera vuelto del juzgado para ver qué había pasado y se la había encontrado en ese estado.

Se levantó, le puso las manos sobre los hombros y le ordenó:

–Para. Deja que te prepare un té helado. Está claro que estás muy nerviosa. Cuando estés más calmada, puedes contarme qué demonios ha pasado hoy en el juzgado.

–No creo que pueda sentarme. Lo único que me impide gritar es moverme.

Él alzó las manos como en gesto de derrota.

–Pues entonces muévete. De todos modos, te serviré el té. ¿Hay algo más que te apetezca? ¿Tienes hambre? Soy un negado en la cocina, pero imagino que podría prepararte una tortilla.

Para su asombro, cuando ella lo miró tenía lágrimas en los ojos.

–Yo aquí actuando como si me hubiera vuelto loca y tú tan dulce –dijo mientras las lágrimas le recorrían las mejillas–. No te mereces este lío al que te he arrastrado.

–¿Qué lío? ¿Te refieres al divorcio?

Ella asintió y, de pronto, empezó a sollozar.

Mitch la abrazó, la llevó al salón y la sentó en el sofá sin soltarla. Llevaba mucho tiempo imaginando un momento así, pero sin duda bajo otras circunstancias, como por ejemplo que no estuviera llorando como si se le hubiera roto el corazón.

–Dime –le dijo con delicadeza–. ¿Qué ha hecho Ed?

–Ha solicitado… –el resto de sus palabras quedaron perdidas entre sollozos.

–¿Qué ha solicitado, cielo? Cuéntame y lo solucionaremos. Lo prometo.

Tragó saliva con dificultad, agarró los pañuelos de papel que él había sacado de una caja y se secó los ojos.

–Quiere la custodia absoluta de Lexie y de Jeremy –logró decir finalmente.

Mitch la miró asombrado por esa última muestra de la crueldad de Ed.

–Jamás lo entenderá –dijo con seguridad–. Eres una madre increíble. Ningún juez alejaría jamás a esos hijos de tu lado.

–Gracias –murmuró sollozando.

–¿Y qué razones ha dado?

–Dice que es porque estoy trabajando en un bar –comenzó a decir y lo miró con desconsuelo– y porque te estoy viendo.

Eso Mitch no se lo había esperado. Sabía que a Ed no le gustaba que se juntara con Lynn o con los niños, pero que utilizara su relación para quitarle a sus hijos iba más allá de lo que le había creído capaz de hacer.

–No se saldrá con la suya –dijo con tirantez.

–Lo sé. Helen dice lo mismo, pero ahora estás metido en mitad de todo esto. Lo siento muchísimo.

–¿Y ha dicho cuál es el gran reparo que tiene hacia mí? –preguntó Mitch más por curiosidad que por otra cosa. Fuera lo que fuera, a lo mejor podía solucionarlo.

–Dice que eres alcohólico –le confesó con un susurro–. Si a eso le sumamos que estoy trabajando en un bar, cree que son bases suficientes para que los niños estén con él y con sus padres.

Mitch cerró los ojos para controlar el dolor que lo invadió al oír esas palabras. Por mucho que no hubiera ni una pizca de verdad en las palabras de Ed, si lo añadía a los propios temores de Lynn por su problema con la bebida, eso podía suponer el fin de su relación. Si existiera la más mínima posibilidad de que estar con él pudiera costarle la custodia de sus hijos, tenía que alejarse por muy duro que le resultara hacerlo. Ella no tenía por qué librar esa batalla.

Le rodeó la cara con las manos y esperó hasta que ella lo miró. Obviamente estaba avergonzada por haber tenido que admitir el contenido de esos documentos del juzgado.

–Escúchame, Lynnie. No seré responsable de que pierdas a tus hijos.

–Es culpa de Ed y de su mente enferma y retorcida –insistió–. No debería tener nada que ver contigo.

–Pero me ha metido en ello. Ahora bien, aunque creo que le costará muchísimo poder demostrar que soy alcohólico, sería mucho más inteligente sacarme del todo de esta ecuación.

Ella lo miró consternada.

–¿Qué estás diciendo?

–Que me voy a alejar –respondió y cada palabra que pronunció fue como una cuchillada en su corazón–. Es lo único que sé hacer para asegurarme de que no puede utilizarme en tu contra.

–Pero eso no es justo –objetó–. No has hecho nada malo. Y yo tampoco. Mitch, Helen va a solucionarlo.

–Nadie tiene más fe en Helen que yo, pero le voy a poner las cosas más fáciles –le rozó la mejilla, acarició la sedosa curva de su pómulo, preguntándose si podría volver a estar tan cerca de ella–. Quiero ponerte las cosas fáciles.

Se levantó y se agachó para besarla rápidamente.

–Mitch, por favor, no te vayas. Así no.

Lleno de un inimaginable pesar, la miró una última vez.

–No será para siempre –prometió–. Si me necesitas, llámame.

–Te necesito ahora.

Agradeció esas dulces palabras, pero se contuvo y sacudió la cabeza.

–Ahora mismo lo mejor que puedo hacer por ti es irme de aquí –la miró–. Déjame hacerlo, Lynnie.

Una vez más las lágrimas le salpicaron las mejillas, pero ella asintió lentamente.

–Gracias por ser más fuerte que yo –le susurró.

Él sonrió.

–Nadie es más fuerte que tú. Nadie.

Y mucho menos él, pensó mientras contenía las lágrimas al salir de la casa y alejarse de la mujer que había llegado a significar más para él que su propia vida. Había querido entregarle su corazón. ¡Qué ironía descubrir que el mejor regalo que podía darle ahora era su libertad!

Capítulo 22

Lynn llevaba aturdida lo que parecía una eternidad cuando en realidad había pasado menos de una semana. Entre el truco de Ed en el juzgado y que Mitch había salido de su vida, la estabilidad que hacía poco había creído tener al alcance de la mano ahora de pronto se había desmoronado de forma inesperada.

Se pasaba casi todas las noches despierta, lo cual significaba que la mayor parte del tiempo se la veía exhausta y que todo el tiempo se sentía espantosa.

Le contó a Helen lo que había hecho Mitch en un intento de protegerla y, al contrario de lo que había esperado, su amiga no se quedó tan afligida al oírlo.

–Por triste que sea, puede que tenga razón –le dijo mirándola con compasión–. Si Ed no va a ser razonable, nos ayudará tener una cosa menos contra la que luchar cuando volvamos a los tribunales la semana que viene.

–Pero Mitch no es un alcohólico –dijo Lynn sorprendida al descubrir, en cuanto esa enfática defensa salió de su boca, que verdaderamente creía lo que estaba diciendo. No había duda de que había tenido algún problema con la bebida durante un tiempo, tal como había admitido, pero ella había reaccionado con miedo movida por su propia situación vivida en el pasado, incluso cuando todas las pruebas favorecían a Mitch. Él no era su padre y no tenía ningún motivo para creer que seguiría el mismo camino como borracho.

Miró a Helen indignada.

—Ni siquiera sé de dónde se ha sacado Ed esa idea.

Helen sonrió con hastío.

—Probablemente de los mismos cotilleos que hemos oído de gente que lo veía en Monty's después de que Amy muriera.

—Pero hace meses que no sale por ahí.

—Hasta que has empezado a trabajar allí –le recordó Helen. Alzó la mano cuando Lynn empezó a saltar en su defensa una vez más–. Mira, sé por qué va allí, y he hablado con Monty, que está dispuesto a testificar que no ha bebido nada las veces que ha vuelto, pero sinceramente será más sencillo si esta es una batalla menos que tenemos que librar.

—Está mal –dijo Lynn totalmente frustrada por la injusticia.

—Estoy de acuerdo, pero mantenerse alejado no es algo que tenga que hacer para siempre, Lynn. Una vez quede resuelta la moción de la custodia, si Mitch y tú queréis veros, nada os podrá detener.

—¿Y no crees que Ed irá corriendo ante el juez si descubre que Mitch y yo nos hemos reconciliado? –le preguntó Lynn sin demasiada convicción–. Vamos, Helen, puede que esto no termine nunca. Ed podría hacernos la vida un infierno movido por el rencor.

—Creo que te equivocas. Sinceramente, creo que fue una táctica diseñada con mucho cuidado para lanzar algo de barro en vuestra dirección y mantenernos tan ocupadas como para no tener tiempo de ahondar en toda la basura que Ed intenta ocultar.

Lynn pensó en ello. En un momento jamás se habría imaginado que su marido pudiera ser tan retorcido, pero ¿últimamente? Ya no lo conocía.

—A lo mejor sí. ¿Y tenemos ya toda esa basura?

Helen sonrió.

–Nos estamos acercando mucho. El investigador ha encontrado unos recibos de la tarjeta de crédito que no tienen mucho sentido.

–¿Qué quieres decir? ¿Tarjetas de crédito personales?

–Personales. Y de empresa –aclaró Helen–. Al parecer, Ed las utilizaba indiscriminadamente.

–¿Por todos esos viajes que ha estado haciendo? –preguntó Lynn.

–Una cortina de humo –dijo Helen sucintamente.

Lynn la miró.

–No lo entiendo.

–Puede que Ed haya estado jugando mucho en esos viajes, pero no al golf. Estoy segura al cien por cien.

–¿Y entonces qué?

–Dame otro día. No quiero decir ninguna imprudencia. Puede que últimamente no me guste nada tu marido, pero no quiero hacer como él y acusar sin tener pruebas.

Lynn nunca había visto a Helen tan contenida.

–¿No te gusta nada esto, verdad? Sueles estar más contenta cuando tienes algo con lo que ganar un caso.

–No quiero jugar al gato y al ratón contigo, Lynn –le dijo disculpándose–. De verdad quiero estar segura antes de decir nada más, ¿de acuerdo? Si emito una acusación injusta, no es algo que podré borrarte de la mente de un plumazo.

Lynn la miró consternada.

–¿Tan dañino es?

Helen asintió.

–Eso me temo. ¿Puedes confiar en mí un poco más? Una vez tenga pruebas sólidas, suponiendo que existan, no me callaré. Te lo prometo. Sabrás todo lo que sé yo.

–Hasta ahora he confiado en ti y no veo razón para cambiar eso ahora.

–No tardaré. En cuanto tenga algo concreto que compartir contigo, hablaremos y decidiremos cómo quieres gestionarlo.

Lynn frunció el ceño al captar algo en su tono de voz.
—Esto va a ser un gran impacto, ¿verdad?
Helen asintió.
—Ni te lo imaginas.

La puerta trasera de la casa se abrió dándole a Lynn un susto de muerte. Entró corriendo desde el salón y se encontró a Ed de pie en la cocina y mirándola furioso. Para su sorpresa, ella no se acobardó. Se quedó ahí plantada lanzándole una mirada que habría fulminado a cualquiera.

—Llama la próxima vez —dijo en voz baja, lamentando por primera vez no haber tenido cuidado de cerrar esa maldita puerta tal como Mitch le había suplicado—. Ya no tienes ningún derecho a entrar aquí. Creí que eso lo habíamos dejado claro hace unas semanas.

—Puedo pasar mientras sea yo el que paga la hipoteca —soltó con aire bravucón.

—Pero según el banco, no solo no has estado pagando la hipoteca, sino que has solicitado un crédito con garantía hipotecaria a mis espaldas —le contestó furiosa—. Por cierto, gracias. No solo estás poniendo en grave peligro el techo bajo el que viven tus hijos, sino que estás arruinando mi economía en el proceso.

Él no le dio importancia a su comentario.

—Y tú estás a punto de arruinar mi reputación. Pero ya verás qué pronto se te acaba el chollo. Sé lo que esa barracuda de tu abogada y tú estáis tramando.

—¿Te refieres a lo de devolvértela con la misma moneda? Tú empezaste, Ed, el día que fuiste a por mis hijos y utilizaste mi trabajo y a Mitch para hacerlo. Hasta ese momento aún teníamos la oportunidad de resolver esto como adultos civilizados.

Él se mostró solo ligeramente disgustado por sus acusaciones.

—Ese hombre tiene un problema con la bebida. Pregúntale a cualquiera.

—Tuvo un problema justo después de que su mujer muriera. Estaba sufriendo y dudo que encuentres a alguien que ha sufrido un duro golpe emocional y que no haya recurrido a algún mal comportamiento que tenga que lamentar después. Si no hubiera crecido con un borracho y hubiera aprendido la lección, puede que ahora mismo yo también me hubiera dado a la bebida.

—Cómo no, tú lo defiendes —dijo Ed con sarcasmo.

Ella lo miró directamente a los ojos.

—Por supuesto que sí. Y sobre todo cuando se le ha acusado injustamente. De toda la gente que conoces, ¿no crees que soy yo la que mejor reconocería a un alcohólico si lo hubiera en mi vida?

Ed se estremeció al oírla. Él, mejor que nadie, sabía lo que a Lynn le había supuesto vivir con su padre.

—A lo mejor sí.

—Y ya que estamos tratando el tema de las acusaciones falsas, ¿de verdad crees que estaría trabajando en Monty's si no necesitara el trabajo precisamente por tu escandaloso comportamiento hacia tu propia familia? Y no es que necesite defenderme, porque es un bar perfectamente respetable. No es un antro de mala muerte, tal como intentasteis hacer ver en vuestra moción. ¿No crees que Hal Cantor lo sabe también? Come ahí al menos una vez por semana con algunos de los otros jueces de la zona. Supongo que lo sabes, ya que estaba allí cuando Jimmy y tú fuisteis a espiarme. Por eso viniste aquella noche, ¿verdad? Sin duda no es tu estilo.

—De acuerdo, sí, quería ver por mí mismo lo bajo que habías caído.

Ella se limitó a enarcar una ceja al oírlo. Ed se pasó una mano por el pelo, agarró una silla de la cocina y se sentó con aspecto derrotado.

La miró suplicante.

–Lynn, tenemos que parar esto antes de que se descontrole.

En ese momento, ella captó algo en su voz, un tono de verdadera desesperación.

–Totalmente de acuerdo. ¿A qué viene este repentino cambio de opinión? ¿Qué ha descubierto Helen exactamente que te ha puesto tan nervioso? ¿Qué has hecho, Ed?

Él la miró con inconfundible pesar.

–No es lo que haya hecho, al menos no exactamente.

–No te entiendo –le dijo cruzada de brazos mientras estaba ahí esperando.

–¿Podrías sentarte, por favor? Ya es bastante duro sin que estés ahí de pie esperando a atacarme.

Ella se sentó en el borde de la silla al otro lado de la mesa.

–¿Qué está pasando, Ed? ¿Hay alguien más? ¿De eso ha tratado esto desde el principio? ¿Me estabas engañando y te han pillado?

La pregunta quedó pendiendo en el aire mucho rato antes de que él finalmente asintiera.

–No te lo vas a creer. ¡Si hay días que ni yo mismo me lo creo!

Lynn esperó. Durante todos esos años había creído que sabía y conocía todo sobre su marido, pero nunca lo había visto así. Lo que fuera que estaba intentando decirle le estaba resultando muy duro. Había habido una época en la que lo habría sentido por él y le habría dejado salirse con la suya, pero ya no.

–Mucha gente tiene aventuras, Ed –dijo intentando animarlo a hablar–. Jamás pensé que serías una de esas personas, ya que no es que fueras exactamente apasionado cuando se trataba de mí. Siempre pensé que para ti el sexo era algo tedioso. Yo era joven e ingenua cuando nos casamos, así que no conocía otra cosa, pero ahora entiendo que no era normal. ¿Es que siempre ha habido otra persona?

Él sonrió.

–Me perdonarías si dijera que sí, ¿verdad?

Cuando Helen le había preguntado si su marido se había estado acostando con alguien se lo había planteado. ¿Podría perdonarlo y seguir adelante por el bien de su matrimonio, de sus hijos? En cierto momento probablemente la respuesta habría sido «sí». Había aprendido a vivir sin pasión, lo había aceptado a cambio de la tranquilidad que le había ofrecido su matrimonio.

Pero ahora, después de enamorarse de un hombre como Mitch que estaba dispuesto a dejarla antes que hacerle daño, no estaba segura de poder volver al egoísmo y la frialdad que Ed le había mostrado.

–No. A lo mejor en otro tiempo sí, pero ahora no, Ed. Últimamente tengo más respeto por mí misma.

–Bien por ti –y por sorprendente que resultara, sonó como si lo dijera en serio–. Nunca fui hombre para ti. Lo supe casi desde el principio, pero intenté serlo, Lynn –su lastimera expresión le suplicaba que le creyera–. Te juro que de verdad quería que nuestro matrimonio funcionara. Pero no estaba predestinado a salir bien.

Ahora sí que la había dejado anonadada.

–¿Porque siempre hubo alguien más?

Él asintió.

Lynn esperó… y esperó un poco más.

–Es Jimmy Bob –acabó diciendo.

Lynn oyó las palabras, pero no les encontró ningún sentido.

–¿Y qué tiene que ver Jimmy Bob con todo esto?

–Él y yo… –eso fue todo lo que logró decir.

–Él y tú –repitió mientras abría la boca de par en par–. ¿Jimmy Bob y tú?

–Al menos él fue lo suficientemente honrado como para no casarse ni arrastrar a nadie a esa mentira, pero yo no podía decepcionar a mis padres. Estabas ahí, queriéndome, dispuesta a quedarte con las sobras que te daba.

Me engañé pensando que podíamos hacerlo funcionar. A Jimmy Bob no le hizo ninguna gracia, pero seguimos con ello porque sabía tan bien como yo lo conservador que puede ser este pueblo. Los dos teníamos grandes ambiciones por entonces.

−¿Todos estos años? −dijo Lynn incapaz de entenderlo−. ¿Y nadie se ha dado cuenta? −evidentemente ella no, y eso que había estado viviendo con él.

−Hemos tenido cuidado y nunca estábamos juntos por aquí. Es más, mucha gente se pensaba que nos llevábamos fatal. Nadie del pueblo sospechó nunca, al menos no hasta que alguien reconoció a Jimmy Bob y nos vio a los dos de viaje fuera del pueblo.

−Y esa persona te está chantajeando −concluyó. De pronto, muchas cosas empezaban a tener sentido−. ¡Dios mío, Ed! ¿Cómo has podido hacer esto? ¿Tantos años de mentiras y engaños? ¿Fingir que me querías? ¿Años de no ser fiel ni a ti mismo? ¿Cómo podías mirarte al espejo?

Él la miró con angustia.

−Porque soy débil. Quería lo que tenía, lo que teníamos. Quería que mis padres siguieran respetándome. Quería ser el hombre en el que la gente confiara, como habían hecho con mi padre. Te quería a ti, al menos de un modo egoísta, y a nuestros hijos. Sabes lo que habría pasado si hubiera anunciado que soy homosexual. En Serenity no mucha gente lo habría aceptado, ni siquiera por encima, y mucho menos me habrían confiado sus seguros −respiró hondo−. Por eso te mentí, me mentí y mentí a todo el mundo.

−Excepto a Jimmy Bob.

Él asintió.

−Al principio me mantuve alejado de él intentando seguir con la farsa, pero al final se me hizo demasiado. Y él estaba empezando a cansarse. Tampoco podía culparlo por ello. Tenía que tomar una decisión y lo hice. Lo elegí a él. Pero te juro que antes de eso no estuvimos juntos…

juntos, juntos… no sé si me entiendes. En eso insistí siempre.

Si no se hubiera quedado tan impactada, a Lynn le habría hecho gracia su extraño código del honor.

—Nos fuimos después de haberte pedido el divorcio y en aquel primer viaje fue cuando alguien nos vio y ató cabos. Ahí empezaron los chantajes y todo empezó a desbaratarse.

—¿Y por qué estaba Jimmy Bob abriéndote esas cuentas en el extranjero? ¿Para que pudierais huir?

—Sí. Una vez el divorcio estuviera zanjado, teníamos planeado marcharnos, huir del chantaje, de todo. Estaba cansado de esconderme y sabía que cuando todo saliera a la luz, jamás podría mirar a nadie de este pueblo a la cara, y mucho menos a mis padres.

—Entiendo.

—Lo siento, Lynn. Jamás sabrás cuánto lo siento por haberte utilizado así. Creo que una de las razones por las que la he tomado con Mitch es porque es el hombre que me hubiera gustado ser para vosotros. Vi cómo te miraba y supe que nunca, ni una sola vez, yo había podido mirarte así, con tanta pasión.

Lynn nunca se había sentido tan emocionalmente agotada en toda su vida.

—Necesito tiempo, Ed. Tengo que pensar en todo esto.

—¿Podemos arreglar algo? Sé que no tengo derecho a pedírtelo, pero me gustaría que esto no se supiera. No es algo que quiera que sepan los niños. No quiero acabar con el poco respeto que puedan tener aún por mí.

Lynn le lanzó una mirada llena de compasión.

—Ed, ¿es que a estas alturas no sabes que tus hijos no te querrían menos por ser homosexual? Solo los perderías si nos trataras mal.

—Ya ha salido tu lado iluso. Vives en un mundo de ensueño si te crees eso, Lynn. Si todo eso sale a la luz, los perderé.

–¿No crees que saldrá a la luz si te marchas con Jimmy Bob? –le preguntó incrédula–. No vas a poder conseguir las dos cosas, Ed. Puedes seguir intentando vivir una mentira o puedes contárselo a todo el mundo y vivir con las consecuencias. No creo que llegues a ser del todo feliz a menos que optes por lo último.

–Puede que tengas razón, pero no estoy seguro de tener tanto valor. Esto va a matar a mi madre y a mi padre no le va a hacer ninguna gracia saber cómo he perjudicado al negocio y cuánto os he robado a los dos.

–Son tus padres, Ed. Te quieren. Una vez se recuperen del impacto, se pondrán de tu lado. Cuéntaselo ya antes de que se enteren de otro modo.

–¿Cómo? ¿Cómo le cuenta uno a sus padres algo así?

–A mí me lo has contado, ¿no?

–Pero solo porque me has puesto entre la espada y la pared –la observó–. ¿Utilizarás en mi contra lo que te he contado?

Oyó verdadero pánico en su voz. El escepticismo que había estado desarrollando en lo que respectaba a él le hizo preguntarse si todo eso no sería una enorme estratagema. Si había sido capaz de jugar a un doble juego todos esos años, ¿por qué no otro gran acto diseñado para disuadir a Helen?

–¿Tienes pensado cambiar de táctica y renunciar a esa ridícula demanda de custodia?

–Hecho.

–En ese caso hablaré con Helen. Creo que querrá que nos sentemos todos a hablar y meditar esto antes de la siguiente vista en el juzgado.

–Lo que necesites.

–¿Y cómo tienes pensado solucionar lo del chantaje, Ed? No puedes vivir con eso pendiente y si vas a la policía, saldrá a la luz de todos modos –dijo casi lamentándolo por el dilema en el que se encontraba.

Sí, sin duda se lo había buscado él solito, pero en cierto modo podía entender las elecciones que había hecho. Tal vez aún no estaba preparada para perdonarlo, pero sí que podía entenderlo. Ed siempre había anhelado el respeto que el pueblo le había rendido a su padre y al casarse con ella lo único que había hecho era cumplir, o intentar cumplir, las expectativas de los demás.

–De ahí lo de las Islas Caimán. Una vez más quería tomar la salida más fácil.

–Entonces deja que te pregunte algo. Si hubieras conseguido la custodia, ¿habrías intentado llevarte a Lexie y a Jeremy contigo?

–Sinceramente no había llegado a pensar en tanto. Jimmy Bob creía que sería una táctica que podría asustarte y llevarte a ponerle fin a tus demandas y dejarme libre.

Lo miró apenada.

–Es algo que haces mucho últimamente, ¿no? Lo de no pensar las cosas y dejar que alguien más te influya.

–Sí, es una de esas lecciones de vida en las que voy a estar mucho tiempo trabajando.

En ese momento se levantó y dio un paso hacia ella, aunque pareció pensárselo mejor y retrocedió.

–Lo siento, Lynn, no solo por lo que te he hecho pasar últimamente, sino por todo. Nunca sabrás cuánto lo siento. Eres una mujer maravillosa y no te merecías nada de esto.

–Yo también lo siento.

Y no por nada que hubiera hecho, sino por no haberlo entendido antes, por no haber visto todo el dolor que debía de haber sufrido su marido al vivir en una mentira. Lo había amado ciegamente durante muchísimo tiempo. Jamás se habría pensado que se pudiera amar demasiado, pero se había equivocado. A lo largo de los años había ignorado demasiadas cosas, lo había disculpado demasiadas veces, había asumido gran parte de la culpa de los fallos de su matrimonio.

Al acercarse a la puerta, se giró y preguntó:

–¿Cómo están los niños?

–No muy contentos. Asustados. Echan de menos a su padre, o al menos echan de menos creer que te importan.

–He armado un buen follón –dijo con la voz cargada de pesar–. Encontraré el modo de solucionarlo todo, lo prometo –vaciló y entró en el salón–. Iba a marcharme para dejarte pensar en ello, pero me preguntaba si te importaría que me quedara aquí hasta que los niños vuelvan del colegio.

Lynn pensó en lo que le había pedido y supo que no era demasiado.

–¿Y tú te guardarás lo que hemos estado hablando?

–Por supuesto –respondió él de inmediato–. Si decidimos contarles algo de esto, lo haremos juntos.

Lynn asintió.

–Entonces, de acuerdo, quédate. Es más, ¿por qué no te quedas a pasar la noche con ellos? Tengo que ir a un sitio, tengo que ir a ver a alguien.

Él le dirigió una triste mirada.

–¿Mitch?

Ella lo miró sorprendida.

–¿Por qué has dado por hecho que iría corriendo con él?

–Oh, por favor, Lynn, se te nota lo que sientes. ¿Por qué crees que lo ataqué en el juzgado? Es el tema más candente en Wharton's últimamente. A todo el mundo le encanta oír la historia del tipo que nunca tuvo oportunidad y que por fin consigue a la chica de sus sueños.

Ella sonrió ante la descripción.

–Créeme, soy yo la que al final ha tenido suerte.

Probablemente había unas mil cosas aún por resolver, y más momentos difíciles por delante de los que podía imaginar, pero aun así se marchó de casa sin mirar atrás y con el corazón más sereno de lo que lo había sentido en meses.

Lynn se detuvo brevemente en casa de Helen para ponerla al tanto de las asombrosas revelaciones de Ed.

–Dice que quiere llegar a un acuerdo inmediato y que renunciará a la custodia. ¿Aún podemos hacerlo?

–Sí es lo que quieres hacer, totalmente.

–Esto es lo que intentabas no contarme, ¿verdad?

Helen asintió.

–Pero no tenía la clase de pruebas que necesitaba antes de decir nada.

–Te agradezco tu cautela. No estoy segura de que lo hubiera podido creer sin haberlo oído directamente de boca de Ed. Aún estoy impactada por haber pasado tanto tiempo pensando que teníamos un matrimonio medianamente decente.

Helen sonrió.

–«Medianamente decente» no es esperar mucho. Tú te mereces más.

Lynn pensó en Mitch y le sonrió.

–Creo que por fin lo he entendido. Tengo que ir a buscar a Mitch.

–¿Se lo vas a contar?

–Solo le diré que parece que por fin esto acabará pronto. El resto… –se encogió de hombros–. Es Ed el que tiene que decidir si contárselo o no a la gente. Personalmente espero que acabe diciéndolo. Creo que le sorprendería ver cuánta gente lo apoyaría. Este pueblo tiene una generosidad que él subestima.

Helen no parecía tenerlo tan claro.

–A lo mejor sí, si hubiera sido sincero desde el principio, pero ahora después de todo lo que te ha hecho pasar… No sé, Lynn. Podría ser demasiado tarde. No se trata de que sea o no homosexual. Se trata de lo demás, de lo que ha hecho para taparlo, del dolor que os ha causado a ti y a los niños.

–Aun así creo que la gente encontrará el modo de perdonarlo, sobre todo si les enseño cómo.

–¿Puedes hacerlo a pesar de todo? –le preguntó Helen claramente sorprendida.

Lynn lo pensó antes de responder y asintió.

–Quiero que esté al lado de Jeremy y Lexie. Y quiero que ellos sepan lo que es el perdón y lo que es renunciar a la rabia, no por el bien de Ed, sino por el de ellos. Es curioso cómo me aferré a mi rabia hacia mis padres durante tanto tiempo y cómo ahora puedo ver que a la única que he estado años haciendo daño era a mí misma. No quiero eso para ellos. Todos necesitamos seguir adelante.

–De acuerdo. Programaré esa reunión para mañana. No hay tiempo que perder. Imagino que por una vez en su vida, Jimmy Bob cooperará en todo de manera incondicional.

La risa que soltó Lynn sonó algo tensa.

–Eso parece, ¿no?

–Parece como si se te hubiera quitado un gran peso de encima.

–Así es cómo me siento exactamente. No tienes ni idea del alivio que es saber por fin que nada de lo sucedido ha sido culpa mía, que no he fracasado como esposa. No podría haber salvado mi matrimonio por mucho que lo hubiera intentado.

Helen le señaló la puerta.

–Vete. Parece como si fueras a estallar si no ves pronto a Mitch.

–Podría pasar –sonrió Lynn.

Tal vez el papeleo no había llegado a su fin y los detalles del acuerdo aún no se habían especificado, pero todo había terminado y era libre para seguir adelante, tanto emocional como casi legalmente.

Y en esa ocasión no tenía duda de que había encontrado a un hombre lo suficientemente formal como para tratarla con la ternura y el respeto que merecía.

Capítulo 23

Flo, con lágrimas cayéndole por la cara, se encontraba en la puerta del complejo de viviendas asistidas donde esa mañana había entrado Frances. Inmediatamente, Donnie la rodeó con sus brazos.

–Estará bien –murmuró suavemente–. Lo sabes. Este es el lugar donde tiene que estar y es muy agradable. Tuviste suerte de encontrarlo tan cerca y más todavía de que tuvieran una plaza libre.

–Pero se la ve tan triste y perdida. Creo que ha empeorado solo con el traslado.

–Imagino que estará un poco desorientada al principio, pero encontrará su camino. Liz y tú podéis venir a visitarla a diario y llevarla al centro de mayores a jugar a las cartas o a almorzar. Hasta podéis llevarla a esas noches de margaritas de las Dulces Magnolias si le apetece. ¿No es la ventaja de haber encontrado un lugar bueno tan cerca?

Flo esbozó una triste sonrisa.

–Donnie Leighton, ¿sabes cuánto te quiero por intentar hacerme sentir mejor?

–Siempre voy a estar a tu lado para intentar animarte –le prometió.

–Gracias por venir conmigo esta noche. Cuando Liz me dijo que no se veía capaz, me aterraba venir sola. Sabía que me pasaría todo el tiempo imaginando el día en que tenga que tomar la misma decisión que Frances y su familia acaban de tomar.

–Te falta mucho tiempo para tener que elegir un lugar así. Además, me tienes a mí. Me ocuparé de ti.

Ella sonrió al verlo hablar sin vacilar.

–Últimamente he estado pensando en eso –admitió.

–¿En que cuide de ti? ¿No irás a empezar con el rollo ese de que soy más joven, verdad?

–No –lo agarró de los brazos y lo miró a los ojos–. Lo que iba a decir es que he estado replanteándome algo.

Una inconfundible esperanza iluminó sus ojos.

–¿Qué?

–Lo del matrimonio –dijo para añadir rápidamente–: Ahora no lo necesito. Estoy feliz tal cual están las cosas, pero me pregunto si habré sido demasiado cabezota para mi propio bien y si, tal vez, he estado pensando demasiado en mí y nada en ti.

–¿Cabezota tú? ¡Imposible! –contestó él con diversión en la mirada.

–¿Vas a dejar que termine de hablar o quieres burlarte de mí?

–Ya que parece que será mejor para mí que te escuche, de ahora en adelante seré una tumba.

Flo resopló.

–Pues como iba diciendo, he estado pensando en que tal vez debería reconsiderar tu propuesta e incluso decirte que sí –una pizca de incertidumbre se coló en su voz–. Eso, suponiendo que la oferta siga en pie.

La sonrisa que se extendió por el rostro de Don fue respuesta más que suficiente.

–¿Cuándo? –preguntó sonriendo.

–Imagino que podríamos ir al juzgado mañana mismo y hacer esto muy rápido.

–Oh, no, Flo Decatur. Si te casas conmigo vamos a hacerlo a lo grande. No tenemos que casarnos en la iglesia, pero sí que tendremos una preciosa ceremonia y un banquete con todos tus amigos. Imagino que Helen querrá asegurarse de que estamos bien atados.

Flo se rio y lo abrazó.

–Sí, imagino que sí que lo hará.

–Por supuesto, dicho esto, no quiero correr el riesgo de que cambies de opinión otra vez, así que quedemos para el sábado de la semana que viene. ¿Te parece bien?

A Flo le dio un brinco el corazón, aunque a ella le pareció algo positivo dadas las circunstancias.

–El sábado de la semana que viene me vendría muy bien.

La besó para sellar el trato y la miró a los ojos.

–¿Quieres entrar y compartir la noticia con Frances?

Y esa era precisamente la razón por la que por fin había accedido, porque ese hombre la conocía más que nadie.

–Me lees la mente –le dijo agarrándole la mano para entrar y compartir la noticia con una de sus mejores amigas.

Lynn tuvo que buscar por todo el pueblo antes de encontrar a Mitch trabajando en uno de los edificios del centro que Raylene y él estaban reformando para abrir nuevos negocios. Después de ver su camioneta en la acera, aparcó al lado, cruzó la puerta y se puso un casco. Podía oír martilleo desde la trastienda.

Cuando lo vio se tomó un minuto para contemplar a ese hombre que había sido tan amable, tan paciente, tan encantador sin pedir nada a cambio. Gracias a Dios que estaba solo porque lo que se le estaba pasando por la cabeza no podía tener testigos.

Mitch terminó de clavar unos clavos y se inclinó sobre una mesa para estudiar unos planos dándole unas vistas excelentes de su espléndido trasero cubierto de tela vaquera. Cuando por fin alzó la mirada y se giró hacia ella, una sonrisa se extendió por su rostro.

–Vaya sorpresa –dijo cuando ella se acercó, y cuando Lynn se puso de puntillas y lo besó añadió–: Y esto ha sido una sorpresa aún mayor. ¿Qué está pasando, Lynn? Habíamos quedado en...

–He entrado en razón –dijo interrumpiéndolo.

–No sabía que la hubieras perdido.

–Te permití que te alejaras.

Empezó a agarrarlo otra vez, pero él la sujetó por la cintura y la miró a los ojos.

–No es que no esté encantado de que hayas cambiado de opinión, ¿pero te importaría explicarme por qué? Todas las razones por las que me aparté siguen ahí, ¿no?

–No tanto.

–Voy a necesitar que me expliques algo más.

–Acabo de mantener una larga conversación con Ed –dijo como si fuera explicación suficiente.

–¿Y comparándonos yo resulto fantástico?

–Sí, pero no es por eso –le respondió ella sonriendo porque a ese hombre se le daba genial hacerla reír–. Me he dado cuenta de que gracias sobre todo a ti he podido dejar atrás toda mi rabia, toda la amargura, toda mi culpabilidad por haber dejado que mi matrimonio fracasara. Ha desaparecido. Lo único que he sentido mientras estaba desnudándome su alma ha sido alivio. Vamos a llegar a un acuerdo probablemente mañana. La batalla ha terminado, Mitch. Ha terminado del todo y de verdad. En cuanto el juzgado lo apruebe, podré dejar atrás mi matrimonio y mirar al futuro.

En la mirada de Mitch había alivio, pero también un toque inconfundible de cautela.

–Hablas con mucha seguridad para llevar meses pasándolo muy mal por culpa de Ed.

–Ha terminado –repitió con énfasis–. Y tendrás que fiarte de mí en eso –lo miró a los ojos–. ¿Puedes hacerlo?

–Para mí siempre ha sido fácil confiar en ti –la llevó hasta un caballete que había en mitad de la habitación, se sentó encima y la sentó a ella sobre su regazo–. Dime de qué modo encajo yo en esta situación.

–Del modo que quieras, pero estaba pensando que podríamos empezar saliendo de aquí y yendo a tu casa, al Serenity Inn o adonde quieras para tener un poco de intimidad.

A él se le iluminaron los ojos ante la propuesta.

–¿Y los niños?

–Ed está con ellos. Y hasta podría convencerlo para que se los llevara a su casa a dormir si te parece buena idea.

–Creo que es una idea increíble, si tú estás segura.

–Llevo mucho tiempo sin estar segura de muchas cosas, pero de esto estoy segura al cien por cien.

–¿Y después? ¿Qué crees que pasará después?

Ella vaciló.

–No he pensado más allá de lo que quiero esta noche, y lo que quiero es estar en tus brazos.

–Bueno, pues yo sí –respiró hondo–. Tengo que decirlo primero. Quiero que sepas que amaba a mi mujer, Amy era mi mundo.

–Lo sé –respondió asustada de pensar adónde querría llegar. ¿Iba a decirle que lo suyo era solo una aventura?

–Pero también tienes que saber que durante todo ese tiempo una diminuta parte de mi corazón debió de estar reservada para ti porque cuando todo esto empezó entre los dos, lo sentí desde el principio. Sentí como si estuviéramos destinados a estar juntos. Así que para mí esto no será ni una aventura ni una relación de una noche. Si eso es lo que tú tienes en mente, no cuentes conmigo, Lynn. Yo quiero algo de verdad.

Ella lo miró sin apenas poder respirar.

–¿Algo de verdad?

–Un matrimonio, para siempre. Quiero que te cases conmigo, quiero ser el padrastro de tus hijos, quiero estar a vuestro lado cuando a Lexie le rompan el corazón por primera vez para poder ayudarte a secarle las lágrimas –se encogió de hombros–. O para hacerle la vida imposible a ese chico que le haga daño.

Ella sonrió entre lágrimas.

–Seguro que a Lexie le gustaría.

–Y quiero seguir enseñándole a Jeremy todo lo que sé sobre construcción. A lo mejor se acaba dedicando a ello. O a lo mejor no, pero me gusta la idea de transmitirle esos conocimientos. A mis hijos nunca les ha interesado –y mirándola fijamente añadió–: Y a ti quiero hacerte feliz. Quiero asegurarme de que pasas el resto de tu vida sin tener que preocuparte por nada.

–Dudo que eso me lo puedas asegurar, pero te quiero por querer intentarlo.

–¿Y entonces? ¿Qué me dices? ¿Qué quieres?

Ella respiró hondo. Ir a buscarlo esa tarde había sido un riesgo y, sin embargo, ahora no veía ningún riesgo en el paso que estaba dispuesta a dar.

–Quiero pasar el resto de mi vida contigo –dijo en voz baja–. Creo que acabo de darme cuenta de lo mucho que lo deseo.

Mitch se levantó sin dejar de mirarla y le dio vueltas hasta que la dejó un poco mareada. Después la miró fijamente.

–Eso ha sido un «sí», ¿verdad?

Lynn se rio.

–Sin duda, un «sí» rotundo.

–Pronto se pondrá el sol. ¿Brindamos por nuestro futuro en mi casa con una copa de limonada?

–¿No está Luke allí?

Mitch maldijo entre susurros haciéndola reír.

–Ya sabes que en este pueblo existe la tradición de que muchos romances comiencen en el Serenity Inn –le dijo Lynn, acariciándole la mejilla y sintiendo un intenso calor en su piel–. Y, por lo que he visto, esos romances tienden a durar.

Mitch sacudió la cabeza.

–Cielo, quiero algo más para nosotros.

–Y lo tendremos –le prometió–. Tendremos toda una vida llena de más y mejores cosas, pero de momento lo único que quiero es que me ames.

–¿Y después te parecería bien una cena?

Ella sonrió.

–Ya veremos. A lo mejor para la hora de cenar aún no hemos salido de la cama.

La resonante carcajada de Mitch llenó toda la sala... y su corazón.

Mitch apoyó la cabeza en el codo y miró a la mujer tendida a su lado. Ya estaban unidos para siempre. Y por si haber hecho el amor con Lynn no hubiera forjado el trato lo suficiente, los cotilleos que ya debían de estar llegando hasta Wharton's así se lo exigirían. Por mucho que el Serenity Inn hubiera sido refugio de muchos encuentros románticos a lo largo de los años, Maybelle no era famosa por haberse guardado el secreto de esas citas.

Lynn suspiró a su lado y se estiró mostrando ese espectacular cuerpo y distrayéndolo de sus mejores intenciones de sacarla por ahí para celebrarlo.

–Estás despierto –murmuró sorprendida–. ¿Por qué no me has despertado?

–Estaba feliz solo con mirarte. He esperado esto durante mucho tiempo y quería saborear cada segundo.

Ella le sonrió.

–Por si no lo he dicho, me has hecho sentir como una mujer nueva –se detuvo y añadió–: Tu mujer. Y puede que esto no tenga mucho sentido para ti, así que tendrás que fiarte de mi palabra, pero nunca me habían amado así, Mitch. Jamás.

Mitch sonrió.

–Ese era el objetivo. Te amo, Lynnie –la observó muy serio. Había algo que tenía que saber–. ¿Qué ha precipitado todo esto? Quiero decir, sé que estábamos destinados a estar juntos, ¿pero hoy? ¿Qué ha pasado?

–Que me has seducido.

–Pues yo creo que tú ya lo tenías en mente cuando me has encontrado trabajando en el centro.

–Sí, puede ser. Me ha parecido que habíamos esperado demasiado.

–No vas a contarme lo que te ha dicho Ed ni si eso te ha hecho cambiar de opinión, ¿verdad?

Ella sacudió la cabeza.

–No puedo, Mitch. ¿Puedes aceptar que es posible que nunca pueda llegar a contártelo todo?

Mitch pensó en ello. Guardar secretos no era forma de empezar una relación, pero algo le decía que eso sería una excepción con la que tendría que aprender a vivir.

–¿Porque has hecho una promesa?

Lynn asintió.

–Pues entonces esa promesa tendré que respetarla, pero no más secretos, ¿de acuerdo? Suponen la muerte de un matrimonio.

Los labios de Lynn se curvaron en una sonrisa cargada de ironía.

–Eso nadie lo sabe mejor que yo. Créeme.

Él se acercó, deslizó una mano por la curva de su cadera y sintió su piel encenderse bajo su tacto.

–Entonces qué, ¿quieres salir a cenar?

Lynn negó con la cabeza.

–Quiero quedarme aquí y hablar del futuro.

–¿De nuestro futuro?

–Sí. ¿Crees que soy muy osada?

–No. Como diría Helen, creo que esa pregunta es irrelevante. Nos casaremos.

–Pues no estoy muy segura de recordar que me hayas pedido matrimonio –bromeó.

–¿En serio? Bueno, entonces déjame corregir eso ahora mismo. ¿Me concederías el honor de casarte conmigo,

Lynnie? Prometo amarte y mimarte todos los días de nuestras vidas. Te apoyaré en todo lo que decidas hacer, aunque me gustaría mucho que siguieras adelante con la idea de la pastelería.

–¿A pesar de que podrías tenerme todo el tiempo en exclusiva como repostera privada?

–A pesar de eso. Quiero que hagas lo que te llene. Quiero que tomes tus propias decisiones y nunca vuelvas a tener miedo. No me importa si es con la pastelería o con cualquier otra cosa. Tú eliges.

–Pues creo que de verdad quiero abrir esa pastelería –se atrevió a admitir finalmente.

Él se rio.

–Si es así me alegro porque he estado mirando unos hornos profesionales y ya tengo algunas cosas apartadas.

Ella le dio un golpecito.

–¿Tan seguro de ti mismo estabas?

–Estaba muy seguro de ti.

–Entonces probablemente sabrás lo que voy a responder a tu propuesta de matrimonio, ¿verdad?

–Espero que sí, aunque estoy deseando oírlo de tu boca.

–Sí. Sí, me casaré contigo, Mitch. En cuanto deje atrás todo este lío con Ed, me casaré contigo.

–¿Crees que a Lexie y a Jeremy les parecerá bien?

–Creo que estarán felices. ¿Y Nate y Luke?

–Luke estará de acuerdo y Nate acabará aceptándolo.

–No quiero entrometerme entre tu hijo y tú, Mitch.

–No permitiré que eso pase.

Porque era demasiado importante como para no hacerlo bien. Para cuando recorrieran el pasillo de la iglesia como marido y mujer, ya no habría sombras que oscurecieran su camino. Se aseguraría de ello. Ya había tenido la suerte de encontrar el amor una vez y ahora se podía considerar doblemente bendecido por esa suerte. ¿Es que acaso podía pedir más un hombre?

Epílogo

—¿Por qué quieres pasar por la pastelería a estas horas de la noche? —le preguntó Lynn a Mitch después de cenar en Rosalina's con los niños—. Es imposible que tengas hambre.

—Me muero por uno de esos *cupcakes* terciopelo rojo y sé que quedaban tres cuando has cerrado. Justo para Jeremy, Lexie y para mí.

—¡Guay! —dijo Jeremy chocándole el puño desde el asiento trasero—. Ahora que tienes la pastelería has dejado de hacer *cupcakes* en casa.

—Oh, por favor —refunfuñó Lexie—. Pasas por la pastelería cada día después de clase y pones cara de lástima hasta que mamá te da todo lo que pides.

Mitch sonrió.

—¿Significa eso que tú no quieres tu *cupcake*? Porque yo me puedo comer dos sin problemas.

Lexie levantó la mirada al techo con un gesto exagerado.

—Eso ni se te ocurra —advirtió a Mitch cuando pararon frente al establecimiento—. Ese *cupcake* lleva mi nombre escrito.

Lynn sacudió la cabeza ante la amigable disputa y buscó la llave en el bolso. Se la dio a Mitch.

—Venga. Está claro que sabes dónde están.

Le pareció ver una expresión de alarma en su rostro, aunque tal vez solo había sido imaginación suya, ya que inmediatamente él negó con la cabeza y dijo:

–De eso nada. Ese sistema de alarma sigue siendo un misterio para mí.

–No me eches la culpa. Fuiste tú el que insistió en que lo instalara –bajó de la camioneta, abrió la puerta y rápidamente marcó el código de seguridad justo antes de que todas las luces se encendieran y oyera unos gritos.

–¡Sorpresa!

Con la mano en el pecho donde el corazón parecía estar saliéndosele, Lynn miró a su alrededor y vio las caras de sus amigas. Todas las Dulces Magnolias estaban allí junto con las tres mujeres que se consideraban las Senior Magnolias, Flo, Liz e incluso Frances.

Lexie bailoteaba delante de ella con cara de emoción.

–¿De verdad te has llevado una sorpresa, mamá? ¿No sabías que iban a celebrar una despedida de soltera?

–Ni idea –logró decir entre susurros y con los ojos llenos de lágrimas. Se giró hacia Mitch.

–¿Lo sabías?

–Claro que lo sabía –dijo Helen–. Los niños y él eran los encargados de traerte hasta aquí sin que sospecharas nada.

–Yo también he tenido que guardar el secreto –dijo Jeremy sonriendo y añadiendo con aire triunfante–: ¡Y lo he conseguido!

–Sí, y tanto –le contestó Lynn dándole un abrazo–. Por poco me da un ataque cuando se han encendido todas las luces.

Jeremy miró a su alrededor.

–¿Pero hay *cupcakes*, no?

–Claro que sí –le aseguró Raylene–. Grace Wharton hizo un encargo enorme ayer con la excusa de que quería probar qué tal funcionaban en el restaurante –señaló al mostrador, lleno de *cupcakes*, galletas y, por supuesto, margaritas. Un gran montón de regalos aguardaban en una esquina.

—Me temo que esta noche los margaritas no llevan alcohol —dijo Helen con innegable pesar—. Al menos tres de las mujeres que hay en esta habitación están embarazadas, y otras tres no pueden beber —añadió mirando a su madre, a Liz y a Frances—, y el resto estamos haciendo un gran sacrificio para evitar que Carter tenga que venir hasta aquí y hacer una redada en el local.

Las lágrimas que había estado conteniendo comenzaron a caerle por las mejillas. Sus amigas no solo la habían apoyado para abrir su pastelería y le habían generado ventas más que suficientes, sino que ahora estaban ahí celebrando su futuro matrimonio con Mitch para el que faltaba menos de una semana.

Sin su incondicional apoyo dudaba haber podido llegar tan lejos, sobre todo después de que la relación entre Ed y Jimmy Bob hubiera salido a la luz. Había necesitado la ayuda de sus amigas para hacer que Lexie y Jeremy no pensaran que esa noticia era el fin del mundo, para que supieran que seguía siendo el mismo padre de antes y que nada cambiaría lo mucho que los quería.

No sabía cómo Helen, Raylene y las demás lo habían logrado, pero no había oído ni un solo comentario hiriente en presencia de los niños, ni siquiera en el colegio, donde al parecer habían surtido efecto las lecciones que se habían aprendido sobre el acoso escolar. Hasta la bruja de su suegra había cerrado el pico por fin, aunque Lynn sabía que debía de haberse quedado con las ganas de culparla a ella de todo.

—Bueno, Mitch, pues ya puedes irte —dijo Raylene llevándolo hacia la puerta—. Y tú también, Jeremy.

—¡Ey, soy el novio! —protestó Mitch—. ¿No debería quedarme?

—Ya verás los regalos más adelante —le contestó Raylene con una pícara mirada—. Y, hazme caso, vas a querer algo de intimidad cuando llegue el momento.

Lynn sintió cómo se le encendieron las mejillas a la vez que Mitch se puso de un intenso color rojo.

–¿Lencería? –preguntó él asintiendo hacia la pila de regalos.

–¿Tú qué crees? –dijo Helen.

Le guiñó un ojo a Lynn.

–En ese caso, luego te veo en casa.

–Pero la lencería queda embargada hasta la luna de miel –apuntó Helen con burlona severidad–. ¿Entendido?

Mitch besó a Helen en la mejilla.

–Abogado, corríjame si me equivoco, pero no creo que exista una ley que impida que Lynn me haga una pequeña muestra privada esta noche. Cuento con ello.

Jeremy se marchó con él sin protestar y con dos *cupcakes*. Mitch también se había llevado un par.

–Creía que no se irían nunca –farfulló Maddie con una sonrisa–. ¡Y ahora que empiece la fiesta! Cielo, tienes mucho que celebrar.

De nuevo los ojos se le llenaron de lágrimas.

–Y tanto –susurró–. Y vosotras estáis las primeras de la lista.

–¿Por encima de Mitch? –le preguntó Helen con un brillo de diversión en la mirada.

–Nadie está por encima de Mitch o mis hijos –respondió Lynn abrazando a Lexie–, pero todas estáis ahí arriba. Hasta ahora no sabía lo importante que era tener amigas como vosotras, de esas que están a tu lado en cuanto las avisas, de las que te escuchan sin juzgarte, que te preparan un margarita a la primera señal de crisis. Sois las mejores.

–¡Por las Dulces Magnolias! –dijo Dana Sue alzando su copa.

–¡Por las Dulces Magnolias! –repitieron las demás.

–¿Y qué pasa conmigo? –preguntó Lexie–. Mandy y yo también queremos ser unas Dulces Magnolias. Y también Carrie, Katie y Misty.

Las tres Dulces Magnolias originales, Helen, Maddie y Dana Sue, se miraron.

–Imagino que ya os llegará el momento –prometió Maddie–. Pero ya tenéis lo que hace falta para serlo.

–¿Y qué es eso? –preguntó Lexie.

–Entendéis el significado de la amistad verdadera –explicó Helen–. Todas lo habéis demostrado en algún que otro momento, al igual que todas las mujeres que están en esta habitación.

Maddie se agarró del brazo de Helen y de Dana Sue y dijo:

–¡Por las amigas de siempre!

–¡Y por las que hemos llegado a conocer! –añadió Dana Sue–. Os queremos, chicas.

En un principio, Lynn se había sentido una extraña, pero ahora se regodeaba con el hecho de saber que era una de ellas. Y cuando caminara hacia el altar para casarse con Mitch, allí estarían acompañándola. Había querido que al menos una de ellas fuera su testigo en la ceremonia, pero le había sido imposible elegir. Por eso había elegido a Lexie y a sus amigas las tendría sentadas en los bancos reservados para la familia. Porque ese era exactamente el lugar que les correspondía.